Naslov originala
Mandy Baggot
One Greek Sunrise

Za izdavača
Tea Jovanović
Nenad Mladenović

Glavni i odgovorni urednik
Tea Jovanović

Lektura / Korektura
Agencija Tekstogradnja / Agencija TEA BOOKS

Prelom
Agencija TEA BOOKS

Dizajn korica / Crteži za korice
Alexandra Allden / Shutterstock

Izdavač
TEA BOOKS d.o.o.
Por. Spasića i Mašere 94
11134 Beograd
Tel. 069 4001965
info@teabooks.rs
www.teabooks.rs

ISBN 978-86-6142-265-2

MENDI BAGOT

JEDNO GRČKO SVITANJE

Sa engleskog preveo
Aleksandar Petrović

Za moje dve prelepe ćerke, Amber i Rubi – zato što želim da budete ponosne na mene!

1.

Na pakovanju je pisalo – *crvenkastosmeđa s ružičastim prelivom*. Farba za kosu s više nijansi, namenjena da svetlosmeđu boju dopuni do srednje smeđe. Freja je posmatrala svoj odraz u ogledalu u ženskom toaletu. *Crvenkastosmeđa* je više izgledala kao *Crvena osveta* – glava joj je bukvalno plamtela. Mada, bilo joj je svejedno, nije bilo *zaista* važno. Najbitnije je da je drugačije. A drugačije je dobro.

Isprala je farbu s ruku, sve vreme se ogledajući i zureći u odraz koji joj je uzvraćao pogled. Frizura kao kod Sile Blek, otprilike iz vremena emisije *Sastanak naslepo* iz devedesetih. Ponovo je stavila naočare, nanela malo pudera na nos, tanak sloj prozirnog sjaja na usne i odmah se osetila bolje. Pa, možda ne u potpunosti bolje, ali sigurno bolje nego pre.

– Molimo putnike na letu *Monarh erlajnsa* MON 634 za Krf u 16.40 da se upute ka izlazu 17, gde je počelo ukrcavanje.

Bio je to Frejin let. Karte su joj odštampali pre tek nešto više od sat vremena, i još su joj bile gotovo tople u rukama. Nije bilo vremena za logično razmišljanje, bila je ovde i morala je da pobegne od svega. Uzela je tašnu i okrenula se ka vratima. Pre nego što ih je otvorila, uhvatila je svoj odraz u ogledalu, ovoga puta onom koje prikazuje celu figuru. Farmerke su joj bile preuske, majica bi mogla biti duža kako bi joj prekrila stomak, njene grudi su zasigurno vapile za jačom podrškom, a sada je imala i jarkocrvenu kosu. Videla je ono što je Rasel video. Ono što je Rasel očigledno već šest meseci video, ali je zaboravio da spomene. Ili možda jeste spomenuo. Freja je duboko udahnula i pokušala da uvuče stomak. Zadržala je dah i okrenula se u stranu, pokušavajući da zagladi izbočine. Možda bi trebalo da uloži novac u korset.

Vrata ženskog toaleta su se otvorila i Freja je izdahnula, nakašljala se i u trenu zauzela pozu kao da sređuje kosu. Ušla je veoma vitka, veoma preplanula plavuša od dvadeset i nešto. Život uvek pronađe način da te spusti na zemlju. Nikad neće nositi konfekcijski broj trideset osam. Koga je pokušavala da zavarava? Nikad neće nositi ni broj četrdeset četiri.

Izašla je iz toaleta i krenula ka izlazu. Ljudi oko nje jurili su prema izlazima za ukrcavanje, žurili pokretnim stazama, uzbuđeni, uspaničeni. Freja je, nasuprot njima, smireno pratila uputstva, spolja delujući gotovo spokojno. Međutim, bila je daleko od spokoja. I dalje je bila besna i osećala se povređenom. A što je najgore, bila je najviše besna na sebe. Upravo je protraćila godinu i po dana s nekim kome očigledno nije bilo stalo do nje.

Ukrcavanje je već uveliko bilo u toku, a Freja je na šalteru predala pasoš i kartu za ukrcavanje još jednoj veoma vitkoj plavuši u dvadesetim godinama.

– Hvala vam, sve je u redu – rekla joj je žena sa osmehom beljim od snega.

Freja je klimnula glavom, uzela pasoš i krenula niz tunel ka avionu. Dok je hodala, posegnula je u tašnu i izvadila mobilni telefon. Imala je trideset pet propuštenih poziva. Čim je napustila restoran, prebacila je telefon na nečujni režim. Znala je da će je zvati, pa, normalno je da pozoveš nekoga s kim je trebalo da se nađeš na ručku i misliš da se nije pojavio.

Ali Freja se *jeste* pojavila. Čak je i poranila. Onda je, u svojoj beskrajnoj mudrosti, odlučila da ode u ženski toalet pre nego što se javi šefu sale da je stigla. Htela je da tog dana bude u najboljem izdanju – na svoj rođendan, trideseti rođendan. Nije želela žurku niti bilo kakvo preterivanje, ali je želela da obeleži taj dan. Odlučila se za prijatan ručak s momkom u omiljenom restoranu.

Sad kad razmisli, da je samo deset sekundi duže stavljala karmin, ili da nije oprala ruke, ili da je jednostavno preskočila odlazak u toalet i odmah sela za sto, sad se ne bi ukrcavala na avion.

Izašla je iz toaleta i ugledala Rasela kako stoji za šankom. Zamisao je bila da ga iznenadi, prišunja mu se, pokrije mu oči rukama i nasmeje ga. Tako da mu se tiho prikradala, i baš kad mu se približavala, čula ga je kako govori:

– Da li ste možda videli moju devojku, trebalo je da se nađemo ovde. Krupna devojka, znate, smeđe kose i s naočarima – prilično obično izgleda i verovatno je u farmerkama.

Kad je rekao *znate, krupna devojka,* propratio je to pokretima ruku koji su jasno ukazivali na veličinu. Freja je na tren ostala ukopana u mestu, dok joj unutrašnji glas nije rekao: *beži,* a onda je pohitala ka vratima i napustila restoran pre nego što ju je Rasel spazio.

Imala je osećaj kao da joj je neko otvorio oči. Trideset sekundi ili manje, ali sasvim dovoljno vremena da joj kroz glavu prolete sve uspomene i prizori njene veze s Raselom, dok ga je posmatrala kako gestikulira pokazujući barmenu njenu veličinu. Barmenu po imenu Majlo.

Tokom proteklih šest meseci Freja je počela da oseća prve znake *Zastoja.* Taj osećaj joj je bio dobro poznat – glasić u njenoj glavi koji ju je postepeno dovodio do spoznaje da je vezi možda došao kraj. *Zastoj* je okončao sve njene prethodne veze, osim jedne. Ali ovoga puta se pojavio kasnije nego inače. Rasel je počeo da radi duže, sve kasnije dolazio kući, jedva da su izlazili zajedno, osim nekoliko katastrofalnih večeri u kineskom restoranu s neograničenim porcijama, gde su se sve vreme raspravljali. A što se seksa tiče – pa, kad bi Rasel *bio* kod kuće, više su ga zanimale ždrebice na kanalu s konjičkim trkama nego ona pored njega. To su bili tipični prvi znaci *Zastoja,* ili je barem tako Freja mislila, sve dok se pre šest nedelja nešto nije iznenada promenilo. Rasel se jedne večeri vratio kući s posla i pogledao ju je kao na početku veze. U jednoj ruci je imao veliki buket cveća, a u drugoj punu kesu s hranom iz restorana *Indijska palata.* Stajao je na pragu Frejinog stana i kao da ju je zadivljeno posmatrao, sa širokim osmehom na licu. Te večeri, pre nego što je saznala da je kupio sva njena omiljena jela iz restorana, vodili su ljubav baš kao prvi put. Sve misli o *Zastoju* su isparile i provela je naredni mesec živeći kao u snu – srećna, zadovoljna i skoro voljena.

Skoro voljena. Zvučalo je glupo osećati se tako, ali to je bilo nešto najpribližnije ljubavi što je dotad osetila, i svakako bliže nego s većinom muškaraca s kojima je raskinula zbog *Zastoja*.

Ali iako je Rasel govorio i radio sve što treba, nešto nije štimalo. Freja nije mogla tačno da odredi šta je u pitanju, ili možda nije želela. Bila je previše uplašena da razveje taj privid, ali osećala se nelagodno. To je bio razlog što je, čuvši kako je Rasel opisuje barmenu Majlu, pored trenutnog bola i stida, osetila i izvesno olakšanje. Sad je imala razlog da pobegne. Imala je pravo što je bila sumnjičava prema njegovoj iznenadnoj promeni ponašanja, koja je, bez obzira na razlog, bila samo pretvaranje. Veza nije samo bila u zastoju, trajno je prekinuta. Stigli su do poslednje stanice, putnici bi trebalo da se iskrcaju, ili u Frejinom slučaju, da se ukrcaju na prvi slobodan let.

Freja je sela na svoje sedište u avionu i izdahnula. Ovo je sad zaista delovalo kao dobra odluka. Iako je sve izgledalo pomalo šašavo kad je zaustavila taksi da je odveze do aerodroma, kupila kartu za Krf, a zatim farbu za kosu, tim redosledom. Ali sad je bila mnogo opuštenija zbog svega što je uradila.

Krupna devojka, da, bila je krupna devojka, nije imalo smisla poricati. Ali bila je takva i kad joj se Rasel udvarao. Govorio joj je da je prelepa i navaljivao da izađu, pa je naposletku morala da popusti. I kako je vreme prolazilo, pomišljala je da je voli. Mislila je da bi mogao biti onaj muškarac kojem bi sve ispričala. Dok je sedela u avionu, na svoj rođendan, a njen partner se pokazao kao prvoklasno đubre, olakšanje je polako ustupalo mesto bolu i razočaranju. Još nije zaplakala, ali znala je da će suze poteći, verovatno čim bude videla Emu.

Freja je isključila mobilni. Pozvaće Emu s Krfa. Poslednje što joj je sad trebalo bilo je da neko pokuša da racionalizuje situaciju. Nije bila od onih razložnih, i verovatno je zato uvek nosila pasoš u tašni.

Vezala je pojas i zatvorila oči. Odjednom je bila veoma umorna, umorna od svega. Ako bi barem uspela da odspava nekoliko sati tokom troipočasovnog leta, to bi bio dobar početak.

Ali ubrzo se naglo probudila, nedugo nakon što je avion završio uspinjanje i dostigao visinu leta. Glava joj je udarala o naslon sedišta. Isprva je pomislila da je možda u pitanju turbulencija, ali ubrzo je udaranje postalo ritmično – *bum, bum, bum* – iznova i iznova. Neko joj je šutirao sedište.

Freja nije od onih koji su dobre volje nakon buđenja, a današnji dan nije baš bio najbolji i bila je posebno netrpeljiva. Otkopčala je pojas, okrenula se i podigla na kolena kako bi videla ko sedi na sedištu iza nje. Devojčica anđeoskog izgleda, stara oko šest godina, s pletenicama, svom snagom je ružičastim lakovanim cipelicama šutirala naslon Frejinog sedišta.

– Možeš li prestati to da radiš, molim te? – rekla je Freja odlučno, streljajući pogledom devojčicu.

Devojčica joj je uzvratila savršeno uvežbanim osmehom nevinašceta i zatim još jače šutnula sedište.

– Rekla sam, možeš li prestati s tim, molim te! – podviknula je Freja. Ovo nije bio trenutak za okolišanje, pošto joj je san bio potreban.

– Nisi mi ti mama, debeljuco! – odgovorila je devojčica, isplazila joj se i ponovo šutnula sedište.

– Gde ti je majka, ti malo derište? – upitala je Freja dok se ritmično udaranje nastavilo.

Mesto pored devojčice bilo je prazno, a sredovečni muškarac koji je sedeo do prolaza se iz sve snage pravio da spava. Veoma neubedljivo.

– Ako odmah ne prestaneš sa šutiranjem, prijaviću te stjuardesi! – rekla je Freja ozbiljno i još jednom devojčicu prostrelila pogledom.

– I šta će ona da uradi u vezi s tim? – odgovorila je devojčica, nagnula se napred u sedištu i uzvratila joj istim pogledom.

– Izgrdiće te.

– Velika stvar. Zašto ti je kosa tako crvena? Izgleda stvarno glupo! – odbrusilo joj je dete.

– Slušaj, ti malo čudovište, imala sam užasan dan i jedino želim da malo odspavam, pa da li bi, molim te, prestala da mi šutiraš sedište?

Pretnje nisu upalile, možda će preklinjanje, ili još bolje mito: ponuditi joj koji evro?

Osim što ih nije imala kod sebe. Gde li je majka ovog deteta?

– Neću! Dosadno mi je, a ovo je zabavno! – odgovorila je devojčica i počela još jače i brže da šutira.

Freja je osetila kako počinje da gubi i ono malo strpljenja što je imala. Samo joj je još ovo nedostajalo. Planula je.

– Zaboga! Čije je ovo dete? Nečastivi, javi se! Hajde, ne pravi se lud. Ko je majka ili otac ovog deteta? Ako leti bez pratnje, kunem se da ću je sama pomeriti!

Freja gotovo da nije prepoznala zvuk sopstvenog glasa dok su joj reči navirale. Vikala je u avionu punom putnika, a sve to zato što joj je devojčica, kojoj je bilo dosadno, šutirala sedište. Zar se nekad nije i sama dosađivala kao dete? Jeste, ali njoj nisu dozvoljavali ni da skine pojas, a kamoli da toliko zamahne nogama kako bi udarala sedište ispred sebe. Bilo joj je vruće i znojila se. Imala je osećaj da gubi kontrolu i da joj je muka. Svi su zurili u nju. Ljudi su ostavljali ukrštenice kako bi je gledali, žena prekoputa prolaza ispustila je dve petlje na šalu koji je plela. Morala je da se smiri, ali najviše od svega je želela da zaplače.

– Da li ste dobro? – upitala ju je žena s pletivom.

Freja se sad nagnula, podupirući glavu rukama. Nije odgovorila, trudeći se da ne povrati. Znala je da nije trebalo da pojede celo porodično pakovanje *dejri milk* čokolade u čekaonici za odlazak – sad joj je to stiglo na naplatu.

Bum, bum, bum – devojčicino šutiranje nije prestajalo. Šta je uopšte radila na letu za Krf, bez evra, prtljaga i garancije da će Ema imati gde da je primi? Da li je poludela?

A onda je prestalo. Sedište joj više nije od udaraca izletalo iz ležišta, a i buka u glavi se stišala. Da li je vragolanka pronašla novu zanimaciju, zapitala se Freja. Da nije ljudima vezivala jednu pertlu za drugu? Aktivirala prsluke za spasavanje? Pripremala složenu bombu koristeći isključivo sigurnosna uputstva, limenke koka-kole i ukosnice? Freja se usudila da okrene glavu i proviri kroz otvor između sedišta. Devojčicina majka se vratila, a malena je i dalje imala anđeoski izgled, ali ovog puta je spavala, s glavom u majčinom krilu.

– Da li je sve u redu, gospođo? Mogu li vam doneti piće?

Freja nije bila primetila kad je stigla stjuardesa, ali sad jeste, a takođe je primetila da gura kolica za posluživanje s velikim izborom alkoholnih pića. Istog trena su joj sva izgledala privlačno, čak i šeri.

– Mogu li dobiti brendi s koka-kolom, molim vas? Veliki – pitala ju je Freja, pokušavajući da se pribere.

– Naravno, gospođo, s ledom? – upitala je stjuardesa.

– Molim vas – odgovorila je Freja.

– To je pet funti i šezdeset penija – obavestila ju je stjuardesa, stavljajući piće i salvetu na Frejin poslužavnik na izvlačenje.

O bože, novac! Da li uopšte ima keš? Kupila je avionsku kartu viza karticom, ali sad nije bila sigurna ima li dovoljno gotovine da plati piće koje joj je očajnički potrebno.

Podigla je tašnu s poda aviona i počela da traži novčanik u njoj. Kad ga je otvorila, pronašla je tačno dve funte i dvadeset šest penija, žeton za kolica iz supermarketa i francuski franak.

– Ovaj, primate li kartice? – pitala je stjuardesu s nadom u očima, koja je takođe bila veoma vitka plavuša u dvadesetim godinama.

– Primamo viza kartice, gospođo, ali samo za kupovine preko deset funti. Ali primamo evre, ako želite da koristite svoj novac za odmor – rekla je stjuardesa s ljubaznim osmehom.

Kad bih ih imala, pomislila je Freja. Postojalo je samo jedno rešenje.

– Onda mi dajte dva. Kad slećemo? – pitala je dodajući joj kreditnu karticu.

– Ne zadugo, za nešto malo više od sat vremena. Izvolite, samo unesite svoj PIN – hvala vam – rekla je stjuardesa završavajući naplatu.

Freja je otpila veliki gutljaj jednog od pića i pokušala da se opusti. Još malo, i biće na Krfu.

– Vidim da je mala napast iza vas sad zaspala. Maksimalno iskoristite ovaj mir i tišinu dok traju. Nadajmo se da nije u vašem hotelu – šapnula joj je stjuardesa gurajući kolica pored Freje dalje niz prolaz.

Freja je klimnula glavom i nasmešila se. To bi zaista bilo previše surovo da se zamisli, a čak ni Sudbina ne bi bila tako okrutna na tvoj rođendan.

2.

Prošlo je sat i pet minuta pre nego što je avion sleteo. Bilo je 22.30 časova po lokalnom vremenu i pao je mrak. Freji je bilo drago što je stigla. Nije volela da leti avionom, i tri i po sata provedena u vazduhu bila su njen maksimum. Jednom je išla na dalek put do Kanade kako bi za klijenta fotografisala njihove Stenovite planine, ali u poslednje vreme se držala pejzaža bližih kući.

Kada je izašla iz aviona i zakoračila na stepenice, Freja je duboko udahnula noćni vazduh i on joj ispuni pluća. Bio je topao, slatkast i ispunio joj je nozdrve umirujućim mirisom. Neosporno, na svetu nema ničeg lepšeg od vazduha na Krfu, i svaki put kad ga ponovo udahne, Freja bi se osećala dobrodošlom.

– Izvinite, malo smo u žurbi.

Jedan od putnika je potapšao Freju po ramenu, vrativši je u stvarnost, u kojoj je upravo sletela zajedno s napetim i nestrpljivim britanskim turistima, koji očajnički žele da što pre stanu u red za podizanje prtljaga. Nema ničeg boljeg od male prepirke oko torbi da se žestoko uroni u pravo raspoloženje za odmor.

A kad je već kod žestine, pića u Frejinom želucu su se lepo pomešala s čokoladom, a sudeći po pobuni i krčanju u stomaku verovatno bi uskoro trebalo još nešto da pojede.

Posle kratke vožnje autobusom, koju je Freja smatrala nepotrebnom, stigla je do terminala i napokon se obrela u zgradi međunarodnog aerodroma na Krfu, gde je čekala da joj temeljno pregledaju pasoš. Dok je stajala u redu, proučavala je fotografiju na pasošu. Imala je samo dvadeset jednu godinu kad se fotografisala, pre devet godina. Kosa joj je bila duga i smeđa i nosila je ogromne naočare zbog kojih je izgledala kao spoj između sove i učiteljice. Sad je bila gotovo neprepoznatljiva, osim po težini. Imala je istu težinu i nakon devet godina.

Red za pasošku kontrolu nije se pomerao, pa je Freja smatrala da je to dobar trenutak da pozove Emu. Nadala se da će joj se javiti, jer nije imala plan u slučaju da se to ne desi.

Uključila je mobilni telefon. Imala je pedeset četiri propuštena poziva i baterija joj je bila pri kraju. Brzo je preletela pogledom po ekranu dok nije pronašla Emin broj u imeniku i pritisnula ikonicu *pozovi*. Ništa se nije desilo. Pogledala je ekran, nije imala signal. Nemoguće je da se ovo dešava! Uvek je mogla da obavi međunarodne pozive, gde god se nalazila, pa zašto to sad ne radi? Šta će sad? Nije imala novca da je pozove s javnog telefona. Bila je zaglavljena na aerodromu bez mogućnosti da ode odatle.

Samo što je nije obuzela panika, kad su se na ekranu pojavile reči *Vodafon Grčka*, zajedno sa oznakom za prisustvo signala. Freja je duboko i sporo udahnula i u sebi zahvalila grčkim bogovima – ili bar onim zaduženim za komunikaciju.

Telefon je zvonio nekoliko puta onim uznemirujućim kontinentalnim tonom, dok konačno nije čula:

– Frejo! Srećan rođendan!

Ema se javila i Freja se osmehnula, osetivši olakšanje što je čula poznat glas.

– Hvala, i hvala za čestitku i minđuše, prelepe su – baš u mom stilu – odgovorila je Freja.

Red ispred nje je konačno počeo da se pomera.

– Pa, šta radiš? Jel' te Rasel izveo na neko lepo mesto? – upitala je Ema.

– Ne baš – odgovorila je Freja, pomerajući se prema kabini za pasošku kontrolu.

– Koliko je tamo sati? Još me zbunjuje to pomeranje sata napred-nazad – nastavila je Ema.

– Deset do jedanaest – odgovorila je Freja i spremila se za prijateljičin odgovor.

– Nemoguće, pa i ovde je toliko sati, šašavice – rekla je Ema.

Baš u tom trenutku, spiker na aerodromu je odlučio da obavesti putnike na terminalu, na grčkom i engleskom jeziku, kako let za *Stansted* upravo polazi sa izlaza broj 3.

– Frejo, ti si na Krfu, zar ne? – izjavila je Ema staloženo.

– Oh, Ema, bar se malo pravi da si iznenađena! – zamolila ju je Freja.

– Kod tebe me više ništa ne iznenađuje. Ne mogu ni da se setim kad si poslednji put došla planirano. Navikavam se na to – priznala je Ema.

– Izvini, nisam znala gde drugde da odem. Glupa sam, zar ne? Ne bi trebalo ovo da radim kad upadnem u bedak. Trebalo je da te pozovem – počela je Freja.

Oči su joj se već punile suzama, a bila je četvrta u redu. Osećala se slabo, a to ju je dodatno ljutilo. Kako se Rasel usudio da se tako ponaša i da se ona zbog toga ovako oseća?

– Ne budi blesava, Frejo, sve je u redu. Dođi taksijem do mene. Zapravo, nemoj taksijem, idi do dolaznog terminala i nađi predstavnicu agencije *Sunce i more*. Biće jedina obučena u menta zelenu boju – Madlin ili Trejsi. Kaži im da si mi prijateljica i traži da te povezu do Kasiopija – naredila je Ema.

– Jesi li sigurna da imaju mesta u autobusu? Ne želim da im budem na smetnji – rekla je Freja.

– Veruj mi, imaće mesta. Samo izađi iz autobusa kod *Bara C*. Naći ćemo se tamo, popićemo veliko piće i ispričati se, važi? – kazala joj je Ema.

Freja je osetila nalet olakšanja što je Ema preuzela kontrolu nad situacijom. Sad joj je bio potreban neko na koga može da se osloni, i bila je u pravu što je, kao i obično, računala na Emu.

– Važi, hvala ti. Vidi, moram da idem, sledeća sam u redu za pasošku kontrolu i telefon mi se gasi, vidimo se...

U tom trenutku joj je crkla baterija, a Freju su pozvali da priđe kabini za pasošku kontrolu. Dala je sve od sebe da izgleda istovremeno kao učiteljica i kao sova, i pustili su je u hol dolaznog terminala.

Tamo je lako pronašla predstavnicu agencije *Sunce i more*. Trejsi je bila obučena od glave do pete u menta zelenu boju, uključujući i cipele. To je, zaključila je Freja, bilo uistinu zastrašujuće. Nije se sećala da je Ema ikad morala da nosi zelenu uniformu, i pretpostavila je da je to neka novija odluka u agenciji. Ko god da je to odobrio, trebalo bi da ide na ozbiljno savetovanje o stilu.

Trejsi je pokazala Freji gde se nalazi autobus agencije *Sunce i more*, i ubrzo se obrela među turistima, čekajući polazak vozila.

Bilo joj je ovo šesto putovanje na Krf. Prvi put je ovamo došla sa Emom kad su bile dvadesetogodišnjakinje. Bio je to paket aranžman, najjeftiniji koji su našle. To joj je tad bilo veoma važno. Sjajno su se provele, i to je u Emi probudilo ljubav prema putovanjima. Započela je karijeru kao turistički predstavnik agencije *Sunce i more*, a treća lokacija na koju je poslata bio je Kasiopi, očaravajuće seoce s prelepom lukom na severu Krfa. Ema se zaljubila u Kasiopi, ali i u lokalnog momka, Janisa Petroholisa, tako da više nije želela da ode odatle. Sad radi za malu turističku agenciju u selu, organizuje turističke izlete autobusom i brodom oko ostrva. Neke od tih obilazaka je i sama vodila.

Freja je razumela zbog čega njena prijateljica voli Krf i samo seoce Kasiopi, pošto je jednostavno bilo prelepo. Iako su se, zbog turizma, otvorili mnogobrojni restorani, barovi i čak nekoliko noćnih klubova, mesto je uspelo da zadrži tradicionalni šarm.

Trejsi ju je prenula iz razmišljanja pošto je ušla u autobus i uzela mikrofon, koji je zauzvrat glasno zapištao, nateravši putnike da se uhvate za uši.

– Dobro veče svima, ili bolje rečeno *kalispera*. U ime agencije *Sunce i more*, želim vam svima dobrodošlicu na Krf. Ja sam Trejsi, a vaš današnji vozač je Spiros. Dakle, pre nego što krenemo, zamolila bih vas da ne jedete i ne pijete u autobusu, i da stavite sigurnosne pojaseve pošto su putevi na Krfu na pojedinim mestima veoma vijugavi. Dakle, usput ću vam pričati malo o ostrvu i podeliti vam neke brošure, ali pre nego što počnem, pretpostavljam da ste čuli da je na Krfu trenutno jedan poznati holivudski glumac. Da, Nikolas Kejden. Ovde snima film, i odseo je u Kasiopiju. Dakle, za one koji idu u to letovalište, očekuje vas praznik za oči, veći nego što ste mogli i da pretpostavite. Čula sam iz poverljivih izvora da su ga viđali u nekoliko restorana i barova, pa možda budete imali sreće da ga fotografišete ili dobijete autogram.

Trejsi je imala jedan od najjednoličnijih glasova koje je Freja dotad čula, što bi bilo strašno da je morala da sluša te podatke, ali ovako, bilo je savršeno za uspavljivanje. Naslonila je glavu na prozor i zatvorila oči.

Upravo ju je nešto kasnije probudio Trejsin jednolični glas, ovom prilikom bez pomoći mikrofona, i Freja je osetila da joj neko nežno drma rame.

– Frejo, za otprilike pet minuta stižemo do luke. Mislila sam da je bolje da te probudim – rekla je Trejsi.

– Oh, hvala ti. Bože, prespavala sam ceo put? To mi je inače omiljeni deo. Znaš, prolazak kroz Sidari i Rodu, pa ulazak u opštinu Kasiopi – odgovorila je Freja, uspravila se i protrljala oči.

– Izgledala si kao da ti je san bio potreban. Da li te Ema čeka? – upitala ju je Trejsi.

– Da, kod *Bara C* – odgovorila je Freja.

– Oh, pa nemoj se iznenaditi ako naletiš na Nikolasa Kejdena. Čula sam da mu je to jedno od omiljenih mesta za kasno večernje piće – obavestila ju je Trejsi.

– Aha dobro, pa, možda nas časti jednim – odgovorila je Freja i podigla tašnu s poda autobusa.

Autobus se zaustavio tačno ispred *Bara C*, budući da su apartmani *Arkadija*, agencije *Sunce i more*, bili levo od zgrade, samo nekoliko metara uza strmu uzbrdicu.

Freja je izašla iz autobusa zajedno s dva para, i tad je ugledala Emu kako je čeka, i koja je predivno izgledala, kao i uvek.

– Frejo! O bože, tvoja kosa! – uzviknula je Ema i bacila se prijateljici u zagrljaj, čvrsto je stežući.

Prijalo joj je da je neko zagrli nakon groznog dana, i nije bilo osobe na svetu do koje je Freji više stalo nego do Eme. Ona joj je bila jedina tačka oslonca u životu.

– Ne obaziri se na mene! Daj da te vidim! Izgledaš neverovatno – rekla je Freja, držeći Eminu ruku i upijajući svaku pojedinost njenog izgleda.

Za razliku od Freje, Ema je bila visoka, veoma vitka plavuša u kasnim dvadesetim. Bila je tip žene za kojom se muškarci okreću, iako ona to najčešće uopšte nije primećivala. Bila je najslađa, najdarežljivija osoba koju je Freja ikad upoznala, i bila je srećna što joj je prijateljica i pouzdana osoba od poverenja.

– Janis kaže da sam smršala i kako neko treba da me hrani. Mada, gospodin P se veoma trudi sa svojim ćuftama – rekla je Ema, misleći na starijeg gospodina Petroholisa.

– Ne očekujem da će reći da i mene treba nahraniti, ali ćufte će mi svakako prijati – odgovorila je Freja.

– Dobro, hajde da pokupimo tvoje torbe, pa da popijemo nešto – rekla je Ema i pošla prema prtljažniku autobusa iz kojeg je Spiros iznosio kofere.

– Nemam torbe – viknula je Freja za njom.

Ema je stala u mestu i okrenula se ka prijateljici.

– Ovaj put bez torbi! Frejo, sve si gora! Šta si ponela? – upitala je Ema.

– Samo sebe. Da budem iskrena, nije bilo ničeg vrednog što bih ponela – odgovorila je Freja.

– Mislim da imamo o mnogo čemu da pričamo, posebno o toj boji kose. Samo da se zahvalim Trejsi što te je bezbedno dovela – rekla je Ema i otišla do žene u menta zelenoj uniformi.

Freja je duboko udahnula i nije mogla da poveruje da je ponovo u Kasiopiju. Pogledala je oko sebe, upijajući okolne prizore. Luku, čamce koji se ljuljuškaju na vodi, svetiljke koje sve osvetljavaju toplim sjajem, barove s ljudima koji sede napolju uživajući u toplom noćnom vazduhu. Jeza joj je prošla niz kičmu. Bilo je predivno stajati ovde na mestu koje je obožavala. Sad više nije žalila što je sela na avion. Ovaj trenutak, kad na koži oseća krfski vazduh, miriše tu neverovatnu slatkastu aromu u povetarcu i vidi ogromno morsko prostranstvo pred sobom, bio je dosad najbolji deo njenog rođendana. Samo je poželela da je ponela svoje foto-aparate kako bi to zabeležila. Imala je mali *nikon* u tašni, ali ovakvo veče zasluživalo je nešto bolje.

– Hajde ti! Da popijemo nešto i ispričamo se. Hoćeš li *seks na plaži?* – upitala ju je Ema, hvatajući je podruku.

– Rekla bih da prvo ide koktel – odgovorila je Freja sa osmehom.

3.

Ubrzo su dve žene sedele za stolom ispred *Bara C*, ispod suncobrana krem boje, s dva velika pića ispred sebe. *Bar C* se nalazio na jednoj strani živopisne luke, i s mesta gde su napolju postavljeni stolovi pružao se prelep pogled kako na vodu tako i na oronule ruševine utvrđenja koje se uzdizalo iznad zaliva.

– Nadam se da ti nisam pokvarila planove za večeras – rekla je Freja, pijuckajući na slamčicu i uživajući u prvom gutljaju grčkog alkohola na ovom putovanju.

– Sada je petnaest do jedan, jedini plan koji sam imala bio je da odem na spavanje. Sutra vodim šoping turu do grada Krfa, koja polazi u osam i skoro je popunjena – obavestila ju je Ema.

– Izvini, oduvek sam umela savršeno da odaberem trenutak, zar ne? – odgovorila je Freja.

Prisetila se jedne od svojih neplaniranih poseta kad je upala u Emin stan vičući: – Iznenađenje! – i zatekla Janisa i Emu bez odeće.

– Ne budi smešna, rođendan ti je, zaboga, a sigurno se nešto dogodilo čim Rasel nije s tobom – rekla je Ema.

– Mmm, hajde reci mi šta si sve radila otkad smo poslednji put razgovarale. Hoću sve pojedinosti, nemoj ništa da izostavljaš – naredila je Freja, pokušavajući da izbegne Emina pitanja.

– Frejo, ne možeš preći ovoliki put a da mi ne kažeš šta se desilo. Hajde, ispričaj mi. Znaš da mi možeš sve reći, sećaš se, i znaš da neću prestati da zapitkujem dok ne budem saznala. Tako da je mnogo bolje da to odmah rešimo – nastavila je Ema.

– Bilo je glupo, kad sad razmislim o tome. Verovatno sam preterala – započela je Freja.

– Nastavi – ohrabrila ju je Ema.

Freja je ispričala šta je Rasel u restoranu rekao o njoj. Međutim, nije se zaustavila na tome. Brana je popustila, i Freja je ispričala Emi sve pojedinosti o poslednjih šest meseci njihove veze. Detalje koji ranije nekako nisu delovali dovoljno važni da ih pomene u telefonskim razgovorima.

– Znaš, veći deo života su me svi omalovažavali, i tad, u restoranu, kad sam čula kako me opisuje, znala sam da ne mogu i ne treba to više da trpim – završila je Freja, ispričavši prijateljici priče o večerama u kineskom restoranu s neograničenim porcijama, Raselovoj opsednutosti konjskim trkama i njihovom nasumičnom seksualnom životu.

– Oh, Frejo – rekla je Ema, pružajući ruku da potapše Freju po mišici kako bi je utešila.

– Ali do danas sam mislila da smo okrenuli novi list. Zato ti ništa od ovog nisam ranije rekla. U poslednje vreme bio je opet onaj stari Rasel u kojeg sam se zaljubila – romantičan i pun iznenađenja – mislila sam da će sve biti u redu, ja... – zaustila je Freja, a glas joj je utihnuo dok joj je nalet teskobe ispunjavao grudi.

Tad su joj stvarno potekle suze. Freja nije mogla da uradi ništa drugo osim da se prepusti osećanjima, a krupne, teške suze slivale su joj se niz obraze. Jecala je, pognuta u stolici, s licem na kolenima.

Ema se brzo premestila na stolicu pored Freje i zagrlila ju je, držeći je čvrsto dok je plakala.

– U redu je, isplači se i izbaci sve to iz sebe. Sad si ovde, u prelepom Kasiopiju, sa mnom i velikim koktelom. Šta može biti bolje od toga? – pitala ju je Ema.

– Dva velika koktela? – odgovorila je Freja, osećajući da je u stanju da podigne glavu s krila. Skinula je naočare i prstima obrisala oči. – Jadna sam, zar ne? Bože, imam trideset godina, trebalo bi da sam u stanju da se nosim s nekoliko uvreda. Trebalo je da ostanem i suočim se s njim, da mu kažem kakav je kreten. Samo... nisam znala šta da radim i uspaničila sam se – rekla je, kopajući po tašni u potrazi za maramicom.

– Ne bi trebalo od bilo koga da čuješ to što je rekao, a kamoli od svog dečka. I da, uzevši u obzir sve što si mi upravo ispričala, mislim da si sasvim ispravno postupila. Izgleda da je postao pravo đubre, i čudi me da si ga uopšte trpela toliko dugo – odgovorila je Ema i pružila joj salvetu iz držača na stolu.

– Znam odgovor na to – rekla je Freja, duvajući nos.

Ne trpiš zajedljive opaske i odbacivanja jer je zabavno, trpiš ih iz samo jednog jedinog razloga.

– Zato što ne znam ko bi me drugi uopšte pogledao? – odgovorila je jednostavno.

– Frejo, sad si preterala – uzviknula je Ema.

– Nisam, hajde Em, pogledaj me! Nosim konfekcijski broj četrdeset osam, eto, rekla sam. Nema smisla više da lažem samu sebe. Konfekcijski broj četrdeset osam, grudi petice i imam butine na kojima bi mi pozavideo svaki ragbista. Struk zapravo i nemam, svaki dan mi se sve više stapa s grudima, a koža na rukama podseća na *krila šišmiša*. A bilo bi smešno da barem mogu da letim – rekla je Freja, zgrabila piće, i ljutito srknula piće kroz slamčicu.

– Frejo – zaustila je Ema, pokušavajući da izrazi neslaganje sa onim što je njena prijateljica rekla.

– Iznenađena sam što je Rasel toliko dugo ostao sa mnom. Bože, mora da ga je bilo veoma sramota. Ljudi su verovatno mislili da može biti jedino s nekim poput mene... baš neprijatno – nastavila je Freja.

– Frejo, molim te prestani s tim – preklinjala ju je Ema.

– Razlozi zbog kojih me je toliko uznemirilo to što sam čula su: pod a) zato što sam shvatila da od srnećeg odreska o kojem sam maštala neće biti ništa i pod b) jer je rekao istinu. *Jesam* krupna i *jesam* obična. Zapravo, zašto sam uopšte ljuta na njega što mi je rekao istinu? Trebalo je samo da slegnem ramenima i naručim salatu – nastavila je, prisećajući se.

– Frejo! Prekini! Ako ne vidi koliko si lepa, onda nije ni vredan truda, a kamoli suza u tvom koktelu! Imaš očaravajuće oči, neverovatan osmeh i, što je najvažnije, izvanredan smisao za humor. I ako ćemo sad baš da budemo iskrene, uvek sam želela da imam bar polovinu tvog samopouzdanja. Uvek znaš šta da kažeš u svakoj situaciji. Ja nisam takva, a volela bih da jesam – rekla je Ema prijateljici.

– Sad mi je jasno zašto si mi najbolja prijateljica, i to što si rekla je baš ono što mi je bilo potrebno da čujem. Oh, ne znam, nikako to da uradim na ispravan način. Ili bolje rečeno, ne umem da pronađem onog pravog. Pre nego što sam danas otkrila kako me Rasel zaista vidi, znaš li šta sam uradila? Gledala sam jedan oglas za *Vejt vočerse*[1] u novinama. Uzela sam telefon i skoro pozvala broj – rekla je Freja.

– Frejo, ti mrziš dijete, a osim toga, uopšte ih se ne pridržavaš – primetila je Ema.

– I zar se to ne vidi? – dodala je Freja.

– Nisam mislila tako kako je zazvučalo – dodala je Ema brzo.

– Ne, u redu je, u pravu si. Volim da jedem i ne pazim na ishranu. I dalje ne mogu da prođem pored pekare a da ne uzmem rol--viršlu, samo da bih proverila je li ukusna kao što bi trebalo da bude – zapravo, često me dozivaju – rekla je Freja.

– Pa zašto si onda uopšte razmišljala o *Vejt vočersima*? – upitala je Ema.

– Možda zato što mislim da neće upaliti to što pokušavam da pronađem nekog ko će me prihvatiti onakvu kakva jesam. Možda treba da promenim nešto. Možda treba da se suočim sa stvarnošću i preuzmem kontrolu – nagovestila je Freja.

– Apsolutno ne! Ne treba ništa da menjaš osim statusa veze i da se oslobodiš tog ljigavca! Frejo, posle svega kroza šta si prošla, neću dozvoliti da ti neko plitak poput Rasela naruši samopouzdanje. I kad smo već kod toga, zašto mi ništa od ovog nisi spomenula u telefonskim razgovorima? – zahtevala je Ema da zna.

– Rekla sam ti, nije mi delovalo važno. U svakom slučaju, izgleda da se uvek toliko toga drugog dešavalo, i kao što rekoh, poslednjih mesec i nešto dana bio je toliko brižan da me je to nagnalo da se preispitam jesmo li zaista došli do *Zastoja* – rekla je Freja.

– Misliš li da postoji neka druga? – pitala je Ema bez okolišanja.

---

[1] Engl.: *Weight Watchers* – komercijalni program za mršavljenje zasnovan na sistemu bodova, koji kombinuje zdravu ishranu, fizičku aktivnost i grupnu podršku kako bi se pomoglo ljudima da postignu i održe željenu telesnu težinu. (Prim. prev.)

– Žena ili kobila? – upitala je Freja.

– Ne kladi se više, zar ne? Mislila sam da si rekla da je prestao s tim – rekla je Ema.

– Da li kockari ikad stvarno prestanu s klađenjem? Mislim da je to trajni poremećaj, a ne stečena navika. Jedino što znam jeste da je donedavno radije sedeo i gledao italijanskog džokeja Frenkija Detorija kako povećava kvotu autsajderu na trkama u Njumarketu, nego provodio vreme sa mnom. Osim ako nisi u pravu, pa mu je neka druga, mršavija žena odvlačila pažnju – rekla je Freja razmišljajući o tome.

– Mislim da stvarno više ne treba da gubimo ni minut vremena pričajući ili misleći o Raselu. Zapravo, zabranjujem pominjanje njegovog imena do kraja večeri, ili bi trebalo reći do jutra! Hoćeš li nam sad naručiti još po jedno piće? Ja ću samo sok od pomorandže jer rano ustajem – rekla je Ema, pružajući Freji svoju čašu.

– Teraš me da pijem sama? Nisam sigurna mogu li to da dopustim – rekla je Freja, ustajući i spremajući se da ode do bara.

– Stani! Stani, čekaj! Vidi, vidi! – uzviknula je Ema, živnuvši na stolici.

– Šta? Šta tačno treba da gledam? – upitala je Freja, gledajući preko luke ka mestu na koje je Ema pokazivala.

– Nikolas Kejden! Tamo! S Bobom Krozbijem i Džinom Bejtsom, upravo izlaze iz noćnog kluba. Ne možeš mi reći da ih ne vidiš, ima sigurno pedeset ljudi koji ih fotografišu – rekla je Ema, nagnuvši se koliko god je mogla da bi ih bolje videla.

– Hmm, kul, idem po pića – rekla je Freja i krenula prema baru.

– Frejo! Ne moraš da ideš do bara! Doneće ti pića ako ih pozoveš. Oh, koliko puta je već bila ovde? – rekla je Ema dok joj je Freja nestajala iz vidokruga.

Nakon drugog pića, pošle su od luke ka seoskom trgu. Pošto ništa nije jela, Freja je bila ošamućena i očajnički joj je bio potreban san.

– Slušaj, Em, izvini što sam se pojavila bez najave. Trebalo je da ti se javim iz Londona. Misliš li da u *Kalipsu* imaju slobodnu sobu? – pitala je Freja.

Nadala se da imaju, pošto joj je krevet bio potreban više od svega.

– Imaju. Mislim, imali su sinoć u pola dvanaest. Bila sam tamo kad si me pozvala. Našla sam sebi još jedan poslić, vodim nedeljni kviz – priznala je Ema uz prigušen smeh.

– Ali ti mrziš kvizove – podsetila ju je Freja.

– Ne volim da se takmičim u njima, ali sastavljanje kviza je pomalo zabavno, a Janis mi pomaže oko kruga pitanja koji se tiče svega lokalnog – rekla joj je Ema.

– Ne mogu da verujem da si voditeljka kviza, oduvek si mrzela *Blokbastere* – primetila je Freja odmahnuvši glavom.

– Nemoj da me zezaš, ili ću te naterati da sastavljaš pitanja za sledeću nedelju – ako tad uopšte još budeš ovde. Koliko nameravaš da ostaneš? – upitala ju je Ema dok su pristizale do ulaza u apartmane *Kalipso*.

– Ne znam. Nisam razmišljala baš previše unapred – nemam ni para ni odeću, sećaš se – rekla je Freja.

– Onda imam sjajnu ideju. Zašto mi se sutra ujutru ne pridružiš na šoping izletu do grada Krfa? Možemo da pogledamo garderobu, odaberemo ti nekoliko modernih kombinacija i lepo ručamo – pravi ženski izlazak – predložila je Ema dok su išle ka recepciji.

– Mislim da ću to preskočiti – odgovorila je Freja.

– Zašto? – upitala je Ema razočarano.

– Zato što sam sigurna da si rekla da krećete u osam ujutru.

– Izlet počinje tad, ali hajde, sad je pola tri, četiri i po sata sna i brzinsko tuširanje, osećaćeš se kao nova žena – pokušavala je Ema da je nagovori.

– Osećaću se kao pregažena. Verovatno još gore nego što se sad osećam. Ali nemam energije da se raspravljam s tobom, tako da gde se nalazimo? – upitala je Freja, umorno se osmehujući.

– Na trgu – odgovorila je Ema uzbuđeno.

Deset minuta kasnije, nakon što je Ema prijavila Freju kod menadžera i uzela ključ, Freja je stajala u svom apartmanu.

Bio je to standardni apartman bez raskošnog nameštaja i pogodnosti, ali imao je sve što je potrebno. Mali kuhinjski deo s ringlom, kuvalom za vodu, tosterom i sudoperom, kupatilo s klozetskom šoljom, lavaboom i tušem, ali najvažnije od svega, tu je bio veliki bračni krevet koji je zauzimao najveći deo sobe. Bio je presvučen zategnutim, belim čaršavima i Freji ništa dosad nije izgledalo toliko primamljivo.

Oči su joj bile teške i bolne, a poslednjih sat vremena je neprekidno zevala. Želela je da popije šolju čaja i videla je da pored kuvala stoje besplatni čajevi, zajedno s paketićima mleka. Ali čak i kuvanje vode joj se činilo kao prevelik napor. Nije imala snage.

Izula je cipele i legla na krevet da razmisli o tom danu. Koliko se toga promenilo za samo nekoliko sati. Trebalo je da leži u krevetu s Raselom, razmišljajući o sjajnom rođendanu koji je upravo proslavila. Umesto toga, ležala je sama u apartmanu na Krfu, u Grčkoj, nakon što ju je momak uvredio, bezobrazno derište je izludelo u avionu i, možda najgore od svega, završila je s bojom kose nalik pakovanju *pringls* čipsa. Baš nezaboravan trideseti rođendan. Na sreću, brzo je utonula u san.

4.

Freji se po ko zna koji put zgrčio želudac otkako se probudila. U šest ujutru, gosti iz sobe iznad njene odlučili su da vode ljubav. I to ne kao i svi drugi, seks na brzaka, pet minuta i gotovo – nego glasan i bučan seks, kao na kanalu *Diskaveri*, koji je trajao i trajao. Freji nije preostalo ništa drugo nego da ustane iz kreveta, skuva besplatan čaj i izađe na balkon.

Otkrila je da se s njenog balkona pruža neverovatan pogled na planine, pa je iskoristila priliku da napravi nekoliko fotografija dok je rana jutarnja izmaglica obavijala vrhove.

Sad je bilo sedam i petnaest, i krenula je prema pekari u potrazi za svežim toplim zemičkama. Dve za nju i dve za ribe u luci. Uvek ih je hranila kad dođe, i one bi ponekad iskakale iz vode kako bi prve progutale zalogaj. Tako je mogla da se opusti na pola sata, a ribe su bile dobri subjekti za fotografisanje, u slučaju da sa sobom imaš odgovarajuću opremu – ona je nije imala.

Freja je ušla u pekaru i duboko udahnula primamljiv miris svežeg peciva koji je dopirao odatle. Od toga joj se želudac još snažnije zgrčio. Primetila je da je neko ušao iza nje, pa je zadržala vrata i pustila sredovečnu ženu u kompletu od tvida da uđe. Freja pomisli kako je komplet od tvida pomalo neprikladan za ovakvu klimu, pogotovo pošto je sunce već izašlo i davalo do znanja da je tu.

– *Kalimera*, mogu li da dobijem četiri velike bele zemičke, molim vas? – naručila je Freja od starije Grkinje iza pulta.

Freja samo što nije oblizala usne nestrpljivo iščekujući da proba zemičke. Možda će ipak pojesti tri, pošto je toliko gladna. Dok je gledala kako žena pakuje zemičke, suzdržavala se da ne počne da balavi.

– Sedamdeset pet centi – zatražila je žena.

Freja je pružila novčanicu od deset evra, koje je pozajmila sinoć od Eme, i izvinila se što nema ništa sitnije.

Žena joj je vratila kusur i kesu sa zemičkama, a Freja je izašla iz radnje jedva čekajući da zagrize pecivo. Međutim, odlučila je da sačeka dok u luci ne bude našla mesto za sedenje i gledala u more.

– Izvinite – začuo se glas iza nje.

Iznenadio ju je američki naglasak, kao i glasnoća obraćanja. Freja se zaustavila, okrenula i ugledala ženu u kompletu od tvida koja je žurila niz ulicu kako bi je stigla.

– Izvinite, izgleda da ste kupili poslednje bele zemičke iz prve jutarnje ture – rekla je žena, uputivši Freji savršeno blistavi osmeh.

– Oh, stvarno? Baš niste imali sreće. Toplo vam ih preporučujem – odgovorila je Freja.

– Ne, ne, pogrešno ste me shvatili. Ja hoću *te* zemičke – rekla je žena jasno i pokazala na papirnu kesu koju je Freja držala.

Freja je pogledala ženu u kompletu strogog kroja, savršeno isfrizirane kose i manikiranih noktiju. Niko nije štrčao više od nje dok je u Kasiopiju jutro postajalo sve toplije. Podsetila ju je zapravo na majku. Da li joj se priviđalo usled nedostatka sna? Nije mogla da se suzdrži. Prasnula je u smeh, stavila ruku preko usta i pritisnula kesu sa zemičkama na grudi.

– Izvinite što se smejem, ali da li ste rekli da želite moje zemičke? Tamo imate celu pekaru punu hleba – uspela je Freja da izusti kroz smeh.

– Savršeno sam svesna toga, ali nisu bele i nisu tako sveže. Znate li da ove zemičke izlaze iz rerne tačno u tri minuta posle sedam? – nastavila je žena.

– Ne zanima me kad su izašle iz rerne, one su moje i uživaću u njima – rekla je Freja sa osmehom i okrenula se da ode.

Freja je iznenada osetila kako joj žena vuče ruku unazad, a njeni manikirani nokti joj se zarivaju u kožu.

– Mislim da nisam bila jasna. *Hoću* te zemičke, *potrebne* su mi, i spremna sam da platim za njih – prosiktala je žena.

– Pustite me! Vi niste normalni! Ovo je moj doručak. Nisam jela dvadeset četiri sata, i ovo mi baš ne popravlja raspoloženje – rekla je Freja glasno.

– Daću vam deset evra za njih – nastavila je žena.

Izvadila je novčanik iz kožne tašne koju je nosila preko ramena, izvukla je novčanicu i pružila ju je Freji.

– Zemičke nisu na prodaju – odgovorila je Freja odlučno.

– Dvadeset evra, i to je moja poslednja ponuda – dodala je žena, izvadivši još jednu novčanicu.

– Sad me je ovo zainteresovalo. Zašto toliko želite moje zemičke? Da nisu možda šuplje? Samo izdubljena korica, a unutra nakit? Ili je kokain? Da nisam naletela na neku dilersku mrežu? Da niste vi neka gospođa Krupna Riba? – ispitivala ju je Freja, osmotrivši je od glave do pete.

– Ne na taj način, draga. Slušajte, trideset evra i tu stvarno povlačim crtu – rekla je žena.

– Ovo je ludost. Mogli biste mi ponuditi sto evra, i opet ne bih bila zainteresovana – uzviknula je Freja glasno.

– Dvesta – odgovorila je žena.

– Doviđenja – rekla je Freja, okrenula se i ponovo pošla ka luci.

– Dajte mi zemičke! – naredila je žena i potrčala za Frejom duž ulice.

– Ne! Gubite se, hoćete li! – viknula je Freja, dajući sve od sebe da prenebregne ženino prisustvo.

– Šta mogu da vam ponudim u zamenu? Recite cenu – nastavila je žena, koračajući uporedo s njom.

– U redu – rekla je Freja.

Zaustavila se u mestu i ponovo se okrenula ka ženi.

– Koliko? – upitala je žena.

– Neću novac. Recite mi razlog zbog kojeg ih toliko želite, i ako je dovoljno dobar, možete ih dobiti – rekla joj je Freja.

– Bez naplate? – proverila je žena.

– Da. Mislim, sigurno imate stvarno dobar razlog da ih želite ako me zbog njih jurite ulicom – rekla je Freja.

– U redu. Moj šef poslednje dve nedelje svakog jutra jede te zemičke. Voli ih s namazom od maslinovog ulja i medom, i ukrašene listićima nane, a potom popije dve velike čaše soka od borovnice. Moj šef je Nikolas Kejden – izjavila je žena uz samozadovoljan osmeh.

To je bio otprilike četvrti put da je Freja čula glumčevo ime otkako je stigla na ostrvo. Da li ga je celog zauzeo? Sad je hteo i njene zemičke! Da li bi možda trebalo da se oseća počastvovano?

Freja je pogledala ženu koja se sad široko osmehivala, sigurna da je pominjanje poznatog imena presudilo u njenu korist.

Ali Frejin želudac se sad još jače grčio, a brzinskim pogledom na sat uvidela je da ima još samo dvadeset minuta do sastanka sa Emom.

– Žao mi je! Nije dovoljno dobar razlog. Prvo, moja potreba za ovim zemičkama je veća od potrebe Nikolasa Kejdena, i drugo, svako ko šalje nekog drugog da mu kupi doručak, umesto da to sâm uradi, zaslužuje da ostane bez njega u korist ranoranilice koja se potrudila da ustane, uprkos tome što je spavala samo nekoliko sati. Sad možete da se vratite i kažete gospodinu Kejdenu da, ako ubuduće bude želeo baš ove zemičke, bolje da sâm navije sat i ustane, umesto da se oslanja na majku da mu ih donese – odbrusila joj je Freja.

Iznevši svoj stav, posegnula je rukom u papirnu kesu, izvadila zemičku i zagrizla je.

Žena je izgledala besno. Usne su joj bile stegnute, lice zajapureno, i izgledala je kao da će se rasprsnuti u kompletu od tvida. Ali nije ništa rekla, samo se okrenula na peti i krenula nazad prema pekari.

Freja je odmahnula glavom i zagrizla još jedan zalogaj zemičke. Šta nije u redu s nekim ljudima? Zašto misle da su važniji od drugih? Upravo takav način razmišljanja ljutio je Freju najviše od svega.

5.

Na kraju su najviše ispaštale ribe, jer je Freja imala manje vremena da ih nahrani, a i sama je bila toliko gladna da je pojela tri zemičke.

Ema je držala tablu sa štipaljkom i štriklirala imena na spisku putnika kad je Freja stigla na trg. Skupila se poprilična gužva, a dok se približavala, Freja je videla da se autobus pojavljuje na vrhu ulice.

Bilo je tek pet do osam ujutru, a sunce je već isijavalo neverovatnu količinu toplote, nagoveštavajući još topliji dan. Freja je, da bude iskrena, jedva čekala da nabavi novu odeću. Farmerke nisu bile savršeni izbor odeće za nošenje preko dana u toploj zemlji, a i majica je počela da joj neprijatno miriše.

– Dobro jutro, jesi li lepo spavala? – rekla je Freja, prišunjavši se Emi.

– Frejo, tu si. Već sam pomislila da nećeš stići – rekla je Ema.

– Čudna priča: rasprava na ulici oko mog izbora doručka – ispričala joj je Freja.

– Molim? Jeste, ovo je šoping tura do grada Krfa. Kako se zovete, molim vas? Gospodin i gospođa Majkls – da, sve je u redu. Oh, evo stiže autobus – izvini, Frejo, samo da proverim da li su svi stigli – rekla je Ema prebacujući se u organizatorski režim rada.

Nešto posle osam ujutru, svi su se ukrcali u autobus koji je krenuo ka gradu Krfu. Putovanje je trebalo da traje oko sat i petnaest minuta, a put je bio živopisan, pa se Freja nadala da će videti delove ostrva koje je propustila dok je prethodne večeri dolazila sa aerodroma.

Freja je sedela u prednjem delu autobusa sa Emom, koja je putnicima davala sigurnosne smernice i obaveštavala ih da će im usput ukazivati na zanimljivosti.

– Izvini zbog ovoga. Hajde, imam petnaestak minuta pre nego što ću ponovo morati da pričam – rekla je Ema, utonula u sedište i okrenula se ka prijateljici.

– Pa, htela sam za doručak da kupim one preukusne zemičke iz pekare, i taman što sam izašla iz radnje, pojavila se gospođica Manipeni od četrdesetak godina, samo što je bila Amerikanka a ne Engleskinja, i počela da mi nudi pare za njih. Mislim da je u jednom trenutku stigla čak do dvesta evra – počela je Freja da objašnjava.

– Molim? Za nekoliko zemički? Šta se desilo? – upitala je Ema zainteresovano.

– Ispostavilo se da ima neke veze s Nikolasom Kejdenom. Peciva su bila za *njega* – nastavila je Freja.

– O, bože! U pitanju je sekretarica Nikolasa Kejdena, ili nešto slično, a ti si razgovarala s njom! – uzviknula je Ema zadivljeno.

– Nisam samo razgovarala s njom. Očitala sam joj bukvicu – kazala je Freja.

– Hoćeš da kažeš da nisi prodala zemičke? Čak ni za dvesta evra? – rekla je Ema u neverici.

– Nisam. Radilo se o principu. Kupila sam ih i bile su moje, kraj priče. Neću da mi naređuje neko s preuveličanim egom. Toga mi je bilo dosta sa ocem – izjavila je Freja i namrštila se razmišljajući o prošlosti.

– Pa, svaka čast, ali ja bih verovatno bila u iskušenju da razmenim zemičke za autogram ili nešto tako – rekla je Ema.

– Ma daj! Ista si kao oni ljudi što su ga sinoć fotografisali – uzvratila je Freja.

– Mogla si to da iskoristiš za pregovaranje. Da predložiš da ga fotografišeš – rekla je Ema.

– Mogu da nabrojim barem sto jednu osobu koju bih radije fotografisala. Što se pravi tolika frka oko tog tipa? Neki njegovi filmovi nisu loši, ali on nije ništa posebno. Priznajem, zgodan je, ali teško da je baš Brus Vilis – rekla je Freja.

– Pa, mislim da je suština u tome što Kasiopi retko posećuju holivudski glumci, a film koji snima uglavnom se odvija u kontinentalnoj Grčkoj, pa je ovde samo oko mesec dana. A što se ludovanja za njim tiče, moraš priznati, dobar je frajer – rekla je Ema uz smeh.

– Reći ću Janisu da si to rekla. To jest, ako ga ikad budem videla – napomenula je Freja.

– Videćeš ga večeras pošto mu je slobodno veče i rezervisao nam je sto u *Banasu*, onaj koji najviše voliš, odakle se najbolje vidi zalazak sunca. Odlučila sam da ti večeras ponovo slavimo trideseti rođendan i nadam se da će biti mnogo uspešnije nego juče – saopštila je Ema uzbuđeno.

– To zvuči sjajno – priznala je Freja sa osmehom.

– Sad nam samo preostaje da ti nađemo neke odevne kombinacije – rekla joj je Ema.

– Mmm, ne verujem da u gradu Krfu ima *Evans*, ali hajde da pokušamo – odgovorila je Freja što je oduševljenije mogla.

Kada su stigle u grad Krf, već je bila poprilična gužva, a temperatura je znatno porasla tokom putovanja ka jugu. Freja je zaključila da su joj neophodni šešir za sunce i krema za sunčanje s faktorom najmanje petnaest. Imala je prilično svetao ten, i mada je volela da bude na suncu, ono ponekad baš i nije volelo nju.

Ema je već objasnila turističkoj grupi kako treba da se vrate u autobus najkasnije do 14.00 časova, što im je davalo četiri i po sata u ostrvskoj prestonici.

Dok je Ema nekima pomagala pokazujući im kuda treba da idu, Freja je bacila pogled prema Staroj tvrđavi i setila se svoje prve posete gradu Krfu. Bila je zadivljena arhitekturom, živošću grada i načinom na koji je celo mesto bilo veličanstveno, a da to nije delovalo razmetljivo. Na tom odmoru je snimila mnoge crno-bele fotografije – dve tvrđave, građevine u venecijanskom stilu, i Emu koja se glupirala ispred njih. Još je imala jednu od tih fotografija, onu s pogledom sa stare tvrđave, koju je okačila kod kuće u hodniku.

– Hajde, sanjalice, moramo u kupovinu – rekla je Ema, prenuvši Freju iz razmišljanja i hvatajući je podruku.

Dve žene su lagano šetale ulicama, smejale se i prisećale se svoje mladosti, vremena kada su previše pile i pravile budale od sebe.

– Sećaš li se onog groznog konobara koji se bezobrazno ponašao jer nismo mogle da prestanemo da se smejemo? – upitala je Ema dok su šetale.

– Zato što je mislio da se smejemo njegovim glupim brkovima – što, naravno, i jesmo – odgovorila je Freja.

– Ali ipak smo mu bile mušterije, i trebalo je to da ima na umu, onda bismo ga možda i častile – rekla je Ema.

– Pa, ja ga jesam častila... rekla sam mu da ako se tako bude ponašao i prema drugim gostima, može očekivati mršavu sezonu – podsetila ju je Freja.

– Pitam se gde li je sada – rekla je Ema zamišljeno.

– Verovatno prodaje giros – napomenula je Freja.

– Dobro, evo nas, naša prva stanica za kupovinu garderobe – rekla je Ema, pokazujući na butik ispred njih.

Freja je bacila pogled u izlog i videla mnogo komada odeće koji su izgledali kao dela poznatih dizajnera. Svi su bili toliko mali da se činilo kao da bi joj stali samo na jednu ruku.

– Jesi li sigurna da imaju odeću u mojoj veličini? Mrzim kad se utegnem u nešto što se i ne spaja gde bi trebalo, a kamoli da se za-kopča – rekla je Freja uzdahnuvši.

– Ne budi šašava, naravno da imaju. Hajde uđi i upoznaj se sa Agatom. Skoro joj je šezdeset godina, ali ima sjajan osećaj za modu – rekla je Ema i povukla Freju ka ulazu.

Kada su ušle u prodavnicu, Freja je bila iznenađena koliko je unutra veća nego što je izgledala spolja. Bila je nalik prostranom lavirintu s vijugavim prolazima punim stalaka s garderobom dokle god je sezao pogled. Ema je primetila njen iznenađen izraz lica i nasmejala se.

Pojavila se niska Grkinja prosede kose. Odmah je vrisnula od sreće i uzbuđeno pozdravila Emu na grčkom, ljubeći je u obraze.

– Molim vas! Moje znanje grčkog je veoma zarđalo i ograniče-no. Možemo li pričati na engleskom? – zatražila je Freja dok su Ema i Agata nastavile da pričaju na grčkom.

– Izvini, Frejo. Agata, ovo je moja najbolja prijateljica Freja. Sećaš li se da sam ti pričala o njoj? – predstavila ju je Ema.

– Drago mi je – odgovorila je Freja.

– I meni, draga moja. Ema mi je mnogo pričala o tebi – odgovorila je Agata i zagrlila Freju, poljubivši je u obraze.

– Sigurna sam da jeste, sve najgore pretpostavljam – odgovorila je Freja.

– Ne sve. Većinom, ali ne sve – našalila se žena i namignula Emi.

– Agata, Freja je došla da bude kod mene neko vreme, nekoliko nedelja, a možda i duže, nadam se, ali nije ponela mnogo stvari, i sad nam treba garderoba, mnogo garderobe. Odeća za dan, za noć, za plažu, za izlaske u klub – šta god da pomisliš, treba joj – objasnila je Ema.

– Sačekaj malo, viza kartica bi mogla da mi se istopi ako je preopteretite – uzviknula je Freja.

– Sjajno! Izazov koji mi se dopada! Imamo širok izbor, hajde, hajde, ovamo – naredila je Agata i povela ih niz jedan od prolaza u radnji.

– Nisam sigurna da mi se dopada što me nazivaju izazovom – odgovorila je Freja dok je pratila Emu i Agatu.

– Agata svakog vidi kao izazov. Kad ona nekog obuče, ta osoba tek tad zaista shvati šta je stil – izgovorila je Ema.

– Zaboga, izgleda da si potpuno prihvatila njenu filozofiju – rekla je Freja.

Agata je prebirala po stalcima, izvlačila komade odeće, neke bi prebacila preko ruke, a druge odbacila.

– Znam da je sad crvenokosa, Agata, ali do kraja dana će biti plavuša, tako da ne želim da te to obeshrabri – obavestila ju je Ema koja je i sama počela da pretražuje odeću.

– Plavuša? Otkad?

– Otkad sam jutros kupila farbu za kosu u apoteci na putu do trga. Ne brini, imaćeš pomoć za farbanje – rekla joj je Ema.

Freja je posmatrala kako dve žene biraju odeću i raspravljaju o bojama koje bi najbolje pristajale njenom tenu. Mrzela je kupovinu odeće u Engleskoj jer je uvek morala da isprobava stvari, a kako to obično biva, sve joj je bilo tesno. U poslednje vreme je odeću kupovala uglavnom preko interneta. Nema posramljujućih kabina za presvlačenje i sve što ti ne odgovara možeš da vratiš. Ne moraš da crveniš na kasi kad tražiš veći broj.

– Evo prvih kombinacija. Hajde, probaj i pokaži nam svaku. Onda ćemo videti na čemu smo, važi? – rekla je Agata, pružajući Freji hrpu odeće.

Pomisao da se šetka pred njima poput modela za krupnije žene odjednom je Freju ispunila užasom. Ali pogledavši Emu sa uzbuđenim izrazom na licu i Agatu s modernom, lepršavom garderobom kako je mašući rukom upućuje ka kabini za presvlačenje, shvatila je da bi ih to mnogo obradovalo. Ko je ona da im to uskrati?

Freja je povukla zavesu kabine za presvlačenje i nestala iza nje.

– Ne gledajte dok se ne obučem. Nosim isti donji veš već dva dana, i to nije lep prizor – doviknula im je Freja.

– Napustila je Englesku u žurbi – objasnila je Ema Agati.

Prvi komad odeće bile su crne pantalone. Freja ih je navukla na sebe i iznenadila se što joj zaista dobro pristaju. Bez problema je zakopčala dugme i rajsferšlus. To je bila novost, a kroj je bio takav da su joj butine sad manje izgledale kao da pripadaju ragbisti. Navukla je preko glave smaragdnozeleni topić koji se vezivao oko vrata i išao u kompletu s pantalonama. Pogledala se u ogledalo. Izgledala je gotovo vitko – pa dobro, možda ne baš vitko – ali svakako bolje i s jasno izraženim oblinama. Izgledala je ženstveno. Videvši sebe kako izgleda potpuno drugačije, nije mogla da se obuzda pa je vrisnula od oduševljenja i razmakla zavesu.

– Pogledajte me?! Imam struk! *Struk!* A grudi mi ne izgledaju kao da će mi preuzeti ostatak tela – uzviknula je Freja, jedva suzdržavajući uzbuđenje.

– Izgledaš neverovatno! – rekla je Agata, pljeskajući rukama od oduševljenja dok je Ema grlila prijateljicu.

– Zaista izgledam neverovatno, zar ne? Koja je sledeća? – pitala je Freja nestrpljivo.

Uronila je nazad u kabinu, sad potpuno spremna da se pred bilo kim šetka poput modela za krupnije žene.

6.

Sat vremena kasnije, Freja je kupila ništa manje nego sedam kompleta odeće, i još tri para cipela, dve tašne, dva saronga, tri kupaća kostima, pet topića, četiri para pantalona i dva kardigana. Ema je čak uspela da je nagovori da kupi bikini, za koji je Freja znala da će ga nositi samo uz odgovarajuću majicu preko njega.

– Nakon ovolike kupovine moraću da se obratim banci zbog dozvoljenog minusa – saopštila je Freja dok joj je Agata sve pakovala u kese.

– Zaslužila si, častila si se za rođendan. Osim toga, dovoljno naporno radiš, zašto onda ne bi potrošila nešto od svog teško zarađenog novca? – istakla je Ema.

– Nemoj da spominješ posao! Sledeće nedelje bi trebalo da radim školsko fotografisanje. Moraću da pozovem Sajmona i zamolim ga da to prerasporedi. Verovatno se već pita gde sam – rekla je Freja, iznenada se podsetivši svojih odgovornosti kao preduzetnice.

– Snaći će se on. Mislim, nije ti ovo prvi put da nestaneš – podsetila ju je Ema.

– Tačno tako. Ema me previše dobro poznaje, Agata. Dugogodišnje smo prijateljice i zna sve moje tajne – rekla je Freja grčkoj dami.

– To je dobro. Svakome treba neko kome može sve da kaže – odgovorila je Agata.

– Da, tako je – složila se Freja, pogledavši Emu.

– Sad, Frejo, saslušaj jednu stariju damu, važi? U ovoj odeći izgledaš predivno, ali to je samo polovina puta do vrha. Moraš naučiti i da se *osećaš* predivno. Imam utisak da ti to nije lako, zar ne? – započela je Agata, gledajući Freju ozbiljno.

– Nema mnogo toga predivnog kod mene. Pa, osim očigledno seksi očiju i naravno blistavog smisla za humor – našalila se Freja.

– Znam od Eme, a i osećam da si veoma posebna osoba. Dopala si mi se čim sam te upoznala. Imaš iskru, svetlost u sebi, ne poseduje je svako, ali ti je imaš. Sad, uzmi ovu divnu odeću u kojoj tako lepo izgledaš i obećaj Agati da ćeš, kad je nosiš, pustiti tu svetlost da obasja prostoriju – rekla je Agata, a dok je govorila *obasja prostoriju*, zamahnula je rukama kao da će ona sama ispuniti prostoriju.

– Obećavam da ću pokušati i hvala vam na pomoći, Agata. Vi i vaša odeća ste neverovatni – rekla je Freja.

Agata se nagnula preko pulta i poljubila Freju u obraze.

– Uskoro ćeš upoznati posebnog muškarca, mislim. Onog koji će videti tvoju unutrašnju svetlost – rekla je ozbiljno.

– Trenutno sam umorna od muškaraca, ali ako bude visok, tamnoput i vraški zgodan, možda se predomislim – našalila se Freja uz osmeh.

Žene su se pozdravile, natovarile se Frejinim kesama i izašle iz butika.

– Stvarno nisam mislila da ćemo završiti kupovinu odeće već u petnaest do jedanaest – priznala je Freja dok su išle trotoarom udaljavajući se od prodavnice.

– Agati verujem u potpunosti. Obećala mi je da će mi jednog dana nabaviti venčanicu – rekla je Ema sa osmehom.

– Znači li to da ste ti i Janis razgovarali o tome? – raspitivala se Freja.

– Jesmo, ali teško je. Nemamo mnogo novca, a voleli bismo da imamo svoj dom. Gospodin i gospođa P su divni, ali život s momkovim roditeljima nije savršen – rekla je Ema.

– Pa, nije bilo savršeno ni kad sam ja živela sa *svojim* roditeljima, a kamoli s tuđim. Mada, kad bolje razmislim, s tuđim bi verovatno bilo mnogo bolje – rekla je Freja.

– Štedimo za svoj stan, ali treba vremena. Restoran ide odlično, ali novac ulažemo u posao – nastavila je Ema.

– Uspećete – uveravala ju je Freja.

– Znam, ali skoro mi je trideset, a ne želim previše dugo da čekam. Želela sam da se udam pre nego što dobijemo decu – rekla je Ema.

– Brak, deca... a ja opet sama – napomenula je Freja sa uzdahom.

– Frejo, izvini. Bože, kako sam neosetljiva! Ne bi trebalo da mislim o sebi, nego o tebi – uzviknula je Ema.

– Ne budi šašava. Jedino si to i radila otkad sam stigla. Dobro je što se nisam udala i dobila decu s Raselom, zar ne? Ako sad misli da sam krupna, zaprepastio bi se kad bih još i zatrudnela – rekla je Freja.

Ema nije mogla da se suzdrži i prasnula je u smeh.

– Jesi li razgovarala s njim? – upitala je Ema.

– Ne, istrošila mi se baterija. Mogu li kasnije da pozajmim tvoj punjač? – pitala je Freja.

– Naravno.

– Hvala. Možda bih mogla da preslušam sve one poruke koje je ostavio i čujem šta glupander ima da kaže u svoju odbranu. Dakle, s obzirom na to da sam potpuno opremljena i još nije ni jedanaest, šta ćemo sad? Malo je rano za ručak, zar ne? – pitala je Freja, proveravajući sat.

– Oh da, prerano je, a imamo još posla, kao što je farbanje tvoje kose, šišanje i sređivanje noktiju – rekla je Ema.

– Molim? Pa, čekaj malo, kuda idemo? Nadam se da nije daleko, pošto ove kese nisu baš pogodne za duge šetnje, a skoro je podne i sunce prži. U farmerkama sam, a znaš da se znojim kao dizač tegova – dovikivala je Freja pokušavajući da sustigne Emu.

Ema je upoznala Freju s Helenom, koja joj je ofarbala i ošišala kosu, i Sofijom, koja joj je uradila francuski manikir.

Freja je sada izgledala gotovo neprepoznatljivo u poređenju s bledom, iscrpljenom i potištenom crvenokosom osobom koja je prethodne večeri doletela na aerodrom na Krfu. Prvo, sada se smešila, a drugo, divan je osećaj kad možeš da ugodiš sebi i to u društvu najbolje prijateljice.

Nakon frizerskog salona, dve žene su se smestile u kafeu u Listonu i naručile ručak.

Liston je ulica sa arkadama, projektovana još za vreme francuskog zauzimanja ostrva u devetnaestom veku. Restorani su bili skupi, ali vredelo je platiti više za sedenje u tako prelepom okruženju i posmatranje ljudi koji prolaze.

– Pa, kako se sad osećaš? Bolje nego kad si stigla? – upitala je Ema.

– Da li se bolje osećam? Hmm, sedim u lepom kafiću u gradu Krfu, uskoro ću s najboljom prijateljicom jesti ukusan pileći suvlaki, nakon što sam celog jutra ugađala sebi na svaki mogući način. Da, mislim da se osećam bolje. Pa, reci mi, da li mi stoji ova plava kosa? – upitala je Freja, gledajući je preko naočara.

– Odlično ti stoji i mnogo mi je drago što se lepo provodiš – odgovorila je Ema.

– E pa, zato bežim ovamo kad se pogubim, a ne, recimo, u Grimsbi – rekla je Freja.

– Drago mi je što si došla. Stvarno mi nedostaješ, znaš – priznala je Ema blago dirnuta.

– Hej, jel' sve u redu? Ima li nešto što si izostavila tokom naših telefonskih razgovora, a podelila bi sad sa mnom? – pitala je Freja.

– Ne, samo mi nedostaje da te viđam kao ranije, pre nego što sam se preselila. Nemam mnogo prijatelja ovde. Mislim, tu je nekoliko devojaka na poslu, ali stalno smo zauzete da skoro nemamo vremena za druženje – nastavila je Ema uzdahnuvši duboko.

– Ali imaš Janisa, to je bolje nego da sam ti ja tu – podsetila ju je Freja.

– Znam, ali postoji nešto što možeš da podeliš samo s najboljom prijateljicom, što i sama znaš – rekla je Ema.

– Pa, sad sam ovde i ostaću neko vreme, biću na pravom letovanju – odlučila je Freja.

7.

Te večeri, Freja je bila u nedoumici koju od novih odevnih kombinacija da obuče za izlazak na večeru u restoran.

Vratila se u apartmane *Kalipso* malo pre četiri popodne potpuno iscrpljena. Imala je utisak da pati od nedostatka sna, ali bazen je izgledao toliko primamljivo da je požurila do sobe, presvukla se u kupaći kostim i ušla u vodu. U bazenu je bilo još bolje nego što je izgledalo spolja – hladno, sveže i osvežavajuće. Preplivala je nekoliko puta bazen po dužini, izbegavajući desetak izuzetno glasne dece koja su igrala vaterpolo, i baš to joj je bilo potrebno da se pripremi za popodnevnu dremku. Dremku koja je trajala tri sata.

Sad je već paničila jer je trebalo da se nađe sa Emom i Janisom za pola sata u restoranu *Banas*. A s tolikim izborom garderobe, bilo joj je teško da odluči šta da obuče.

Pozajmila je Emin punjač za telefon nakon što su se vratile u Kasiopi. Telefon joj je sada bio napunjen i spreman za upotrebu. Pozvala je svog pomoćnika Sajmona i rekla mu da se pobrine za sve dok je ona odsutna, a zatim preslušala Raselove poruke. Iznenađujuće, uprkos broju propuštenih poziva, bilo ih je samo tri.

Hej, ljubavi, u restoranu sam. Sad je skoro pola dva, pa me pozovi čim možeš. Verovatno te je nešto zadržalo, pretpostavljam.

Ćao, dušo, sad je sedam sati. Od popodneva pokušavam da te dobijem na mobilni i u kancelariji. Zabrinut sam za tebe. Molim te, javi se čim dobiješ ovu poruku, da znam da si dobro. Volim te, dušo.

Hej, Frejo, ne znam da li si dobila moje druge poruke ili propuštene pozive, ali – da li sam nešto uradio što te je uznemirilo? Ako sam rekao ili uradio nešto, ili ako hoćeš da vičeš na mene iz bilo kog razloga, samo me pozovi da pričamo. Volim te.

U prva dva je zvučao gotovo iskreno zabrinuto, ali u trećem je zvučao kao da ga izjeda krivica.

Freja ga je pozvala pre desetak minuta, ali dobila je govornu poštu.

– Rasele, ovde tvoja krupna devojka – znaš, ona obična s kojom si protraćio godinu i po dana života. Samo da ti javim da sam dobro. S nekim sam kome je stalo do mene i ko mi je odan i veran – nešto što ti, mislim, nisi bio. Nemoj me više zvati, nemoj zvati Sajmona u kancelariju i odnesi svoje stvari iz mog stana. Ne želim više nikad da te vidim.

Freja se osmehnula prisećajući se zadovoljstva koje je osetila prekinuvši vezu. Razgovor sa Emom joj je zasigurno pomogao da razjasni sebi kako se oseća. Sad je bilo vreme da odluči šta da obuče. Crne pantalone i zeleni topić koji se vezuje oko vrata, bez sumnje.

Obula je crne sandale sa šljokicama i visokim potpeticama, uzela tašnu koja se slagala s njima. Pogledavši se u ogledalu koje prikazuje celu figuru, videla je promenu. Sad je samo trebalo da je i *oseti*. Već je to radila, i uradiće opet.

Restoran *Banas* bio je udaljen samo nekoliko minuta hoda od apartmana *Kalipso* i malo posle pola devet Freja je stigla i zatekla Emu kako je već čeka.

– Agata je zaslužna za stajling! Sad se spremi da obasjaš prostoriju svojom svetlošću – rekla je Ema dok joj je Freja prilazila.

– Ne zezaj se. Agata je bila vrlo ozbiljna u vezi s mojom svetlošću! Gde je Janis? – upitala je Freja, odmah primetivši da Emin momak nije tu.

– Morao je da radi. Jedan od konobara je bolestan i nije mogao da mu nađe zamenu. Mnogo mu je žao, baš se radovao što će te videti – rekla joj je Ema.

– I *dalje* si s njim, zar ne? Samo kažem pošto ga nisam videla otkako sam sletela – naglasila je Freja.

– Znam, znam, ali mislila sam da bismo možda mogle kasnije da svratimo u restoran *Petroholis* na kasno večernje piće – predložila je Ema.

– To zvuči sjajno – složila se Freja.

– Odlično. Hajde onda da uživamo u rođendanskoj večeri – rekla je Ema uzbuđeno, hvatajući Freju podruku.

– Imam li balon na stolici? Reci mi da imam balon na stolici – rekla je Freja dok su ulazile u restoran.

Restoran *Banas* bio je izuzetno popularan u Kasiopiju, zahvaljujući lokaciji na obodu plaže Kalamionas. U ponudi je imao međunarodnu kuhinju visokog kvaliteta i bio poznat po savršenom mestu za gledanje zalaska sunca. Bio je to uvek praznik za oči.

Restoran je bio pun, i prijateljice su morale da sačekaju jednog od desetak konobara da im priđe.

Ema je razgovarala s konobarom na grčkom, objašnjavajući mu da su rezervisale Frejin omiljeni sto. Konobar se vidno zbunio i počeo da se vrpolji prebacujući se s noge na nogu. Očigledno mu je bilo neprijatno. Iako je Freja prilično slabo razumela grčki jezik, osetila je da nešto baš i nije kako treba.

– Šta se dešava? Zašto se tako ponaša? – pitala je Freja prijateljicu.

– Postoji problem u vezi sa stolom. Pozvaće menadžera – odgovorila je Ema.

– Kakav problem? Klimava noga. Neko od gostiju iz prve ture još sedi tamo. Možemo da sačekamo malo, možda će nas častiti pićem zbog neprijatnosti – rekla je Freja radujući se večeri.

– Zvučalo je malo ozbiljnije od toga, ali videćemo šta će reći menadžer – rekla je Ema i uzdahnula.

– Ozbiljnije? Misliš – čekaj, vidim naš sto i neko sedi za njim. Tamo je grupa ljudi koja je zauzela tri stola uključujući i naš – saopštila je Freja gledajući u unutrašnjost restorana.

– Hm, promumlao je nešto o tome, ali ne brini, menadžer će uskoro doći i sigurna sam da će smisliti nešto – rekla je Ema smireno.

– Čekaj malo, ne mogu da verujem. Znaš li ko sedi za našim stolom? Prokleti Nikolas Kejden, a tu je i njegova pomoćnica koja je pokušala da otkupi moje zemičke. Taj čovek je potpuno zauzeo selo – uzviknula je Freja ljutito.

Zurila je ka stolu i videla Nikolasa Kejdena u beloj košulji, otkopčanoj oko vrata, izgledao joj je starije nego što ga se sećala kad ga je videla u filmu na DVD-u koji je poslednji iznajmila. Izgledao je vitko, ali mišićavo, i neosporno je bio zgodan. Ipak, dok ga je posmatrala, Freja je osećala jedino ljutnju. Šta on misli ko je? Manje od dvadeset četiri sata je na Krfu, a on je već postao prava napast i na razne načine joj zagorčao život. A sad su joj on i njegovi filmski drugari zauzeli sto, sto za gledanje zalaska sunca, sto koji joj je omiljen – sto koji je Ema rezervisala posebno za Frejin rođendan. U Freji je narastao bes. Ako nešto nije podnosila, onda su to bili ljudi s preuveličanim egom koji misle da su bolji od ostalih. Provela je život bežeći od takvih! Samo to što je glumac i što mu se lice našlo na naslovnicama časopisa ne daje mu pravo da je ponizi i da prisvoji njihov rezervisan sto.

Ema je sada pričala s menadžerom restorana, a Freja je zahtevala da zna o čemu pričaju.

– Hoće li uskoro završiti? Već su stigli do deserta, zar ne? – pitala je Freja menadžera.

– Frejo, kaže da mu je žao. Navodno su rezervisali za šest osoba, a pojavilo ih se više – pokušala je Ema da objasni.

– Pa to nije naš problem. Pa, šta misli da uradi po tom pitanju? – upitala je Freja, postajući sve uzrujanija.

– Kao što sam rekao vašoj prijateljici, mogu samo da vam se izvinim i ponudim sto za sutra uveče, uz besplatna pića – rekao joj je menadžer.

– Znam da nije isto, ali mogla bih i sutra uveče da izađem, ako Janis može bez mene u restoranu – rekla je Ema, pokušavajući da ublaži situaciju.

– Ne, izvini, to neće biti dovoljno. Izvinite – rekla je Freja.

Pre nego što je iko mogao da je zaustavi, krenula je kroz restoran, brzo prolazeći pored drugih stolova u pravcu Nikolasa Kejdena.

On nije primećivao da mu Freja prilazi. Sedeo je pored veoma vitke plavuše, koja nije nosila mnogo odeće, i Freja je videla da su tek započeli s glavnim jelom. Smejao se nečemu što mu je rekao jedan od muškaraca koji je sedeo prekoputa njega. Tek kad je prestao da se smeje, primetio je da njegov telohranitelj stoji pored stola do neke plavuše u zelenom topiću, spremajući se da je udalji odatle.

– Pusti me! – vrisnula je Freja, mašući rukama kako bi se oslobodila telohraniteljevog stiska.

– Rodžere, u redu je. Ako želi autogram, rado ću joj ga dati – rekao je Nikolas Kejden na brzinu, posmatrajući Freju kako pokušava da se otarasi visokog crnca.

– Ne želim nikakav prokleti autogram! Želim svoj sto, ovaj za kojim sediš. Moja prijateljica je rezervisala taj sto za nas, za moj rođendan, a sada ti i tvoji pajtaši sedite tu kao da vam pripada! – prasnula je Freja, dovoljno glasno da je ceo restoran čuje.

– Sedimo kao da nam pripada? Šta to znači? – upitala je veoma vitka, plavokosa praznoglavica pored Nikolasa Kejdena.

– Znači zauzimanje nečeg što nije tvoje. To je engleski izraz – napomenula je žena koja je prethodno pokušala da kupi Frejine zemičke.

– Vidite gospođice, pokušavamo da ovde večeramo u miru. Koliko bi koštalo da jednostavno odete? – pitao je Džin Bejts, jedan od Kejdenovih kolega glumaca, okrećući se u stolici prema Freji.

– O, bože, kod vas se sve uvek svodi na novac, zar ne? Mora da vodite tužan, isprazan život kad vam novac toliko znači. Ne želim vaš smrdljivi novac, ne želim autogram, niti fotku za album. Želim da shvatite da ste uništili veče mojoj prijateljici i meni. Ali ne očekujem da vam to išta znači – nastavila je Freja, ne mogavši da obuzda osećanja.

Ljutito je pogledala Nikolasa Kejdena, praznoglavicu, pa Gospođu Sa Zemičkama, pa opet Nikolasa. On je samo nepomično sedeo u stolici, gledao u nju i ćutao.

– Odlazi, blesavice. Skrećeš pažnju na nas, a to je poslednje što želimo. Rodžere, možda bi mogao da organizuješ da neko bude na ulazu – rekla je Gospođa Sa Zemičkama telohranitelju.

– Možda je trebalo da razmišljate o neželjenoj pažnji pre nego što ste ukrali nečiji sto, sami ste izazvali ovu situaciju! – uzvratila joj je Freja povišenim glasom.

– Rodžere, molim te, isprati ovu ženu – naredila je Gospođa Sa Zemičkama.

Freja se ponovo vešto izmigoljila telohranitelju koji je pokušao da je odvede. Brzo se okrenula, zgrabila veliku korpu s pecivom od konobara koji je služio grupu od četvoro gostiju iza nje i tresnula je na sto ispred Nikolasa, za dlaku promašivši njegov tanjir s hranom.

– Zemičke, gospodine Kejdene. Čujem da su vam one najomiljenije. E pa, sutra ujutru ih stavite u toplu rernu, sačekajte deset minuta i eto ga – doručak. Tako će *ona* imati jednu stvar manje koju mora da vam donese – završila je Freja, pokazujući na Ženu Sa Zemičkama.

Jasno je iznela stav i bila zadovoljna time, i ne želeći da je obezbeđenje na silu izbaci iz restorana, okrenula se i otišla istim putem kojim je došla, nesvesna činjenice da ceo restoran sad gleda u nju.

Kada se vratila do Eme, uhvatila ju je podruku i povukla ka izlazu.

– Hajde, idemo, ješćemo u restoranu *Petroholis* – rekla je Freja, i dalje drhteći od besa.

– Šta si mu rekla? Da li je nešto rekao? Kakav je bio? – upitala je Ema uzbuđeno, puštajući da je Freja vuče.

– Jedva sam ga i primetila – odgovorila je Freja.

– Ko je sedeo s njim? Da li su to bili Bob Krozbi i Džin Bejts? – raspitivala se Ema.

– Svi su bili nepristojni, a jedna od njih je izgledala kao anoreksična Barbika – odvratila je Freja.

– Hej!

Glasan povik je naterao obe žene da se zaustave i okrenu u pravcu odakle je dopro glas. Nikolas Kejden je bio nekoliko metara iza njih, žureći da ih sustigne, na iznenađenje i oduševljenje prolaznika s kojima se mimoilazio na ulici.

8.

– O, bože! Holivudska zvezda juri za nama niz ulicu. Frejo, šta si to uradila? Mislim da ću umreti – promrmljala je Ema i ukočila se u mestu.

– Iznenađena sam da mu ne treba neko da mu pomaže pri hodu – odgovorila je Freja, posmatrajući ga kako im se približava.

– Zdravo. Slušajte, žao mi je zbog vašeg stola – rekao je Nikolas kad ih je sustigao.

– Nemoj da se trudiš – odbrusila je Freja odmah.

– U redu je, restoran *Banas* je jedan od najboljih u Kasiopiju, sasvim je razumljivo što ste hteli da jedete tamo – rekla je Ema obazrivo.

– Jeste, ali ne po cenu da se vama upropasti veče – istrajavao je Nikolas.

– Dakle, šta ćete preduzeti u vezi s tim? Završiti večeru? Preskočiti desert i osloboditi nam sto? – pitala ga je Freja.

– Ne. Ali se nadam da ćete se vratiti i pridružiti nam se – možda možemo da podelimo sto – predložio je Nikolas.

Uživo je izgledao viši i mišićaviji nego što je Freja imala utisak da jeste. Njegova inače tamna kosa kao da je posvetlela od sunca na Krfu, ali su mu oči bili krupne i plave kao na filmskom platnu. Sad im je pružio ruku pomirenja i zbog toga je delovao manje uobraženo. Možda mu je nešto od onoga što je rekla ipak doprlo do svesti.

– Ne hvala – odgovorila je istog trena.

– Frejo – uzviknula je Ema užasnuto, ne verujući da će njena prijateljica propustiti priliku da večera s filmskom zvezdom.

– Želela sam da provedem veče s tobom, a ne s njim i njegovom nadmenom pratnjom – rekla je Freja, ne obazirući se na to ko sluša.

– Izvinite nas na trenutak – rekla je Ema Nikolasu i povukla Freju taman toliko daleko da ih ne može čuti.

– Frejo, to je Nikolas Kejden. NIKOLAS KEJDEN! Dobio je dva Oskara, reklamira poznati losion posle brijanja i milioner je. On je jedan od najpoznatijih muškaraca na planeti i pita nas da večeramo s njim – rekla joj je Ema.

– Ema, znaš da me ništa od toga ne zadivljuje – podsetila ju je Freja.

Ponovo je pogledala Nikolasa, koji je i dalje mirno stajao na istom mestu, skretao pogled s njih i izbegavao da privlači pažnju na sebe.

– Pa, ne moraš *ti* da budeš zadivljena. Možeš biti nezadivljena koliko hoćeš, ali znam ljude koji bi ubili za ovakvu priliku... ja, recimo – rekla joj je Ema.

– Hoćeš da večeraš s njim – istakla je Freja.

– Hoću da *mi* večeramo s njim, u restoranu u kojem smo planirale, za stolom koji smo rezervisale, samo s dodatnim gostima. I dalje možemo da uradimo sve što smo želele i vidimo zalazak sunca ako požurimo – rekla je Ema.

Freja je uzdahnula. To nije bilo veče kojem se radovala, dodvoravanje bogatašima i ćaskanje. Ponovo je pogledala Nikolasa. Izgledao je kao da mu je pomalo nelagodno dok stoji sâm na ulici. Ruke su mu još bile u džepovima tamnih farmerki, a onda se okrenuo i pogledao prema dvema ženama. Uhvatio je Frejin pogled, ali ga je ona brzo skrenula ka Emi.

– Ali, to je tvoj rođendan, tako da ti treba da odlučiš – rekla joj je Ema.

– U redu – odgovorila je Freja.

– U redu? Misliš, možemo da večeramo s njim? – pitala je Ema.

– Da, zašto da ne? Ipak je sâm pretrčao čitavih pedesetak metara, bez uključenih kamera – rekla je Freja.

– Sjajno! Sjajno! Jedva čekam da ovo ispričam mami! Oh, ovo je tako uzbudljivo! – uskliknula je Ema dok su se ona i Freja vraćale do Nikolasa.

– Hoćemo li večerati zajedno? – upitao je Nikolas.

– Da, hoćemo. Biće nam zadovoljstvo da vam se pridružimo na večeri – rekla mu je Ema.

– *Obe* ste zadovoljne tom odlukom? Zato što moram priznati da devojka koja je jutros imala crvenu kosu deluje prilično uznemireno – napomenuo je Nikolas.

– Vidim da je Gospođa Sa Zemičkama malo preuveličala priču o meni – odgovorila je Freja s poluosmehom.

Ovo je radila zbog Eme.

Ponovo su ušle u restoran *Banas,* i Nikolas je nabavio dodatne stolice za njih dve. Konobar je primio njihove porudžbine, a Nikolas je naručio još šampanjca za sto.

Ostale goste za stolom brzo je predstavila Gospođa Sa Zemičkama – na njenu žalost. Mršava plavuša koja je sedela pored Nikolasa bila je Hilari Polar, koje je glumila njegovu ljubavnu partnerku u filmu. Freja i Ema je nisu odmah prepoznale, a ispostavilo se da je ovo bio njen prvi značajan film. Džin Bejts i Bob Krozbi su bili iskusni glumci, a za stolom su još bili i Džek Barns i Endru Masters, članovi produkcijskog tima.

Gospođa Sa Zemičkama bila je zapravo Nikolasova lična pomoćnica, Marta Vilson.

Freja je sedela između Nikolasa i Eme. Bob Krozbi se stisnuo pored Eme. Bilo je pomalo tesno, a Freja nije bila na dobrom mestu za posmatranje zalaska sunca. Odlučila je da to ispravi kad bude došlo vreme.

– Dakle, sad smo se svi predstavili, ali ne znamo vaša imena – rekao je Bob Krozbi, približavajući se Emi koliko god je mogao.

Freja je odmahnula glavom zbog njegovog jadnog pokušaja udvaranja. On i Džin su već bili u četrdesetim godinama, i u poslednje vreme uglavnom igrali karakterne uloge. To je značilo da su glumili ili kriminalce u akcionim filmovima, ili očeve u romantičnim komedijama.

– Ja sam Ema, a ovo je... – počela je Ema.

– Ovo je Freja – prekinuo ju je Nikolas i saopštio prisutnima za stolom.

Freja je delovala iznenađeno što joj zna ime.

– Načuo sam kako ga Ema pominje dok te je ubeđivala da se vratite i večerate. Baš kul ime, neobično – šapnuo joj je Nikolas.

– Pristaje mi – odgovorila je Freja.

– Pa, Ema i Frejo, drago mi je što smo vas upoznali, samo vas molim da prekinemo sa stavljanjem korpica s pecivima na sto. Nekako pokvare raspored na stolu – uzvratio je Džin Bejts i glasno se nasmejao.

Freja je držala jezik za zubima. Učestvovala je u ovoj lakrdiji zbog Eme, ljubazne drage Eme koja ju je dočekala u Kasiopiju raširenih ruku, a sad ju je obasipao pažnjom ocvali holivudski zavodnik.

– Dakle, Frejo, da li si ovde na odmoru? – upitao ju je Nikolas, otpijajući gutljaj pića.

– Da, tako nekako. Razrešila sam neku zbrku kod kuće, pa sam odlučila da posetim prijateljicu – rekla mu je Freja.

Uzela je zemičku iz korpice na sredini stola i zagrizla je. Umirala je od gladi i poželela da jelo stigne što pre pošto je miris Nikolasove *kleftico* jagnjetine na tanjiru pojačavao njenu glad.

– Jesi li ranije bila u Kasiopiju? – nastavio je Nikolas dok je jeo.

– Jesam, više puta. Ti? – pitala ga je ljubazno.

– Prvi put sam ovde – priznao je sa osmehom.

– Oh, dakle, kasiopijski devac – odgovorila je Freja.

– Da, tako je. Pa, čak si i ti nekad bila devica, zar ne? – rekao je Nikolas, ne mogavši da zadrži šeretski osmeh.

– Dobro, šta misliš o selu? – upitala ga je Freja, prenebregavajući opasku.

– Mislim da je predivno. Pejzaži su očaravajući, ljudi druželjubivi, pa, barem meštani, i mesto ima dobru atmosferu – rekao je Nikolas.

– Da, ima – složila se Freja.

– Obrati pažnju, slažeš se sa mnom u vezi s nečim. Ubrzo ćeš možda morati da se složiš da nisam toliko grozna osoba kakvom me smatraš – rekao je Nikolas gledajući pravo u Freju.

– Možeš li da mi dodaš vodu? – zamolila ga je Freja brzo, malo se postidevši.

Nikolas se nasmešio i dodao joj bokal.

– Pa, kako ide snimanje, Nikolase? – oglasila se Ema, pijuckajući piće i široko se osmehujući.

– Molim te, zovi me Nik. Nikad nisam bio oduševljen svojim punim imenom. Ide dobro, danas smo imali malo problema s vrućinom, ali napredujemo – odgovorio je.

– Sutra snimate na jahti, zar ne? – ubacila se Hilari Polar i zagrlila Nikolasa, skoro udarivši Freju.

– Da, i biće posla za dublere – dodao je Nikolas.

– Bože, šta to treba da radiš na jahti pa ti je potreban dubler? – pitala je Ema zainteresovano.

– Moj lik će biti gurnut s jahte koja će ga potom vući – objasnio je Nikolas.

– Hteo je da uradi sâm kaskadersku scenu, ali osiguranje nije dozvolilo – obavestila je Marta prisutne.

– Šteta – promrmljala je Freja sebi u bradu.

– Hajde, ne misliš valjda to stvarno – rekao je Nikolas, okrećući se u stolici prema njoj.

– Ne mislim? Tvoja svita i ti ste mi trn u oku otkako sam stigla. Platila bih dobre pare da vidim kako te vuče jahta – rekla je Freja.

– Vidi, Frejo, stvarno se izvinjavam ako sam ti izazvao bilo kakvu neprijatnost, ništa od toga nije bilo namerno, uveravam te. Stvarno ne pokušavam da izazivam pometnju gde god da se pojavim i žao mi je ako je izgledalo da mislim samo na sebe. To zaista nije ni blizu istine – odgovorio je Nikolas iskreno.

Freja nije znala šta da odgovori. Bilo je to veoma neuobičajeno za nju, međutim, konobar koji je Emi i njoj doneo hranu poštedeo ju je neprijatnosti.

Jela je halapljivo i brzo pojela musaku. Upravo je stigla do polovine čokoladnog sladoleda kad je počelo dešavanje. Ispustila je kašiku u činiju i skočila sa stolice.

– Izvinite – rekla je brzo, uzela tašnu i požurila ka vratima restorana koja su vodila na terasu. Povukla ih je i izašla na betonirani deo koji je delio restoran od šljunkovite plaže.

– Šta to ona sad radi? – upitala je Marta, dok su svi za stolom gledali za Frejom.

– Oh, u pitanju je zalazak sunca. Sad će biti tamo dvadesetak minuta, dok sunce ne zađe i fotografisati. Time se bavi, ona je fotograf – objasnila je Ema.

– A ja sam bio ubeđen da je zasigurno profesionalna degustatorka hrane – dobacio je Džin uz smeh.

Hilari se zakikotala na opasku, Marta je prikrila osmeh salvetom, a Ema je zagnjurila lice u čašu, ne znajući šta da kaže.

– Pa, svima si jasno stavio do znanja da nisi komičar, Džine. Predlažem da to javiš svom agentu, i izbegavaj neprimerene kastinge – uzvratio je Nikolas i usmerio pažnju na drugu stranu.

Gledao je napolje, gde je Freja čučnula na pod i uperila foto-aparat ka obzorju.

Kad se vratila za sto, sladoled joj se već bio istopio. Nije mnogo žalila, pošto je pojela veći deo, a zalazak sunca je bio zadivljujući. Na nebu je bio tek pokoji oblak, a ona je zauzela najbolje moguće mesto.

– Jesi li uspela da napraviš dobre fotke? – upitala je Ema kad je Freja sela.

– Nisu loše. Samo bih volela da sam imala i svoje ostale foto-aparate – priznala je Freja.

– Ema nam je rekla da si fotograf – rekla je Marta, otpijajući gutljaj vina iz čaše.

– Tako je – potvrdila je Freja.

– Imaš li svoj studio? – nastavila je Marta.

– Da, imam – odgovorila je Freja.

– A ipak dođeš na odmor s digitalnim aparatom veličine kreditne kartice... neverovatno – rekla je Marta.

– Bila sam pomalo u žurbi. Uostalom, ponekad je dobro koristiti nešto neodgovarajuće. Tada još više ceniš kvalitet – odgovorila je Freja. Suzila je pogled i preko naočara pogledala ka ženi.

– Nazdraviću u to ime – rekao je Džin podižući čašu ka sredini stola. – Za sve što je neprikladno.

9.

Večera nije bila toliko strašna kao što je mogla da bude. Hrana je bila zaista dobra, Freji se od šampanjca malo vrtelo u glavi, i mrzela je da prizna, ali Nikolas je bio prilično prijatno društvo.

– Zar nije divan? – uzbuđeno je rekla Ema kad su ona i Freja otišle u ženski toalet da se osveže.

– Ko? – upitala je Freja.

– Nik, naravno, i tako je fin. Moraš priznati da si se prevarila u vezi s njim – rekla je Ema popravljajući karmin.

– Ne priznajem ništa. U svakom slučaju, iznenađena sam da si uopšte mogla jasno da ga vidiš pored Boba Krozbija, koji samo što ti nije seo u krilo. Nadam se da si mu rekla da po godinama skoro može otac da ti bude – rekla je Freja.

– Jedva! Ima četrdeset šest. U svakom slučaju, rekla sam mu da sam takoreći udata – rekla je Ema perući ruke.

– To ga sigurno neće odvratiti – primetila je Freja.

– Ali nije bilo loše, zar ne? Mislim na večeri, s obzirom na okolnost da smo delile sto sa svim tim poznatim ljudima.

– Nije bilo loše. Zapravo, čak mogu reći da je bilo prilično zanimljivo. Marta je jasno stavila do znanja da nismo dobrodošle i celo veče me je gledala s visine. Hilari Polar je bistra onoliko koliko bi se očekivalo od plavokose anoreksične glumice, i utešilo me je što se to potvrdilo. Što se tiče Boba i Džina, veći deo večere su se ponašali kao tinejdžeri podivljalih hormona – nesumnjivo tipičan primer krize srednjih godina – rekla je Freja.

– Nisam razumela njihovu opčinjenost košticama maslinki – priznala je Ema.

– Džin je pokušavao da ti ih ubaci u topić – rekla joj je Freja.

– Nije valjda! – uzviknula je Ema i pogledala u svoj dekolte.

– Mislim da nije baš najbolje ciljao. Hajde da odemo do *Jasmini-nog bara* da malo pevamo karaoke? – predložila je Freja.

– Hajde, zvuči zabavno. Pitam se šta li filmska družina namera-va da radi – rekla je Ema dok su izlazile iz toaleta.

– Nešto što ne uključuje nas. Ispunili su svoju dužnost i povra-tili popularnost – rekla joj je Freja.

– Oh, znam, samo sam se pitala. Sad barem mogu da kažem da sam večerala s holivudskim glumcem. Mama neće moći da pove-ruje – rekla je, i dalje u čudu kako se sve ovo naposletku odigralo.

– Nešto što ćeš pričati unucima – naglasila je Freja.

– Tako nešto – odgovorila je Ema.

– Hajde onda, idemo u *Jasminin bar* – rekla je Freja okrenuvši se prema izlazu.

– Sačekaj, ostavila sam blejzer za stolom. Brzo ću, sačekaj me tu – rekla je Ema i požurila nazad do stola.

Freja je čekala pored bara i uhvatila svoj odraz u ogledalu iza šanka. Kosa joj je sad zapravo prilično dobro izgledala. Mada joj je i dalje bilo čudno da vidi plavušu kako joj uzvraća pogled, ali zasi-gurno je to bilo bolje od crvene boje kose.

Dok se gledala i nameštala gornji deo topa koji je išao oko vra-ta, čula je glasove. Odmah je prepoznala Džinov i Bobov američki naglasak.

– Nik je uvek spreman za izazove. Sećaš se poslednji put, na sni-manju u Maroku? Ja se ne bih u to upuštao, verovatno bi me zgnje-čila – čula je kako Džin govori.

– Ili te pojela! – odgovorio je Bob kroz smeh.

– Dakle, šta ćemo da predložimo? Mi plaćamo vikend u onom muškom klubu u Majamiju ako zaista preživi sastanak s njom. Ako se spetljaju – oh, bože, možeš li to da zamisliš – onda nedelju dana u tvojoj vili na Kajmanskim ostrvima, uključujući i maserku? A ako je odvede u krevet, mislim da je zaslužio dve nedelje skijanja u Aspenu s plaćenom hranom i pićem i jednom ili dve vožnje saonicama s lo-kalnim lepoticama kako bi se oporavio od traume – rekao je Džin.

– Ali da nam pokaže fotografiju kao dokaz – odgovorio je Bob.

– Bože, nisam siguran da bih tako nešto želeo da vidim! – odgovorio je Džin.

– A ako mu ništa od toga ne uspe? – upita Bob.

– Ma daj, pričamo o Niku, otelotvorenju šarma. I jednoj bucki koja bi verovatno bila zahvalna da spava s bilo kim, a kamoli s glumačkom ikonom – rekao je Džin.

– Hoću njegov ferari na mesec dana – odgovorio je Bob.

– Dobro, ti uzmi ferari, ja ću se zadovoljiti njegovim članstvom u golf klubu – na Havajima – rekao je Džin.

– Lepo – odgovorio je Bob.

– Misliš li da imaš prođu kod Eme? Njih dve ne mogu da se porede, zar ne? Mala i ekstra velika – rekao je Džin.

– Razlikuju se kao nebo i zemlja – odgovorio je Bob dok su ulazili u glavni deo restorana.

Freja se hitro sakrila iza velike biljke u saksiji pored bara, a oči su je zapekle od suza. Ni dvadeset četiri sata, nova boja kose, nokti i odeća nisu uticali na to kako je drugi ljudi vide. Kladili su se s Nikolasom da izađe s njom. Ovako poniženo se osećala samo dvaput dosad – a jedno od tih poniženja je doživela juče, kad je načula drugi razgovor.

– Zdravo, debeljuco! Nisi mislila da ćeš me ponovo videti, zar ne? Opet si ofarbala kosu? I dalje izgleda smešno – rekao je glasić.

Freja je pogledala nadole i ugledala vragolanku iz aviona kako skakuće ispred nje. Ovo mora da je priviđenje. Toliko se uzrujala da je počela da halucinira.

– Jesi li oduvek bila debela? – upitala ju je devojčica, vrteći se ukrug.

– Jesi li ti oduvek bila nepristojna? – odbrusila joj je Freja.

– Mama kaže da sam se rodila sa stavom – odgovorila je ponosno devojčica.

– I kladim se da ne prođe dan a da ne poželi da je rekla: „Ne, večeras ne, dragi, boli me glava" – uzvratila je Freja.

– Pocrveniš kad vičeš. Crveno lice, glupa kosa, crveno lice, glupa kosa – pevušila je devojčica igrajući oko nje.

Ema se vratila s blejzerom.

– Ko je ova devojčica? – upitala je.

– Napast. Možemo li da idemo? Potrebno mi je piće – rekla je Freja šmrcajući.

– Jesi li dobro? Jesi li plakala? – ispitivala ju je Ema, pokušavajući da joj uhvati pogled.

– Da, plakala sam jer mi treba još alkohola. Hajde, da pođemo pre nego što vragolanka pozove majku u pomoć – zamolila je Freja.

Prijateljice su krenule ka vratima restorana, i samo što nisu izašle kad se pojavio Nikolas i obratio im se.

– Već idete? – upitao je.

– Da, ne želimo da zloupotrebimo gostoprimstvo. Sigurno imate o mnogo čemu da razgovarate u vezi s filmom i tako to – rekla je Ema.

– Ali još važnije od toga, ne želimo da propustimo karaoke – dodala je Freja.

– Razumem. Ema, da li bih mogao samo nakratko da popričam s Frejom? – upitao je Nikolas duboko udahnuvši.

– Oh, u redu. Krenuću ka *Jasmininom baru* i naći ćemo se tamo. Bilo mi je drago da te upoznam, Nik – rekla je Ema iskreno.

– I meni takođe – složio se i uzeo je za ruku, prineo je usnama i lagano je poljubio.

– Dobro, pa, vidimo se brzo – rekla je Ema, zarumenela se i krenula niz ulicu ka baru.

Freja se pripremila za ono što je znala da sledi.

– Razmišljao sam, da li bi htela da izađeš sa mnom, možda sutra uveče? – upitao je Nikolas.

– Kao na sastanak? – upitala je Freja, pretvarajući se da ne zna o čemu se radi.

– Da! Baš tako. Mogli bismo da popijemo nešto, večeramo, radimo bilo šta što želiš – rekao je sa olakšanjem pošto je shvatila njegovu nameru.

Freja je osećala kako bes raste u njoj dok ga je gledala. Njegovu tamnu kosu, savršen osmeh i kako se ponaša kao da mu život zavisi od toga, a zarad plaćenog odmora i nekoliko povlastica koje je ionako mogao sebi da priušti.

– Zašto hoćeš da izađeš sa mnom na sastanak? Pogotovo što je očigledno da si bio s Hilari Polar – rekla je Freja, pogledavši ga strogo.

Nikolas se glasno nasmejao, i to je iznenadilo Freju.

– Ona bi to želela, pretpostavljam. Ali ona nije za mene. Želim da izađem s tobom jer sam pomislio da bi moglo biti zabavno – odgovorio je.

– Da, mi krupnije devojke smo baš zabavne, zar ne? Prava hrpa zabave – naglasila je Freja, jedva suzdržavajući bes.

– Pa, šta kažeš? Hoćeš li da izađeš sa mnom? Moram ti priznati, koliko god da je zabavno nadmudrivati se s tobom, obično ne moram ovoliko da se trudim da bih naveo devojku da pristane – rekao joj je Nikolas.

– Ne sumnjam u to, ali ja ne spadam u tip devojke s kakvima obično izlaziš, zar ne? – odgovorila je Freja.

– To sam shvatio kad zamalo nisam dobio zemičke uz obrok. Dobro, izađi sa mnom ili nemoj da izađeš sa mnom. Odluči sama. Nasuprot uvreženom mišljenju, nije obavezno da svi rade ono što ja kažem – izjavio je Nikolas.

Freja nije odgovorila. Branio je svoje stavove. Malo ljudi je imalo hrabrosti da se zauzmu za sebe kad bi ona krenula u napad.

– Ali bilo bi lepo kad bi mi dala priliku da dokažem da nisam potpuni magarac kakvim me smatraš. Mrzim loš publicitet – obavestio ju je Nikolas uz blistav holivudski osmeh.

Bože, kako je samo bio dobar! Samo za ovo izvođenje zaslužio je trećeg Oskara.

– U redu onda, hoću – čula je svoj glas.

– Molim? Jel' to znači da? – upitao ju je.

Tako je tiho promrmljala odgovor, da je lako mogao svakome da promakne.

– Jeste, značilo je da. Naći ćemo se sutra uveče u osam, ispred apartmana *Kalipso*. I *ja* biram šta ćemo da radimo i gde ćemo da večeramo – rekla mu je Freja.

– Kako god ti želiš. Onda, vidimo se sutra uveče – rekao je Nikolas.

Nagnuo se ka njoj i poljubio je u obraz pre nego što je uspela da ustukne.

– Da, sutra – odgovorila je Freja, okrenula mu leđa i požurila niz ulicu ka *Jasmininom baru*, nadajući se da će joj cipele sa šljokicama ostati na nogama.

Ako je nešto naučila iz ovog susreta, to je da je dobar glumac. Da je gledala ovu scenu na filmskom platnu, poverovala bi mu da je iskren. Povređenost ju je već prolazila, bilo je vreme da razmisli o osveti. Raselu je još morala da se osveti kako zaslužuje, ali u međuvremenu, biće zabavno osvetiti se gospodinu Holivudu – Nikolasu Kejdenu što se usudio da je pretvori u predmet opklade.

Kad je Freja stigla, *Jasminin bar* je bio pun ljudi i zamalo da ne primeti Emu, koja je sedela u zastakljenom vrtu pored velike biljke zlokobnog izgleda, gotovo istovetne kao ona iza koje se Freja sakrila u restoranu. Velike biljke su za mnogo toga odgovorne. Ema joj je mahnula i pokazala da joj je naručila piće.

Freja joj se pridružila, sela i odmah otpila veliki gutljaj iz čaše.

– Pa hajde, nemoj da me držiš u neizvesnosti. Šta ti je rekao, a da ja nisam smela da čujem? – upitala je Ema.

– Ne znam zašto je bio tajnovit oko toga. Pozvao me je da izađemo – rekla je Freja jednostavno.

Ema se zakašljala i ispljunula piće po stolu.

– Uh, odvratno! Evo, uzmi salvetu – rekla je Freja, pružajući joj jednu iz držača na stolu.

– Ne šališ se? Nikolas Kejden te je pozvao na sastanak? – ponovila je Ema.

– Da. Već i kad to izgovorim zvuči smešno, zar ne? Pogledaj koliko si iznenađena.

– Pa jeste iznenađenje. Mislim, a-uh! Nikolas Kejden te zove na sastanak – ponovila je Ema.

– Bože, Ema, saberi se. Zvuči kao da sam prihvatila poziv da se susretnem s papom – rekla je Freja.

– Nikolasova slava nadmašuje to. On je bezobrazno zgodan holivudski glumac zbog kojeg bi se sve žene na svetu potukle ne bi li izašle s njim. Muškarac koji poseduje bar šest kuća na zavidnim lokacijama, lice mu je na svim mogućim naslovnicama i verovatno je na ti s Brusom Vilisom. Verovatno ima njegov broj u mobilnom – izjavila je Ema, gotovo hiperventilirajući.

– Ali osim što ima novac, sve te posede i veze, on je tip osobe koja prihvata izazov da izađe s debelom ženom zbog glavne nagra- de – vikenda u muškom klubu. A ako mi ugura jezik u grlo, dobija nedelju dana na Kajmanskim ostrvima s masažama, a kao šlag na torti, ako me odvede u krevet, dobija dve nedelje skijanja i vožnje u saonicama tokom kojih će pipkati jedre mlekarice koje jodluju. Iskreno, to zvuči kao nemoguć spoj – objasnila je Freja.

– Zbunila si me – izjavila je Ema, zbunjena iznenadnim obrtom u razgovoru.

– Ma hajde, Em, pohvataj konce. Zar si stvarno mislila da bi neko poput njega, sa svim tim parama i raskoši, ko verovatno po- znaje Brusa Vilisa, stvarno hteo da izađe s nekom običnom i jedno- stavnom devojkom poput mene? Kao što si rekla, može da bira žene. Džin i Bob, naši ljubazni drugari za večerom, kladili su se s njim da me pozove na sastanak, slučajno sam načula njihov razgovor. Tako da sam kad smo krenule iz restorana znala da će poći da me potraži – rekla je Emi, dovršavajući piće.

– Oh, Frejo, ne – kazala je Ema i od zaprepašćenja pokrila usta rukama.

– Da, tako ti je to. Sutra uveče idem na sastanak s nekim ko toliko malo ceni osećanja druge osobe da je spreman da je dotuče kad je ona već na dnu, zarad jeftinog uzbuđenja i nekoliko bednih nagrada, koje za njega predstavljaju trošak poput sendviča iz *Marks i Spensera*. Podseća li te to na nekog? – upitala je Freja.

Ema ju je uhvatila za ruke i snažno ih stegla. A onda ih je polako pustila, reagujući na ono što je Freja zapravo rekla.

– Izvini? Jesam li te dobro čula? Rekla si da ćeš *izaći* s njim? – upitala je Ema gledajući je.

– Oh da, pristala sam – odgovorila je Freja.

– Ali zašto? U uobičajenim okolnostima žešće bi ga nagrdila i rekla mu kako bi radije sebi izbila oči nego izašla s njim.

– Toliko dobro poznaješ moj rečnik, čak i nakon toliko duge razdvojenosti. To je zadivljujuće.

– Frejo, budi ozbiljna. Nećeš stvarno da ideš, zar ne? – upitala je Ema.

– Hoću. I mogu ti odmah reći, biće to sastanak kakav dosad još nije imao. Pokazaću mu da niko, bez obzira na to ko je, bez obzira na to koliko para ima u banci, da *niko* ne pravi budalu od mene. Već sam to radila, i uradiću opet – saopštila je Freja ozbiljno.

Duboko je udahnula i zadržala misao.

– Frejo, nemoj da razmišljaš o prošlosti. Sve je to iza tebe – rekla je Ema, kao da joj čita misli.

– Znam, samo, stalno se dešava nešto što me ponovo uzdrma. Baš kad pomislim da je stvarno sve prošlo, nešto poput ovog me podseti i opet postanem ljuta kao ranije – odgovorila joj je Freja.

– Daleko si dogurala. Bila si u pravu, svi su oni uobraženi, detinjasti i jadni, i nije ni trebalo da večeramo s njima – rekla je Ema.

– Pa dobro, sad je gotovo. Hajde, uzmi nam još pića i prijavi me za karaoke – predložila je Freja sa osmehom.

– Jesi li sigurna? Ne moramo da ostanemo ako ti nije do toga, ovo je tvoje veče – podsetila ju je Ema.

– Baš tako. *Moje* je veče i ništa ga neće pokvariti. Pevaću nešto od Šer – rekla je Freja.

– U redu – složila se Ema, uzela njihove čaše i pošla ka baru.

Čim je Ema otišla, Freji je nestao osmeh sa lica i skinula je naočare kako bi protrljala oči. Osećala se iscrpljeno i tužno, ali najviše razočarano. Razočarano u sebe. Zašto je ovim ljudima dozvolila da je povrede? Toliko se trudila da postane osoba kakva je danas, a ne samo da nije uspela da promeni ono što je svima, činilo se, najvažnije – izgled i težinu, nego je i dalje dopuštala da je to muči. Očajnički je želela da bude mršava i ima samopouzdanje koje ide uz to, a ne jedino ovu odvažnost krupne devojke. Ali bilo je teško.

Utehu u hrani pronašla je sa šesnaest godina. Bio je to dostupan porok, a hrana joj je predstavljala redak oslonac tokom traumatičnog doba u životu. Uvek je bila tu, nikad je nije izneverila, pružala joj je zadovoljstvo i nije postavljala pitanja.

Volela je lepe ukuse, ko nije? Ali Freja je znala da voli mnogo lepih ukusa, i to često, a nije htela da provede život jedući jedino krekere ili deset biskvita da bi ih ispovraćala trideset minuta kasnije. To je njena majka radila, i verovatno još radi. Freja je razočarala majku na mnogo načina.

Obrisala je oči i vratila naočare na lice. Nikolas Kejden i njegovi gizdavi prijatelji su ovog puta izabrali pogrešnu osobu s kojom će se poigravati. Nije znao šta je ona sve u stanju da uradi.

Ema se vratila s pićima i Freja se ubrzo ponovo osmehivala.

– Koliko ima ljudi pre mene za karaoke? – upitala je.

– Dvoje, uključujući Samosa iz kioska s kebabom, tako da imaš ozbiljnu konkurenciju – rekla je Ema, pružajući joj čašu.

– Hajde da nazdravimo – počela je Freja, podižući čašu.

– Čemu? – upitala je Ema.

– Za Džina i Boba – da obojica odu u penziju i posvete se dnevnoj televiziji i gostovanju u seriji *Su Tomas: Ef-Bi-Aj*[2] – rekla je Freja.

– Nazdravljam u to ime – složila se Ema i kucnula se s Frejom.

– A što se tiče gospodina Kejdena... pa, dobiće ono što mu sleduje – dodala je Freja i otpila veliki gutljaj.

Bilo je skoro jedan ujutru kad su prijateljice stigle u restoran *Petroholis*. To je bio lokal čiji su vlasnici bili Janis i njegovi roditelji. Restoran na otvorenom s velikom tendom koja je pokrivala svih trideset pet stolova. Od ruba luke ga je delila jedna ulica i bio je na savršenom mestu za privlačenje gostiju zahvaljujući lepom pogledu na more.

Kad su stigle još je preostalo nekoliko gostiju koji su završavali večeru.

Vitki, tamnokosi Janis brisao je stolove kad su prijateljice ušle u restoran, a bračni par Petroholis sedeo je za stolom s još jednim parom i razgovarali su, kako je izgledalo, uz bocu recine.

---

[2] Engl.: *Sue Thomas F B Eye* – britanska TV serija o ženi oštećenog sluha koja je dobila posao u FBI-ju. (Prim. prev.)

– Vraćam se kao pobednica! – uzviknula je Freja glasno i podigla bocu penušavog vina. Brzo je shvatila da joj treba još jedna ruka kako bi je pridržala kad se sručila na stolicu.

– Freja je pobedila na karaokama. Bio je to pevački dvoboj između nje i Samosa, ali Frejino izvođenje starog hita *Slejda* podiglo je ceo bar na noge i odnela je pobedu – objavila je Ema dok je prilazila svom dečku.

– Izgleda da ste se lepo provele – rekao je Janis, obuhvatio Emu oko struka i nežno je poljubio.

– Jesmo, ali si nam nedostajao – rekla mu je Ema iskreno i čvrsto ga zagrlila.

– Oh, molim te! Pusti ga! Gde je moj zagrljaj? – uzviknula je Freja i grubo sklonila Emu u stranu, obujmivši Janisa u veliki zagrljaj.

– Zdravo, Frejo, divno je videti te ponovo. Dobro izgledaš – rekao joj je Janis i poljubio je u obraz.

– Hmm, to znači da hoćeš reći da nisam smršala od našeg poslednjeg viđenja – prevela je Freja.

– Ne, hoću da kažem da izgledaš drugačije. Mislim da je kosa u pitanju, novi izgled – primetio je Janis, odmaknuvši je malo od sebe kako bi je bolje pogledao.

– Da, zahvaljujući mojoj modnoj savetnici ovde – objavila je Freja i bacila se Emi u zagrljaj, gotovo je oborivši.

– Frejo? Jesi li to ti, dete moje drago? – obratila joj se gospođa Petroholis prilazeći grupi.

Gospođa Petroholis je bila pozamašna Grkinja, visoka metar i osamdeset i skoro isto toliko široka. Potpuna suprotnost mužu, visokom jedva nešto preko metar i po i vitkom. Bili su privržen par koji se posebno trudio da se ljudi u njihovom društvu osećaju dobrodošlo.

– Gospođo P! Divno je videti vas – rekla je Freja i prepustila se zagrljaju Janisove majke.

– Izgledaš kao da si oslabila! Potrebne su ti ćufte koliko odmah. Hajde, nateraću Spirosa da ti ih napravi, hajde, hajde – naredila je gospođa Petroholis i povukla Freju prema Janisovom ocu.

– Oh, gospođo P, dosta sam jela večeras. Nisam sigurna da bih mogla da na pravi način odam počast vašim ćuftama – rekla je Freja, potajno gladna kao vuk zbog količine alkohola koji je popila.

– Hm, dosta si popila, zar ne? Onda ti treba još hrane. Spirose, spremi ćufte za Freju – naredila je mužu.

– Ah, Frejo, lepo je videti te. Hajde, sedi. Ovo su Nikos i Andželika. Hajde, dođite, sedite. Doneću još hrane i pića – saopštio je gospodin Petroholis, brzo pomerajući stolice kako bi napravio mesta za sve.

– Pa dobro, kad već navaljujete – rekla je Freja i pridružila se paru za stolom.

– Janise, dođi da mi pomogneš u kuhinji – zatražio mu je otac.

– Neću dugo – rekao je Janis Emi i krenuo za ocem.

– Dakle, devojke, jeste li lepo večerale? – upitala je gospođa Petroholis sedajući za sto.

– Bilo je lepo. Imale smo sto s pogledom na zalazak sunca... naposletku – rekla je Freja okupljenima.

– Nećete verovati, ali na kraju smo večerale s Nikolasom Kejdenom, Džinom Bejtsom, Bobom Krozbijem i njihovim kolegama iz filma – saopštila je Ema.

– Oh, ti ljudi iz Holivuda! Nisam oduševljena njima. Dođu u selo i sve uskomešaju – rekla je gospođa Petroholis mašući rukama.

– Isto sam i ja rekla, gospođo P, skoro istim rečima – rekla je Freja.

– To može da vodi samo u nevolju – zaključila je gospođa Petroholis.

Freja je uhvatila Emin pogled i nasmešila se. Da, to je značilo nevolju. Nevolju za Nikolasa Kejdena sutra uveče.

10.

Još jedan dan, još jedan mamurluk i još jedna runda strastvenog vođenja ljubavi para iz sobe iznad. Ovoga puta Freja je bila primorana da napusti apartman pošto su ostavili otvorena vrata od verande, pa se buka jednako, ako ne i jače, čula čak i dok je sedela na balkonu.

Imala je glavobolju, ali ne i lekove protiv bolova, pa je iz apartmana *Kalipso* pošla do apoteke. Bilo je skoro devet ujutru, a u Kasiopiju je već sve vrvelo od dostavnih kamiona za barove i prodavnice, kao i turista željnih doručka.

Sunce je već nemilosrdno peklo, pa je Freja ubrzo zažalila što nije ponela šešir. Kremu za sunčanje je namazala ranije, za slučaj da ipak može da sedi na balkonu.

Dok se približavala luci, primetila je da se upravo otvarala prodavnica nakita. To ju je obradovalo i malo je ubrzala korak. Trenutak kasnije bila je na ulazu i penjala se uza kamene stepenice kako bi ušla u radnju. Odjednom se našla okružena raznovrsnim prstenjem, narukvicama, ogrlicama i satovima. Bila je to prelepa radnjica prepuna sjajnih bleštavih stvarčica i Freja je jednostavno uživala da bude u njoj.

– Dobar dan! Ponovo ste na odmoru? – upitala je tamnokosa prodavačica, izlazeći iz zadnje prostorije.

– Da, kod prijateljice sam – rekla je Freja, i dalje zadivljeno razgledajući unaokolo.

– Onda pretpostavljam da želite da vam pokažem nešto – rekla je žena uz osmeh.

– Oh! Još je ovde?! Ni na tren nisam pomislila da bi još mogao biti tu – uzviknula je Freja iskreno oduševljena.

– Da, još je ovde – evo ga – rekla je žena i izvadila tacnu s prstenjem koju je spustila na stakleni pult.

– Izgleda još lepše nego što ga se sećam – rekla je Freja gledajući jedan poseban prsten na tacni.

Bio je to platinasti prsten u obliku trake s krstićem ukrašen dijamantima i akvamarinom. Bio je to najlepši komad nakita koji je Freja dotad videla.

Dolazila je u ovu radnju i zaljubljeno ga gledala još od svoje dvadeset pete godine. Svaki put kad bi posetila Emu, došla bi u radnju, računajući na to da je prodat. Bio je to jedinstveni, ručno rađeni komad. I dalje je bio tu – pet godina kasnije.

– Možete da ga probate – podsetila ju je žena, kao i uvek.

– Ne, ne želim da ga probam – rekla je Freja brzo.

Nikad ga nije probala. To ne bi bilo u redu. Samo je posmatrala kako blista, kako se svetlost prelama od njegove mnogobrojne uglačane površine. Bio je savršen.

– Jel' mu je još ista cena? – upitala je Freja.

– Da, ista je – odgovorila je žena.

– Prelep je – ponovila je Freja.

– Mogu da ga ostavim sa strane za vas – rekla je žena.

– Ne, ne treba. U redu je. Hvala što ste mi opet dozvolili da ga pogledam – rekla je Freja uz uzdah.

Žena je vratila tacnu u vitrinu, a Freja se uputila ka izlazu.

– Jednog dana, doći će muškarac i tražiti mi prsten za vas, a ja ću mu sa zadovoljstvom pokazati koji da uzme – doviknula joj je žena.

– Možda... ali ne danas – odgovorila je Freja sa osmehom i izašla iz radnje.

Sumnjala je da će joj iko ikada kupiti taj prsten, jer osim Eme, nikome nije rekla za svoje redovne posete ovoj radnjici. Bilo je žalosno toliko žudeti za nečim, naročito kad se to kosi sa svim tvojim uverenjima. Ali nije se radilo o vrednosti prstena, on je za nju značio mnogo više od toga. Podsećao ju je na prsten koji je nekad imala – mnogo jeftiniji, manje sjajan, ali podjednako dragocen. Nakon tog, nije stavila nijedan drugi prsten da joj krasi prste. Zato je Freja odlučila da će ovaj imati tek kad bude zaista spremna za njega. A nije bila spremna – ne još.

Kupila je lekove protiv glavobolje i bocu vode u apoteci, a zatim se uputila duž luke. Dok je hodala, primetila je na strani bližoj radnji s čipkom veliki metež u blizini jahte oko koje se skupila guža, a bilo je i nekoliko kamera, od kojih su neke bile na šinama. Okupio se veliki broj ljudi koji je posmatrao prizor iza bezbednosne trake.

Kako se približavala, Freja je ugledala Nikolasa Kejdena i Hilari Polar na jahti, u kupaćim kostimima i s prslucima za spasavanje. Freja je zastala na obodu grupe posmatrača koja je postajala sve brojnija, i gledala dešavanja na jahti. Hilari je neko upravo popravljao šminku, uključujući i puderisanje nepostojećeg poprsja, prekrivenog samo crvenim bikinijem. Na njoj nije bilo ničeg privlačnog – osim kose.

Freja je izvadila dve tablete protiv glavobolje i progutala ih s malo vode, ne skidajući pogled s jahte.

Nikolas je ustao i pripremao se da uradi nešto, mada Freja nije bila sigurno šta, pošto je bila predaleko kako bi ih čula šta pričaju. Ali onda se iz megafona začulo: „Akcija!" Džin i Bob, zajedno s još dvojicom muškaraca koje nije prepoznala, pojavili su se iz unutrašnjosti broda. Nešto su govorili (Freja je videla da pomeraju usne), a zatim je Džin počeo da se rve s Hilari, dok je Nikolas pokušavao da ga povuče nazad. Bob i ostala dvojica su onda savladali Nikolasa, oborivši ga na palubu.

– Rez!

Publika koja je sve posmatrala krenula je da aplaudira, a Freja je jedva suzdržala smeh. U onome što je videla nije bilo ničeg vrednog divljenja.

– FREJO! HEJ! FREJO!

Freja je podigla pogled začuvši da je neko s jahte zove po imenu. Ljudi oko nje su se osvrtali da vide kome je upućen poziv. Nikolas ju je zvao, i Freji su se zarumeneli obrazi kad su se svi pogledi okretali ka njoj.

– Hej, Rodžere, pusti je da prođe, molim te – povikao je Nikolas tamnoputom brkatom telohranitelju koji je sinoć takođe bio i u restoranu.

Freja se nije pomerila. Šta je očekivao da će uraditi? Potrčati ka njemu?

– Frejo! Hajde, samo nakratko – pozvao ju je Nikolas.

Freja je sad veoma zažalila što nije stavila šešir, pod a) zato što joj se svetloplava kosa ne bi toliko isticala i možda je ne bi ni video, i pod b) jer bi mogla da ga navuče preko lica.

– Frejo! Hajde! Nemoj da me teraš da zalazim među ljude samo u ovim *spido* kupaćim gaćama – viknuo je Nikolas, skidajući sunčane naočare dok je govorio. Začulo se oduševljeno klicanje publike.

Bože, koliko je ovo bilo ponižavajuće? Rodžer, telohranitelj, samo što se nije probio do nje. Čula je uzvike divljenja i oduševljenja ljudi oko sebe, neki su čak izvadili foto-aparate i fotografisali je. Nevoljno je uhvatila Rodžera za mišicu i pustila ga da je sprovede kroz gomilu, dok su ih ljudi gurkali pokušavajući da je bolje vide.

– Hajde, popni se na jahtu na trenutak – rekao je Nikolas kad su stigli do bezbednosne trake.

– Neću se ja nikuda penjati! Ako hoćeš da pričamo, siđi dole – viknula mu je Freja.

– U redu. Hoćeš sok? – upitao ju je.

– Ne! Samo prestani da vičeš, molim te? Praviš scenu – rekla je Freja.

Pogledala je iza sebe, masa ljudi se skoro udvostručila, a činilo se da je bilo i duplo više kamera koje su snimale.

Nikolas je skinuo prsluk za spasavanje i sišao niz rampu jahte ka njoj. Freja nije znala u kom pravcu da usmeri pogled, na sebi je imao samo *spido* kupaće gaće.

– Zdravo, jesi li došla da vidiš kako padam u vodu? – upitao ju je Nikolas, stavio ruke na bokove i nasmešio joj se.

– Ne, pošla sam do apoteke i shvatila da ne mogu preprečiti luku da stignem do pekare. Vrvelo je kao u košnici – rekla mu je Freja.

Nije odolela da ga ne odmeri kako izgleda i prilično joj se dopalo to što je videla – imao je izvajane mišiće i paperjaste dlačice na širokim prsima. Takođe je bio veoma preplanuo.

– Pekara? Malo si zakasnila za zemičke, zar ne? Marta je tamo bila jutros u šest, kako bi bila sigurna da će ih naći – rekao je Nikolas.

– Baš si duhovit. Sad, hoćeš li već jednom da mi kažeš šta si hteo, ili si ovde samo kako bi me ponovo ponizio? – zanimalo je Freju.

– Da, hteo sam da ti kažem nešto u vezi s večerašnjim sastankom – rekao je Nikolas.

– Predomislio si se? Imaš bolju ponudu? – upitala ga je Freja.

– Ne, samo sam hteo da pitam možemo li pomeriti za devet. Za koji minut će jahta isploviti i verovatno ćemo ostati na njoj do večeras, pa kad se vratim do vile – više bi mi odgovaralo da se nađemo u devet – rekao je Nikolas.

– Aha, dobro – odgovorila je Freja.

Baš je pametno smislio da sastanak skrati za sat vremena. Kraće će morati da se pretvara. Bio je očigledno iskusan u ovome. Freja je bila uverena da je i ranije radio nešto slično.

– Dakle, jel' to u redu? – upitao ju je.

– Da, u redu je. Svejedno mi je. Samo sam se pitala da li bi me ostavio da čekam sat vremena da sad nismo slučajno „naleteli“ jedno na drugo? – primetila je Freja.

– Šta misliš da bih uradio? – upitao je, gledajući je ozbiljno.

Oči su mu bile neverovatno plave, a trepavice tako duge i tamne da je Freja zamerila sebi što je obratila pažnju.

– Nemam pojma – odgovorila je.

– Ostavio bih ti poruku na recepciji u apartmanima – rekao joj je.

– Misliš, Marta bi je ostavila – odgovorila je Freja.

– Nekim delovima svog života volim sâm da upravljam – rekao je Nikolas.

– Iznenađuješ me. Vidi, čeka me naporan dan, pa ću da pođem – rekla je Freja.

– U redu, ali pre nego što odeš, hajde da razmenimo brojeve telefona. Ako dobiješ bolju ponudu za večeras, ili ako ja kasnim, niko neće morati da čeka kao budala – predložio je Nikolas.

– Da li zaista misliš da je to neophodno? – upitala je Freja zainteresovano.

– Nećeš se predomisliti? – pitao ju je Nikolas.

– Biću tamo. Radujem se tome – odgovorila je Freja sa osmehom.

– Odlično. Hajde da u svakom slučaju razmenimo brojeve, pa onda, ako večeras bude sve kako treba, nećemo morati da prekidamo poljubac za laku noć kako bismo to uradili – rekao joj je Nikolas uz namigivanje.

Znači, već je odlučio da osvoji barem masažu na Kajmanskim ostrvima! Unapred ju je upozorio da očekuje poljubac na kraju večeri! Čovek je genije.

– Mora da se šališ. Nema šanse da ti je mobilni u tim kupaćim gaćama – primetila je Freja, spustivši pogled ka njegovom međunožju.

– Hoćeš da vidiš? – zadirkivao ju je, zategavši lastiš.

Freja je osetila da se ponovo zarumenela. Zašto je delovalo da je uvek njegova reč poslednja? Malo je muškaraca kojima je to ikad uspelo s njom. Primetivši da joj je neprijatno, Nikolas je zazviždao nekome na jahti.

– Bobe, da li mi je mobilni tu gore? – doviknuo je Bobu Krozbiju.

Bob Krozbi, član zlog dvojca koji ju je prethodne večeri ponizio, pojavio se na bočnoj strani jahte, a sunce mu se presijavalo na ćelavoj glavi.

– Jeste, hoćeš da ti ga dodam? – viknuo je ka Nikolasu.

– Ako možeš – hvala – odgovorio je Nikolas, a Bob mu je bacio telefon, koji je on uhvatio.

– Dobro, reci – kazao je Nikolas, otključao telefon i spremio se da ukuca broj.

Freja mu je izdiktirala broj, a on ga je uneo u telefon.

– Zasad sam te sačuvao kao „Freja“, ali nikad se ne zna... možda ćeš do sutra biti „Zgodna riba“ – rekao je u šali.

– Znaš, nikad nisam sasvim sigurna da li se šališ ili si ozbiljan – rekla je Freja, odmahnuvši glavom.

– Ali zato i jeste zanimljivo, zar ne? Pa, hoćeš li ti moj broj? – upitao ju je.

– Ako baš moram – odgovorila je Freja i počela da traži telefon po tašni.

On joj je izdiktirao broj, a Freja ga je unela u mobilni.

– Zasad sam te sačuvala pod imenom „magarac“, ali ako večeras ne bude išlo dobro – sutra bi mogao da završiš u folderu za brisanje – rekla mu je Freja sa zadovoljnim osmehom.

– Dobra si – priznao je, klimajući glavom.

– Znam. Dobro, jesmo li se dogovorili? – upitala ga je.

– Jesmo, znači vidimo se večeras u devet, ispred apartmana *Kalipso.*

– Da, sačekaj me u baru. Biću ona s bokalom sangrije i dve slamčice – rekla je Freja dok se vraćala ka bezbednosnoj traci.

– Izazovi s pićem... sviđa mi se – rekao joj je Nikolas.

Do kraja večeri ti se više neće sviđati, pomislila je Freja, mahnula mu i osmehnula se.

Zatim je zastala i okrenula se ponovo prema jahti.

– Čekaj! Još nešto – doviknula mu je.

Nikolas se okrenuo ka njoj stojeći na polovini rampe.

– Imaš li Brusa Vilisa u telefonu? – pitala je Freja.

– Brusa Vilisa? U telefonu? Ma hajde, Frejo, telefoni su sad veličine šibice, a Brus sigurno ima barem metar osamdeset – odgovorio je Nikolas uz osmeh.

– Jipi-kaj-jej – uzvratila je Freja i okrenula se da ode.

– Ako bih ga imao u telefonu, da li bi ti se možda onda malo više dopadao? – viknuo je Nikolas.

– Da ga imaš, pitala bih mogu li večeras da izađem s njim umesto s tobom – odgovorila je Freja, provukavši se ispod trake.

– Ne misliš to stvarno. Ne skidaš pogled s mene otkad smo se upoznali! – viknuo je Nikolas, ne mareći ko ga čuje.

– Samo sanjaj – odbrusila je Freja i krenula nazad kroz masu posmatrača. Činilo joj se da je sad još teže da se probije nakon što je razgovarala s Nikolasom pošto su ljudi pokušavali da je dodirnu.

– Da li izlaziš s njim? – pitala ju je neka žena, povlačeći je za mišicu.

– Ne – odgovorila je Freja odmah, izvukavši ruku i pokušavajući da se provuče dalje.

– Ali izlaziš večeras s njim? – upitala je ovoga puta jedna tinejdžerka.

– Nažalost, da – odgovorila je Freja.

– Ne izgledaš kao devojka nekog filmskog glumca – primetio je dečak od desetak godina, gledajući je odozdo.

– To je zato što nisam. Izvinite – rekla je Freja, sad već gurajući ljude kako bi prošla.

Počela je da se oseća pomalo klaustrofobično od tolikog broja ljudi koji su je opkolili, a sunce ju je pržilo po nepokrivenoj glavi.

– Zdravo, ja sam Sandra Maknil iz časopisa *Šuting stars* iz Amerike. Da li biste mogli da izdvojite nekoliko minuta gospođice...? – začula je američki naglasak kad su dva snažna blica zaslepila Freju.

– Bože, hoćete li me ostaviti na miru? – zamolila je Freja.

– Koliko dugo se vi i Nik zabavljate? – nastavila je novinarka, izvadila olovku i blokčić iz tašne i počela da beleži.

– Ne zabavljamo se. Slušajte, ja sam nebitna osoba. Ovde sam na odmoru. Nemam šta da kažem nikome, ni o čemu. Samo želim da se vratim u apartman – izjavila je Freja besno.

– Nebitnu osobu ne pozivaju na jahtu Nikolasa Kejdena – napomenula je Sandra Maknil.

– To je samo jahta za snimanje – uzvratila je Freja sa osmehom.

– *Bila* je samo za snimanje, ali mu se toliko dopala da ju je kupio. Isto je uradio i s vilom. Mnogo mu se dopada ovo selo, ali to sigurno već znate, gospođice...? – nastavila je Sandra.

– Ne, to nisam znala. Što pokazuje da vi znate o njemu mnogo više nego ja. Zaista nemam šta da vam kažem, osim ako...

Mozak joj je radio punom parom. Do sutra u ovo vreme, možda će imati mnogo toga da ispriča novinarki časopisa *Šuting stars* o Nikolasu Kejdenu, koji je izašao s njom zbog opklade koju su organizovali Džin Bejts i Bob Krozbi. O tome kako su tri holivudske zvezde pokušale da je izvrgnu ruglu. To bi filmu donelo neželjeni publicitet, i možda nateralo milione gledalaca da se upitaju koliko su moralni slavni glumci koji igraju u njemu.

– Mogu li dobiti vaš broj? – upitala je Freja, vadeći telefon.

11.

Nakon što je unela broj telefona Sandre Maknil u mobilni, Freja je uspela da se izvuče iz gužve i nastavi put ka turističkoj agenciji u kojoj je radila Ema. Bila je to mala kancelarija sa staklenim izlogom i promotivnim tablama s fotografijama na kojima su se reklamirali izleti koje je agencija nudila. Unutra su bili sto, tri stolice, kauč i aparat za kafu.

Freja je tiho ušla u kancelariju i iznenadila se videvši Emu kako sedi pognute glave na stolu, kao da spava.

– Em? Jesi li dobro? – upitala ju je Freja prilazeći stolu.

– O bože, oh izvini. Zdravo, izgleda da sam zadremala na pet minuta – rekla je Ema, trgnuvši se i pokušavajući da se brzo razbudi.

– Izgledaš užasno. Hoćeš tabletu? – upitala je Freja, pružajući joj kutiju koju je držala u ruci.

– Ne, dobro sam – istrajavala je Ema.

– Znači mamurluk? Pošto sam sigurna da sam sinoć popila mnogo više od tebe – napomenula je Freja i sela na stolicu naspram Eminog stola.

– Nesumnjivo jesi. Nije mamurluk, samo sam umorna – odgovorila je Ema.

– I pretpostavljam da ti ne pomaže to što sam ovde sa svim svojim problemima – rekla je Freja.

– Ne, zapravo mi pomaže. Odvlači mi misli – istrajavala je Ema i otpila gutljaj vode iz čaše na stolu.

– Em, pitala sam te juče da li je sve u redu, i rekla si mi da ste novac uložili u posao i kako želite svoj stan i sve to, ali postoji li još nešto? – pitala je Freja ozbiljno.

– Trudna sam – rekla je Ema jednostavno.

Freja je ostala zatečena i naglo je udahnula.

– O bože – rekla je Freja pre nego što je uspela da se zaustavi.

– Jeste, o bože – ponovila je Ema.

– Ne, mislila sam „o bože" u onom smislu kad si srećan zbog nečega, iznenađen ali srećan. To je sjajna vest! Beba! Dobićeš bebu! – uzviknula je Freja i skočila, obišla sto i uhvatila Emu za ruke. Izvukla ju je iz stolice i počele su da skaču kao dve uzbuđene učenice, na veliko zadovoljstvo prolaznika.

– Oh, Em, ovo su uzbudljive novosti! Biću tetka, pa, otprilike, nešto najbliže tome što ću ikad biti. Šta kaže Janis? – upitala je Freja osmehujući se prijateljici.

– To je jedan od problema. Nisam još uspela da mu kažem. Nisam to ovako planirala, Frejo. Znaš da sam dobra organizatorka, oduvek sam to bila. Imam razne spiskove s kvadratićima za štrikliranje, i imala sam spisak za ovo na kojem je pisalo „kupi kuću", „udaj se", „rodi bebu". Znam da je takav redosled verovatno uobičajen, ali s obzirom na to da sam dobra organizatorka, moj plan je trebalo da bude siguran – rekla je Ema i uzdahnula.

– Dobro, šta hoćeš da kažeš? Kako još nisi rekla Janisu jer se beba pojavila na prvom mestu umesto na trećem? – pitala je Freja.

– Da. Ne. Pa, delimično. Toliko naporno radi da bi uštedeo novac kako bismo mogli da se skućimo i venčamo, a sad će se sve promeniti. Još više ćemo biti vezani za njegove roditelje nego sad – objasnila je Ema.

– Ali, Em, imaćeš prelepu ćerku ili sina, koji će verovatno imati Janisovu tamnu kosu i tvoje plave oči i bićeš potpuno neverovatna majka – rekla je Freja.

– Stvarno to misliš? – upitala je Ema.

– Pa, da to kažem ovako, brineš o meni kao majka otkako smo se upoznale, i vidi kakva sam ispala. U redu, možda je to loš primer – našalila se Freja.

– Samo sam želela da sve uradim kako treba, znaš, na tradicionalan način. To mi je bilo veoma važno – rekla je Ema.

– Važno je da ćeš imati dete s divnim čovekom kojeg voliš i koji te obožava – rekla je Freja pribrano.

– Reći ću Janisu. Samo, volela bih da se venčamo pre nego što se beba rodi. Mislim da mi je to čak važnije od kupovine stana. Možda mi to majčin glas u glavi govori da je nemoralno roditi bebu pre braka, ili je to možda samo žena starog kova u meni – rekla je Ema zamišljeno.

– Pa zašto se onda ne venčate pre nego što se beba rodi? Sigurno imate još koji mesec do tada.

– Sedam – rekla je Ema.

– Sedam meseci, eto vidiš. Ko još ne može da organizuje venčanje za sedam meseci? – pitala je Freja.

– Nije problem u organizaciji, nego u novcu. Ne želim da se venčam u gradskoj većnici. Želim crkveno venčanje i blagoslov na plaži. Želim belu haljinu, deveruše, skupocene automobile i veliku zabavu sa ogromnom tortom – objasnila je Ema.

– Trebalo je da nas moji roditelji zamene i da im ti budeš ćerka, njima bi se sve to veoma dopalo – odgovorila je Freja.

– Ali to je sve san. Mogu sad da zaboravim na to – rekla je Ema i uzdahnula.

– Možda i ne. Koliko misliš da bi časopis *Šuting stars* platio za zaista sočnu priču o Nikolasu Kejdenu? – pitala ju je Freja.

– Kakvu priču? – upitala je Ema.

– O tome kako su on i njegove kolege organizovali „opkladu za nasladu“ – rekla je Freja lukavo se osmehujući.

– Ne bi valjda to uradila?! Prodala priču časopisu? To bi ozbiljno narušilo njegov imidž – rekla joj je Ema.

– Ali bi ti isto tako kupilo ozbiljnu svadbenu tortu. Šta misliš o onoj na četiri sprata? Čokoladnoj? S kafom? Nekoj voćnoj? – pitala je Freja.

– Mislim da si ti najbolja prijateljica koju devojka može poželeti – zaključila je Ema i zagrlila Freju.

– I ti isto – uzvratila joj je Freja, stežući je čvrsto.

12.

– Ne znam šta da obučem – rekla je Freja u telefon te večeri.

Sedela je na krevetu u svojoj sobi u apartmanima *Kalipso*, a odeća iz Agatinog butika bila je razbacana oko nje. Već skoro sat vremena je pokušavala da odluči šta da obuče.

– Zar je važno? Mislim, tip je gubitnik, sećaš se? Izlazi s tobom zbog neke glupe igre sa svojim glupim prijateljima – čuo se Emin glas.

– Da, znam. Samo sam – malčice zabrinuta zbog fotografa. Znaš, fotografisaće me. Danas je bilo ljudi u luci koji su fotografisali i poželela sam da mogu da sakrijem lice šeširom za sunce – rekla je Freja uzrujano.

– O, bože, da, nisam ni pomislila na to. Pa, sad imaš potpuno drugačiju boju kose, i u tom slučaju, mislim da bi trebalo da obučeš crveni komplet. Onaj s topićem bez bretela i pantalonama širokih nogavica – saopštila je Ema.

– Pošto će se onda svi usredsrediti na moj dekolte, a ne na lice, ili će pokušavati da dokuče zašto niskokalorične *kelogs* pahuljice reklamira neko ko nosi konfekcijski broj četrdeset osam. Dobra zamisao! – odgovorila je Freja.

– I crne cipele i torbu, ne zlatne – dodala je Ema.

– Razumem. U redu, hvala ti. Imam još dvadeset minuta da se spremim, bolje da požurim. Umirem od gladi – priznala je Freja.

– Odlično. To znači da ćeš moći da ga ošišaš za večeru. Uzmi dva predjela, ili još bolje, meze samo za sebe – predložila joj je Ema.

– Večeras imaš mnogo dobrih ideja. Dakle, jesi li obavestila Zorbu i Lorejn? – proverila je Freja.

– Svi su obavešteni i spremni, a razgovarala sam i sa Samosom, pošto sam pretpostavila da ćeš veče završiti ispred kioska za kebab uživajući u girosu – odgovorila je Ema.

– Ako on izdrži dotle – odgovorila je Freja.

– Srećno onda, i želim da odmah ujutru čujem iscrpan izveštaj – rekla joj je Ema.

– To se podrazumeva. I nemoj previše da se naprežeš večeras u tom restoranu. Odmor je važan, znaš – rekla je Freja.

– Znam, prestani da brineš. Sad se ponašaš kao da si ti meni mama! – izjavila je Ema.

– Možda je to trebalo ranije da uradim. Mogle smo da pričamo o kontracepciji – našalila se Freja.

– Nisi duhovita. Hajde, oblači se i kreni na sastanak – naredila joj je Ema.

– Važi, zvaću te sutra. Ćao – rekla je Freja i završila razgovor.

Dakle, crveni topić i pantalone. Freja je obukla odeću, očetkala kosu, stavila ukosnicu i obrisala naočare. Lepo se sredila. I dalje je izgledala kao da nosi konfekcijski broj četrdeset osam, ali doterano u konfekcijskom broju četrdeset osam.

Bilo je skoro devet uveče kad je sišla niza stepenice i ušla u deo apartmanskog kompleksa pored bazena gde se nalazio bar. Ili gde bi bar obično trebalo da bude. Bar je nestao. Razlog zašto ga više nije videla je taj što se mnoštvo ljudi, zgusnutih u četiri-pet redova, okupilo oko njega. Freja je shvatila da to nije red za piće i jedino je mogla pretpostaviti da je Nikolas u središtu gužve.

Pre nego što je uspela da napravi korak dalje prema baru, pojavio se Rodžer, telohranitelj, uhvatio ju je za ruku i poveo u suprotnom pravcu, prema zadnjem izlazu iz apartmanskog kompleksa.

– Šta se dešava? – zahtevala je Freja odgovor kad su se Rodžer i ona konačno zaustavili našavši se van dvorišta.

– Nik se izvinjava. Postalo je malo haotično dok te je čekao. Samo da potpiše te autograme, pa će doći do kola – objasnio je Rodžer.

– Kola? Kojih kola? – upitala je Freja.

– Ovih kola, gospođice – odgovorio je Rodžer.

Freja je pogledala niz ulicu i ugledala crni mercedes sa zatamnjenim staklima kako im se približava.

– Šta se dešava? – pitala je odlučno dok su se kola zaustavljala ispred njih.

– Ako biste samo mogli da sačekate unutra, gospođice, da izbegnemo neželjenu pažnju – rekao je Rodžer otvarajući joj zadnja vrata.

– Ne ulazim unutra. Šta znam, mogao bi samo da me odveze u nepoznatom pravcu i da završim na dnu Egejskog mora s plastičnom kesom na glavi. Ovo nije bio dogovor. Trebalo je da ja organizujem veče – uzviknula je Freja i zalupila vrata.

– Nik je rekao da ćete možda malo oklevati. Samo da ga pozovem na mobilni – rekao je Rodžer i posegnuo za telefonom.

– Daj mi ga da pričam s njim čim se javi – naredila je Freja, sve ljuća.

Nije znala šta sad da radi. Kako da mu priredi pakleno veče ako on vodi igru? Planirala je ovo ceo dan. Kako se usuđuje da joj preotme kontrolu!

– Nik, imamo mali problem s kolima, kao što si rekao. Šta želiš da uradim? – rekao je Rodžer u telefon.

– Daj mi ga! Slušaj ti... šta se dođavola dešava?! Video si me jutros, nisi tad pominjao kola. Šta se ovo događa? – viknula je Freja u telefon.

– Tada još nisam organizovao kola. To mi je danas palo na pamet na jahti, dok sam razmišljao kako da te nekako iznenadim – čuo se Nikolasov glas sa druge strane veze.

– Ne volim iznenađenja.

– Ma daj, sve žene vole iznenađenja – odgovorio je Nikolas.

– Ova ne. Slušaj, ne ulazim u kola dok mi ne kažeš kuda idemo – naredila je Freja.

– Dobro, znači ako ti kažem kuda idemo, ući ćeš u auto? – upitao ju je Nikolas.

– S obzirom na to da me sad jure fotografi i pošto je bar u mom apartmanskom kompleksu postao mesto okupljanja tvojih obožavateljki, nemam baš mnogo izbora – rekla je Freja.

– Dopada mi se kad si oštra na jeziku – rekao je on.

– Kuda idemo? – ponovila je Freja.

– Dva minuta izvan sela, restoran *Kod Harija*, znaš li za to mesto?

– Restoran *Kod Harija*? Da li ga znam? Radila sam tamo – rekla je Freja zadovoljno.

– Znam, samo sam se šalio. Hari mi je rekao da si mu pomagala. Dobar je čovek. Znaš li da tvoja fotografija i dalje visi na zidu – imala si sjajne cvike – nastavio je Nikolas.

– Dobro, idemo *Kod Harija*. Ući ću u prokleta kola, ali bolje bi ti bilo da dođeš brzo jer mi malo fali da promenim mišljenje – rekla je Freja.

– Obožavam te vaše engleske izraze. „Malo fali", stvarno moram krišom da ga ubacim u neki scenario – odgovorio je.

Freja je prenebregla tu opasku i vratila mobilni Rodžeru. Prekrstila je ruke preko grudi, iznervirana. Šta će sad da radi? Svi planovi su joj propali. Jedino joj još možda uspe da ga odvede na giros. Sve je propalo.

– Da, Mhm, aha. Da, pobrinuću se da uđe u prokleta kola – rekao je Rodžer u telefon, što je dodatno iznerviralo Freju.

Završio je razgovor i ponovo joj otvorio zadnja vrata automobila.

– Gospođice – rekao je, pozivajući je da uđe.

– Bez namere da uvredim tvoje savršeno ponašanje, Rodžere, ali zovi me Freja. „Gospođice" mi zvuči kao da sam predsednička supruga – rekla je Freja i ušla u kola.

– Potrudiću se da to zapamtim – odgovorio je Rodžer i zatvorio vrata za njom.

Kožna sedišta, ugrađen DVD-sistem, mini-bar i ambijentalna rasveta u boji napravili su od auta kuću na točkovima. Freja nije bila posebno oduševljena time, ali je to nije sprečilo da poželi da ispritiska sve dugmiće. Izabrala je jedno u sredini ploče od trešnjinog drveta, i odjednom su zvučnici glasno podrhtavali od glasa Barija Vajta.

Freja se uspaničila. Nije mogla da zaustavi muziku, bez obzira na to koje je dugme pritiskala. Morala je da kuca na zaštitnu pregradu između nje i vozača ne bi li joj neko pomogao.

Rodžerovo lice se pojavilo i pre nego što je mogla išta da kaže, povikao je:

– Kvadratno dugmence na vratima za zaustavljanje muzike i kružić za kontrolu jačine zvuka.

Freja je brzo utišala muziku na podnošljiviju jačinu.

– A ako mi je dosta Barija Vajta? – raspitala je.

– Može li ikome ikada biti previše „Walrus of Love"? – upitao je Rodžer.

– Izdržala sam oko minut i, veruj mi, Bari me je dovoljno obario – odgovorila je Freja.

– Pritisnite tu ploču ispred vas, tu je spisak CD-ova koje možete odabrati.

– Ima li nešto od *50 Senta*? – pitala je Freja osmehnuvši se.

– Najverovatnije – odgovorio je, i pregrada se ponovo podigla.

Freja je, osećajući se buntovno, odabrala *Gans end rouzis* i otvorila mini-bar, koji je imao širok izbor vina, piva i žestokih pića, pa je Freja uzela brendi. Odvrnula je bočicu i otpila gutljaj.

Zadnja vrata su se naglo otvorila i Nikolas je skliznuo na sedište pored nje. Imao je lanene pantalone kaki boje, bež lanenu košulju i braon kožne sandale. Bio je ležerno elegantan, a Freja je osetila i prijatan miris njegovog losiona posle brijanja.

– Počela si bez mene? Dodaj mi flašicu *džek danijelsa* – rekao je, primetivši bočicu s brendijem u njenoj ruci.

– Izvoli. Uzgred, količine su premale. Treba da se žališ – odgovorila je Freja, dovršila piće i dodala mu njegovo.

– U pravu si, ali zato obično uzmem dve. Dobro, Majki, idemo – rekao je Nikolas, pritiskajući interfon povezan s prednjim delom vozila.

– Uzgred, i dalje sam ljuta – izjavila je Freja kad su kola krenula.

– Ništa manje nisam ni očekivao. *Gans end rouzis*, dobar izbor – rekao je Nikolas i klimnuo glavom.

13.

Trebalo im je manje od pet minuta da stignu do restorana *Kod Harija*, jer je od sela udaljen svega oko kilometar i po. Auto se zaustavio ispred, a Freja je krenula da izađe. Nikolas joj je dodirnuo ruku kako bi je zaustavio.

– Sačekaj. Pusti momka da to uradi kako red nalaže – rekao je, otvarajući vrata.

– Nećeš valjda da mi držiš otvorena vrata, zar ne? – uzviknula je Freja kroza smeh.

– A šta ako hoću?

– Živimo u dvadeset prvom veku. Ne moraš to više da radiš. Svet je davno prevazišao Čarlsa Dikensa, ako nisi znao! – nastavila je Freja.

– Pa, bilo to dikensovski ili ne, volim da se prema dami ponašam kako dolikuje, zato ćeš da sediš tu i pustiš me da ovo uradim – bio je uporan Nikolas.

Freja nije odgovorila. Znala je da pokušava da je očara i zapitala se da li se ovako ponaša prema svim ženama s kojima izlazi, ili samo prema onima zbog kojih prihvati opkladu.

Nikolas joj je otvorio vrata i uhvatio je za ruku kako bi joj pomogao pri izlasku iz kola.

– Eto, zar to nije bilo lepo? – napomenuo je sa osmehom.

– Da, sad se mnogo više osećam kao dama. Da sam bar ponela svilene rukavice i plesnu knjižicu – odgovorila je Freja.

– Hoćemo li? – upitao ju je Nikolas i pružio joj ruku.

Freja ju je prihvatila i uputili su se ka vratima restorana.

– Rodžer će ući s nama, ali neće sedeti za našim stolom. Vrlo je neupadljiv, jedva ćeš ga primetiti – rekao je Nikolas dok joj je otvarao vrata.

– Može da sedi s nama ako želi. Prilično je zabavan – odgovorila je Freja.

– Znači sad hoćeš da osim s Brusom Vilisom izađeš i s Rodžerom? – upitao ju je Nikolas.

– Ne istovremeno, naravno, pošto bi to bilo nepristojno i uopšte ne priliči jednoj dami – odgovorila je Freja.

Pre nego što je Nikolas stigao još nešto da kaže, Hari je izašao da ih dočeka u holu. Bio je to nizak zdepast čovek, sede kose, s naočarima i osmehom širokim kao reka Tajn.

– Frejo! Zdravo, dušo, kako lepo izgledaš! – pozdravio ju je s jakim njukaslskim naglaskom.

– I ti izgledaš dobro, Hari. Da li je Margo ovde? – upitala ga je Freja, misleći na Harijevu suprugu.

– Ne, večeras nije, dušo. Žao joj je što se nećete videti, ali otišla je u grad Krf s nekoliko prijateljica na večeru i predstavu – objasnio je Hari.

– Pa, možda svratim krajem nedelje da je vidim – rekla je Freja.

– Bilo bi joj drago. Zdravo, Nik, lepo je videti te ponovo – rekao je Hari i rukovao se s Nikolasom.

– Zdravo, Hari. Da li je sve spremno? – upitao ga je Nikolas.

– Da, baš kao što si tražio. Pokazaću vam sto – reče Hari.

Hari ih je poveo kroz glavni deo restorana, gde je večeralo nekoliko gostiju. Dok su Nikolas, Freja i Rodžer prolazili pored njih, ljudi su šaputali i podgurkivali se.

Hari ih je odveo do dvorišta, gde je šest stolova bilo spojeno u jedan veliki sto, a ostali su sklonjeni. Prekrili su ih belim stolnjakom, a po njemu poređali sveće i desetak belih ruža. Bio je to najlepši sto koji je Freja dotad videla. Pored stola se nalazila i posuda za hlađenje šampanjca.

Nikolas se osmehnuo kad je video Frejin ozareni izraz lica.

– U redu, sve je spremno. Počeću da iznosim hranu za petnaestak minuta – rekao je Hari.

– Savršeno – odgovorio je Nikolas.

Hari je otišao, a Nikolas se okrenuo Rodžeru.

– Biću odmah tu unutra, probaću gulaš. Samo me pozovi ako nešto zatreba – rekao je Rodžer.

– Hvala, Rodžere – odgovorio mu je Nikolas.

Freja je prišla stolu i duboko udahnula miris ruža. Bile su predivne i mirisale prijatno, blago i slatkasto. Oduvek joj se dopadao spoljašnji deo restorana. Imao je krov koji je podsećao na pergolu, s cvetnim lozama koje su pravile lisnatu nadstrešnicu, a s nje su visile fenjeri. U jeku letnje sezone, Hari je tu dovodio muzičare, i dok je Freja radila kod njega ti događaji su bili izuzetno popularni.

– Sviđa li ti se sto? – upitao ju je Nikolas stojeći pored nje.

– Veoma je lep. Dakle, da li si uopšte nešto radio danas ili si ceo dan smišljao kako da me oduševiš? – zanimalo je Freju.

– Da li te oduševljavam? – uzvratio je on.

– Ima li još nečega što sledi?

– Moraćeš da budeš strpljiva.

– Onda ću ti reći na kraju večeri – odgovorila je Freja.

Sela je za sto i dozvolila Nikolasu da joj sipa šampanjac. Seo je naspram nje i podigao čašu.

– Za naš prvi sastanak – nazdravio je Nikolas.

– Neka ne završi u suzama – dodala je Freja i kucnula se s njim.

– Dobro, odakle da počnemo? Na prvim sastancima se ljudi obično upoznaju, pa da li hoćeš ti da počneš? Uostalom, dame imaju prednost – predložio je Nikolas.

– Hoćeš da znaš nešto o meni – rekla je Freja, otpivši gutljaj šampanjca.

– Da, naravno – odgovorio je.

– Kod mene je to jednostavno – kakva sam, takva sam. Odakle želiš da počnem? – upitala je Freja.

– Ne znam. Počni od onoga o čemu ti je prijatno da govoriš. Drugim rečima, hteo sam da preskočim priču o svojoj zavisnosti od alkohola i prostitutki, i onu malu ulogu u *Kejti osvaja Kanzas* – rekao je Nikolas.

– Opet ne znam da li se šališ ili si ozbiljan – odgovorila je Freja.

– Pustiću te da nagađaš. Dakle, pričaj mi o svom poslu. Ti si fotograf, zar ne? – rekao je Nikolas.

– Jesam, pretpostavljam da me je odalo to što sam sinoć onako izletela da fotografišem zalazak sunca – odgovorila je Freja.

– Pa da, to i činjenica da nam je Ema rekla. Onda, reci mi za šta si se specijalizovala? – upitao ju je Nikolas.

– Venčanja i škole. Od toga plaćam račune. Ponekad me preporuče i poznatijim klijentima pa onda i putujem – rekla je Freja.

– Ali koja ti je omiljena tema? Prema čemu osećaš strast? Pretpostavljam da ti je nešto probudilo zanimanje za fotografiju – upitao ju je Nikolas.

– Dosad sam jedino u tome bila dobra. Iskreno, više volim da fotografišem prizore nego ljude. Morski pejzaži, obale, livade, nebo... a zalaske sunca obožavam – odgovorila je Freja.

Zašto mu je to govorila? Nije ga to stvarno zanimalo, samo je ćaskao s njom. Ali nešto ju je teralo da odgovara na njegova pitanja.

– Zašto se onda ne usredsrediš na ono u čemu uživaš? Zašto venčanja i školarci? – želeo je da zna Nikolas.

– Kao što rekoh, od toga plaćam račune, a za ono drugo moraš da budeš izuzetno nadaren da bi od toga mogao da živiš. Ne mislim da sam baš toliko dobra – kazala je Freja.

– Pa, možda te samo još nije otkrila prava osoba – napomenuo je Nikolas.

– Možda. A ti? Zašto gluma? Da li si već s tri godine pravio predstave za komšiluk i oblačio se kao Robin Hud, ili nešto slično? – upitala je Freja.

– Mogao bih to da ti kažem, ali ne bi bilo istina. Gluma me nije zanimala ni s tri godine, a ni kasnije, bio sam previše zaokupljen hokejom na ledu. Bio sam lud za tim – rekao joj je Nikolas.

– Pa zašto onda nisi hokejaš? – raspitivala se Freja.

– Odustao sam. Nakon smrti roditelja, odustao sam od skoro svega. Studirao sam pravo na Harvardu i dobro mi je išlo, ali kad su mi roditelji umrli, napustio sam fakultet. Kad se sad osvrnem na to, shvatam da pravo zapravo i nije bilo za mene. Možda bih bio dobar advokat, ali bi mi to bilo smrtno dosadno – ispričao je Nikolas.

– Žao mi je zbog tvojih roditelja. Jel' bila saobraćajna nesreća u pitanju ili nešto drugo? – želela je Freja da zna, iskreno zainteresovana.

– Da, kamion je prošao kroz crveno svetlo. Nisu imali šanse. Moj mlađi brat je bio u kolima, i srećom je uspeo da se izvuče bez ogrebotine – rekao je Nikolas.

– Hvala bogu na tome – odgovorila je Freja.

– Da, imao je mnogo sreće. U svakom slučaju, iako smo dobili novac od životnog osiguranja roditelja, nije ga bilo dovoljno da se obojica školujemo, pa sam napustio fakultet i zaposlio se. Radio sam sve, kako bismo imali šta da jedemo, i da Met ima sve što mu je bilo potrebno, baš kao što bi mama i tata uradili. Prvo sam bio taksista, pa barmen, a zatim kuvar dok nisu shvatili da zapravo ne umem da kuvam, pa sam onda bio konobar. Jednog dana je u restoran došao čovek, pružio mi vizitkartu i rekao da traži ljude za snimanje reklame za *Čips sa sirom* – rekao je Nikolas.

– Sa čime? – upitala je Freja uz smeh.

– *Čips sa sirom*. Onaj od krompira, groznog je ukusa i proizvodili su ga oko godinu dana, a otad više nisam video nijednu kesicu. Uglavnom, dobio sam posao i, veruj mi, reklama je bila mnogo neukusnija od samog čipsa. Posle toga su me pozvali na audiciju za malu ulogu u filmu *Đavolje prokletstvo*. To mi je bio prvi film i prvi veliki uspeh – objasnio je Nikolas.

– Ne sećam se da sam ga gledala – priznala je Freja.

– I nemoj! Grozan je i imam neku jezivu frizuru. Bog sveti zna šta su drugi videli u mojoj glumi pa su mi ponudili druge uloge, ali jesu... i onda je, kako kažu, sve krenulo svojim tokom – zaključio je Nikolas.

Baš u tom trenutku Hari i dvojica konobara izneli su ogromne poslužavnike s hranom.

– Nisam bio siguran šta voliš, pa sam naručio sve – rekao je Nikolas.

– Šališ se! Znam da volim da jedem, ali u Harijevom jelovniku ima preko pedeset jela – uzviknula je Freja.

– Šezdeset šest – ako brojiš priloge – odgovorio je Nikolas.

Trebalo je najmanje pet minuta da Hari i njegovi pomoćnici postave hranu na sto.

– Ovo je prava gozba, zar ne? – primetio je Nikolas gledajući pun sto.

– Ne mogu da verujem da si naručio ceo jelovnik. Zašto? – uzviknula je Freja.

– Zašto da ne? Hoćemo da počnemo? Pomalo sam ogladneo – rekao je Nikolas i počeo da se služi.

– I ja sam – složila se Freja.

Napunili su tanjire raznim jelima i počeli da jedu. Hrana je bila ukusna, a šampanjac im je lepo klizio niz grlo. Freja je gotovo zaboravila da je ovaj sastanak lažan. Gotovo, ali ne sasvim.

– Da li uživaš u onome što radiš, ili deo tebe i dalje želi da vozi taksi? – pitala ga je jedući hleb i caciki.

– Volim glumu. Kao i ti, pronašao sam nešto u čemu sam dobar, i držao sam se toga. Nije mi bila namera da to zvuči nadmeno, ali mnogo je ljudi u ovoj industriji koji uopšte ne umeju da glume, a zarađuju bogatstvo. Smatram da imam sreće što to radim dobro i ne osećam se kao prevarant – rekao joj je Nikolas.

– A to što imaš telohranitelja pored sebe i što te stalno gnjave fotografi? Uživaš li u tome? – upitala je Freja.

– Da li bi iko uživao? Ne, prezirem to. To je velika mana mog posla. Da li bi se tebi dopalo da ti se pojavi fotografija u časopisu snimljena dok u sedam ujutro ideš u prodavnicu u trenerci i s trodnevnom bradom? – upitao ju je Nikolas.

– O bože, sve što je duže od dvodnevne brade potpuno bi me poremetilo – odgovorila je Freja uz osmeh.

– Ali si shvatila foru u vezi s trenerkom – utvrdio je Nikolas.

– Možda. A šta je s novcem? Mora da je lepo kad možeš da trošiš koliko hoćeš i ne brineš se zbog toga – kao na primer kad naručiš ceo jelovnik iz restorana – rekla je Freja.

– Uživam u novcu, lagao bih kad bih rekao suprotno, ali mogao bih i bez njega. Mislim, pričaš s nekim ko je odgajio brata tinejdžera hraneći ga ostacima obroka iz restorana i za obojicu kupovao odeću na rasprodajama u *Volmartu*. Ne bih voleo opet da živim tako, ali mogao bih – rekao je Nikolas.

Freja je klimnula glavom i poslužila se grčkim kobasicama.

– Ali stvarno ne želim da samo ja pričam večeras... red je na tebe – rekao je Nikolas.

– Oh, stvarno ne znam šta da kažem. Nisam navikla da pričam o sebi. Jednom sam probala, u metrou, neka bakica je započela razgovor kao da sam joj davno izgubljena nećaka ili nešto slično, bio mi je loš dan pa su reči pokuljale iz mene, svašta sam joj ispričala i kad smo stigli do stanice *Embankment* već je spavala. A krenuli smo s *Vaterloa* – bukvalno jedna stanica – priznala je Freja i otpila gutljaj pića.

– Dobro, obećavam da neću zaspati. Zašto mi ne ispričaš nešto o svojoj porodici? – predložio je Nikolas.

– Pa, ovaj, radije ne bih da pričam o njima. To mi je pomalo bolna tema – rekla je Freja.

– Stvarno? – upitao je on.

– Ne viđam ih uopšte. Zapravo, skoro da i ne komuniciram s njima – odgovorila je.

– U redu, onda zatvaramo temu. A hobiji, to bi trebalo da bude bezbedna oblast – rekao je Nikolas.

– Zapravo nemam nijedan. Ako ne radim, onda spavam, ili pokušavam da spavam, ili gledam televiziju – rekla je Freja.

– Zvuči mi kao da previše radiš. A znaš šta kažu – nije život samo posao, mora i da se živi, Frejo – rekao je Nikolas.

– Znači, sad sam i dosadna, zar ne?

– Još nisi, ali stvarno moraš više da se zabavljaš. Možda je to nešto na čemu možemo zajedno da poradimo – rekao je sa osmehom.

– Podseti me... tvoji hobiji su? – upitala je ona.

– Hobiji su precenjeni – odgovorio je s lukavim osmehom.

– Eto vidiš! Ni ti ih nemaš – rekla je Freja kroz smeh.

– Imam, samo nemam vremena za njih. Ako ne snimam, onda učim tekst scenarija, ili dajem intervjue, a ako ne radim to, onda sam u teretani – rekao je Nikolas.

– Aha! Teretana ti je hobi – uzviknula je Freja.

– Samo ako uživaš dok vežbaš u njoj. Ja je mrzim. Radije bih čitao dobru knjigu ili vozio motor ili nešto slično – priznao je.

– Imaš motor? I ja ga imam! Koji je tvoj? – upitala je Freja uzbuđeno.

– Harli – odgovorio je on.

– Trebalo je da pretpostavim.

– Zabavni su, zar ne? Kad sam na motoru, kao da ništa drugo ne postoji. Samo ja, motor i vetar oko mene – rekao joj je Nikolas.

– To je savršeno mesto za razmišljanje i nekako deluje umirujuće na bučan i uzbudljiv način – rekla je Freja.

– Da, u pravu si – složio se.

– Pa, jesi li već iznajmio motor ovde? – upitala je Freja.

– Ne, iskreno, nisam imao mnogo vremena za sebe. Ovde smo još samo dve nedelje, pa se vraćamo na grčko kopno – rekao je Nikolas.

– Kopno je lepo, ali nije tako živopisno kao ostrva – rekla je Freja.

– Nije, slažem se, a ovo selo, Kasiopi, pravi je dragulj ovog ostrva što se mene tiče.

– Da li si zato kupio vilu ovde? – upitala ga je Freja.

– Vesti se brzo šire. Ko ti je to rekao? – upitao ju je Nikolas.

– Šuška se unaokolo – rekla je Freja, ne želeći da pominje časopis *Šuting stars*.

– Pa, tvoj izvor je u pravu. Kupio sam vilu *Kamija* – rekao je Nikolas.

– Znam koja je. Prelepa je i nalazi se tačno na uzvišenju iznad mora. Sigurno imaš neverovatan pogled – rekla je Freja.

Znala je gde se vila nalazi i odatle se pružao neprevaziđen pogled na more.

– Nesumnjivo zaslužuje da se fotografiše. Trebalo bi da dođeš i napraviš neke fotografije – ponudio joj je Nikolas.

Freja nije odgovorila. Koga on zafrkava? Nakon večeras, više ga nikad neće videti.

– Da li je hrana dobra? – upitao je Nikolas.

– Veoma je ukusna – odgovorila je Freja.

– Ućutala si mi se, Frejo.

– Ne, nisam. Ja i ćutanje smo nespojivi.

– Možda si razočarana što nisam došao u *spido* gaćicama? – našalio se Nikolas.

– Skrhana sam, zar se ne vidi? – odgovorila je.

– Onda ti možda treba nešto da ti nadoknadi taj gubitak – predložio je Nikolas.

Stavio je prste na usne i zazviznuo. Na taj znak su dvojica muškaraca iz restorana izašla napolje jedan s mandolinom, drugi s buzukijem. Ljubazno su se naklonili gostima za stolom i zasvirali.

– Ti si blesav! O čemu se ovde radi? – uzviknula je Freja dok je muzika ispunjavala vazduh.

– Zaključio sam da si tip žene koja ume da ceni grčku kulturu, pa sam pomislio da bi bilo dobro da bar jedan njen deo uključim u naše veče – rekao je Nikolas, osmehnuvši se kad je video njeno uzbuđenje.

– Stvarno volim tradicionalnu grčku muziku – priznala je Freja.

– Priznajem, Hari mi je rekao. Kazao je i da si, dok si radila ovde, zamalo pobegla s mandolinistom. Citirao te je: „Koga briga kako izgleda, vidi šta ume da radi prstima" – rekao je Nikolas.

– Koliko si vremena proveo razgovarajući s Harijem? Da li ti je otkrio sve što sam mu rekla u poverenju tokom tog perioda mog života? Mora da postoji neki deo zakona o radu koji se tiče čuvanja tajni zaposlenih – rekla je Freja.

– Ne verujem da mi je sve rekao. Imao sam utisak kako ipak nešto krije. Bio mi je sumnjiv onaj sjaj u njegovim očima – rekao je Nikolas.

– Nije bilo potrebe da se toliko trudiš – rekla je Freja duboko uzdahnuvši.

– Nije mi bilo teško. Uostalom, zabavljao sam se dok sam sve to organizovao – rekao joj je Nikolas.

Zašto je sve ovo radio? Zar je mislio da će imati više šanse da je odvede u krevet ako joj bude priredio što više iznenađenja? To je odvratno. Rekao je da mu novac nije bitan, a sada ga još više obezvređuje trošeći bogatstvo na sastanak samo kako bi se okoristio od kolega.

– Hoćeš da igraš sa mnom? – upitao ju je Nikolas kad je muzika prešla u sporu tugovanku.

Sve je bilo pogrešno, nije trebalo da bude ovde. Trebalo je da su u selu, da ga gleda dok jede obrok pun čilija u prahu.

– Hajde, znam da voliš da igraš – rekao je Nikolas, ustao sa stolice i stao ispred nje.

– Jel' ti i to Hari rekao? – odbrusila je Freja.

– Hej, hajde, igraj sa mnom, biće zabavno – bio je uporan Nikolas, nežno ju je uzeo za ruku i povukao sa stolice.

– Izgleda da nemam izbora – napomenula je Freja kad ju je Nikolas jednom rukom obavio oko struka, a drugom je nežno uhvatio za ruku.

– Pa, da li polako menjaš mišljenje o meni? Vidiš li sad da sam samo običan momak? – upitao ju je Nikolas.

– Mislila sam da igramo, a ne da pričamo – rekla je Freja.

– Zar ne možemo oboje? – predložio je Nikolas.

– Vidi, večera je bila stvarno ukusna, muzika je divna, samo... – počela je Freja.

Božanstveno je mirisao, na mošus i začine, a toplom rukom je držao njenu. Osećala je njegov dah na vratu i čvrstinu tela blizu svog. Tad je shvatila šta nije u redu sa ovim sastankom. Želela je da bude stvaran. A ta spoznaja ju je nasmrt uplašila.

Šta se to dešava s njom? Oblikovala je mišljenje o njemu pre nego što ga je upoznala. Bio je umišljeni, uobraženi magarac s previše para koji nimalo ne brine za druge. Osim što nije delovao tako. Večeras je bio zanimljiv, duhovit i razgovor s njim je tekao lako. A što je najgore, to što je zabavan i zanimljiv, sve je to samo privid pošto se pretvarao. Bio je dobar glumac, sâm je to rekao. Bio je profesionalac. Iskorišćavao ju je, a zbog toga je bio gori i od Rasela.

– Šta se dešava? Vidim da ti misli lutaju – rekao je Nikolas, gledajući je savršenim plavim očima.

– Zašto ovo radiš? – pitala ga je Freja, dajući mu priliku da bude iskren.

– Šta radim? – upitao ju je Nikolas dok su i dalje plesali.

– Sto, hrana, muzika... potrudio si se da sve bude savršeno – objasnila mu je Freja.

– Zato što želim da sve bude savršeno – odgovorio je Nikolas.

– Zbog čega? – pitala ga je Freja.

– Pa, ko ne želi da mu prvi sastanak bude savršen? – odgovorio je Nikolas.

– Koji ti je to štos s „prvim sastankom"? Oboje znamo da drugog neće biti – saopštila je Freja i pustila ga.

– Nemoj biti gruba, molim te. Mislio sam da nam dobro ide. Znaš, večeras sam jedino želeo da mi pružiš priliku da krenemo iz početka, da vidimo kako će nam ići – rekao joj je Nikolas.

Stajali su jedno naspram drugog, usred dvorišta, dok su muzičari nastavili da sviraju.

– Večeras si jedino želeo da me odvedeš u krevet i pokupiš nagradu od Džina i Boba – viknula je Freja iz petnih žila, baš kad su svirači završili pesmu.

Iznenada je postalo tiho kao u crkvi.

14.

Nikolas ju je pogledao i odmahnuo glavom. Stavio je ruku na usta, kao da razmišlja, a zatim se okrenuo ka muzičarima.

– Možete li nas ostaviti pet minuta nasamo, momci? – upitao ih je.

– Biće mi potrebno više od pet minuta da bih ti rekla šta zaista mislim o tebi – rekla je Freja, dok joj je telo podrhtavalo od besa.

– Oh, Frejo – rekao je Nikolas i uzdahnuo dok su muzičari žurno napuštali prostoriju.

Stavio je ruke na glavu i duboko udahnuo, kao da se pita šta da uradi sledeće.

– Znam za opkladu. Čula sam Boba i Džina kako se smeju tome. Kladili su se da ćeš izaći s buckom. Samo što se nisu upišali koliko im je bilo smešno. Bila sam povređena, uznemirena i ponižena. Iznenađena sam što im nisi tražio da povećaju ulog. Mislim, Demi Mur je ponuđeno milion dolara da spava s Robertom Redfordom, a tebi nekoliko jeftinih odmora i usluge nekih kanadskih devojaka za poslovnu pratnju. Zar to nije bilo uvredljivo? Pogotovo što ja nisam Demi Mur – nastavila je Freja.

Oči su joj se punile suzama iako se svim snagama trudila da ih zadrži.

– Trebalo je da ti kažem. Žao mi je – rekao je Nikolas.

– Šta? Da me uključiš u dogovor? Pa, i to bi bilo nešto, pretpostavljam, ali mi nekako ipak previše liči na prostituciju, i to za ništavnu cenu. Mislim, stvarno bih im preporučila da se raspitaju koja je ovih dana tarifa debelih devojaka – odgovorila je Freja.

– Možemo li da sednemo? Da popijemo još jedno piće? Hajde, uzmi još malo šampanjca i pusti me da ti objasnim – rekao je Nikolas i podigao njenu čašu.

– Ne želim više tog pišljivog šampanjca. Muka mi je od njega. Muka mi je od ovog lažnog sastanka. Mislim, kako da ti poverujem bilo šta što si večeras rekao? Skoro sam sigurna da su ti roditelji živi i zdravi i da su se penzionisali negde na Floridi – viknula je Freja.

– Veruj mi, ne uživaju u životu u penzionerskom kompleksu – odgovorio je Nikolas.

– Zar nećeš pokušati da se odbraniš? Da mi kažeš da je sve bila šala i kako nisi imao lošu nameru? – pitala ga je Freja gledajući ga pravo u oči.

– Ne moram da se branim jer nisam uradio ništa loše. Trebalo je odmah da ti kažem za opkladu čim sam večeras došao kolima po tebe – rekao je Nikolas i otpio gutljaj pića.

– Trebalo je više da me ceniš, i kažeš im da idu bestraga sa svojim jadnim opkladama – rekla je Freja glasno.

– I jesam. Šta misliš da pokušavam da ti kažem? Rekao sam im da je to baš jadno, da se ponašaju kao dva deteta iz obdaništa i kako ne želim da učestvujem u tome. Opkladio sam se s Džinom, davno, tokom snimanja poslednjeg zajedničkog filma. Bilo je glupo i bio sam veoma, veoma pijan – rekao je Nikolas.

– Znaš li koliko žalosno zvučiš? – pitala ga je Freja.

– Rekao sam im večeras da neću učestvovati ni u kakvoj opkladi jer je glupa, kako bi trebalo da umeju i bolje, i zato što sam već pred kraj večeri odlučio da te pozovem na sastanak – rekao je Nikolas.

– Sad ništa ne razumem šta pričaš – odgovorila je Freja.

– Frejo, naš sastanak nema nikakve veze s Džinom i Bobom, niti s bilo kakvom opkladom. Želeo sam da izađem s tobom. Hteo sam da ti kažem za opkladu jer nisam hteo da se ovako nešto desi, ali sam odlučio da je ne spominjem pošto nisam želeo da znaš šta su govorili o tebi, jer su to sve same gluposti – rekao je Nikolas iskreno.

– Ovo je glupo, la-la-la-la, ne slušam – rekla je Freja, pokrivajući uši rukama, ne mogavši više da sluša šta joj govori.

– Šta je glupo? Sviđaš mi se. Zašto je to tako teško poverovati? Kad si sinoć upala u restoran i izgrdila me, nisam mogao da skinem pogled s tebe. Nisam znao šta da ti kažem. Bila si tako energična, imala si mišljenje o svemu i znao sam da želim bolje da te upoznam – pokušao je da objasni Nikolas.

– Ovo je sve deo predstave, zar ne? – rekla je Freja.

– Frejo, nema predstave. Ovo sam ja, i to je sve. Samo sam običan momak koji pokušava da te upozna tokom ove večeri – bio je uporan Nikolas.

Freja je odmahivala glavom. Ovo je bilo šašavo. Nikolas Kejden, holivudski glumac, koji je tako zgodan i lepo miriše, organizovao je romantičnu večeru sa cvećem, svećama i muzikom i govori joj da mu se zaista sviđa. Nije mogla da poveruje u to. Sigurno je sve ovo proveren način da osvoji opkladu. Pokušava da je ubedi da je iskren, kako bi bio korak bliže ostvarivanju cilja i slavi.

– Mislim da si sjajna – rekao je Nikolas.

– Prekini, dosta mi je svega – odgovorila je Freja.

– Ljuta si na mene? – upitao ju je Nikolas.

– Da.

– Zbog čega? Pokušavam da budem iskren prema tebi – bio je uporan Nikolas.

– Ne znam šta da mislim. Sve je ovo previše zbunjujuće – izjavila je Freja duboko uzdahnuvši.

Plan je bio da ga natera da pretera sa uzom, da pojede prezačinjenu večeru i igra u *Zorbinom grčkom plesnom baru*. Trebalo je da mu održi lekciju jer se neprikladno poneo prema njoj.

– Šta te zbunjuje? – upitao je Nikolas.

– Ovo! Sve ovo! Ti, večera, trud uložen u organizaciju – rekla je Freja, sedajući na zidić na rubu dvorišta.

– Reci mi, šta dobijam time ako te lažem? – pitao ju je Nikolas.

– Hm, šta beše bila glavna nagrada? A da, dve nedelje skijanja i uživanja s lokalnim mlekaricama – odgovorila je Freja.

– Mrzim skijanje, a i u svakom slučaju, mislim da sad nemam mnogo šanse da osvojim glavnu nagradu, zar ne? – rekao je Nikolas.

– Nemaš – složila se Freja.

Nikolas je seo pored nje na zidić, s pićem u ruci.

– Dakle, čula si ih kako su rekli da sam prihvatio opkladu, jel' tako? – upitao ju je.

– Pa, ne baš, ali su rekli... – počela je Freja.

– I toliko si loše mislila o meni da ti je delovalo prirodno da bih tako nešto uradio. Pa, pretpostavljam da te ne mogu kriviti za to.

Mislim, kao što rekoh, jednom sam to uradio, dok sam bio pijan, u Maroku – kad su pokušali da me spoje s muškarcem u ženskoj odeći – rekao je Nikolas.

Freja je prsnula u smeh. Nikolas joj se pridružio i osmehnuo joj se kad mu je uzvratila pogled.

– Ne znam šta da kažem. Ne znam u šta da verujem. Nije da se ljudi svaki dan klade na mene. Nemam prethodno iskustvo s kojim bih ovo mogla da uporedim – rekla je, uozbiljivši se.

– Znaš, čini mi se da bi ti volela da je ovaj sastanak plod mašte. Mislim da bi se, ako bi priznala sebi da je stvaran, toliko prestravila da ne bi znala kako da se nosiš s tim – rekao je Nikolas.

– Ne laskaj sebi – uzvratila je Freja.

– Mislim da smo nekako povezani – nastavio je Nikolas.

– Mislim da si u zabludi – odgovorila je Freja.

– Pa, znam da sam nešto osetio čim si prišla mom stolu u restoranu. Ne znam šta je to bilo, ali to nešto sam želeo da istražim. Mislim da si i ti nešto osetila, ali te je previše strah da to priznaš – nastavio je Nikolas.

Naježila se od njegovih reči. Gledao ju je dok je govorio i sedeo udaljen samo nekoliko centimetara od nje, zbog čega je osećala napetost koju je jedino mogla opisati kao uzbuđenje. Nije znala šta da uradi.

– Dobro, šta ćemo sad da radimo? Imamo svu ovu hranu, dva muzičara koji čekaju u pripravnosti i Rodžera koji je dopola pojeo porciju gulaša. Nemoj mi reći da stvarno želiš da prekineš ovakvu zabavu? – Nikolasove reči su razbijale napetost.

– Teško mi je da se nosim sa ovim. Nisam bila spremna za odlazak na sastanak, bila sam spremna za osvetu – rekla mu je Freja.

– Bože, tako mi je drago što sam sve ovo organizovao. Mogao sam sad da budem u bolnici – rekao je Nikolas.

– Dakle, pozvao si me na pravi sastanak pošto ti se sviđam? Jer me smatraš privlačnom? – pitala ga je Freja.

– Da. Nisam bio baš siguran da li mi se dopada tvoj stav, ali odlučio sam da svejedno pokušam – odgovorio je Nikolas.

– Bože, znaš šta? Stvarno mislim da govoriš istinu. Ili je to, ili si zaista dobar glumac – rekla je Freja.

– Zar ne može da bude oboje? Imaj malo milosti – zamolio ju je Nikolas.

– Donesi mi još jedno piće. Previše sam trezna da bih uopšte razmišljala o ovome – naredila mu je Freja.

– Vrati se za sto, pojedi još nešto i pozvaću muzičare da se vrate. Znaš i sama da to želiš – rekao joj je Nikolas, ustajući i hvatajući je za ruke.

Freja je ustala i pustila ga da je otprati do stola. Sela je, preplavljena onim što se dešavalo. Ovo uopšte nije bio deo njenog plana.

– Samo da znaš, Džin i Bob mi nisu prijatelji. Oni su samo kolege s kojima moram da se slažem. Isto kao u kancelariji, postoje ljudi koji su ti dragi i oni koji baš i nisu – rekao joj je Nikolas, pružajući joj punu čašu šampanjca.

– Pa, meni baš i nisu dragi – izjavila je Freja.

– Razumem te potpuno i slažem se. Nedvosmisleno imaju previsoko mišljenje o sebi – složio se Nikolas.

– Ali ti si drugačiji? – upitala je Freja.

– Sve vreme ti to pričam. Ja sam samo momak koji živi u neobičnom svetu, većem od stvarnosti. Da budem sasvim iskren, ovo mi je prvi sastanak u poslednjih više od tri godine – rekao je Nikolas.

– E *to* ti ne verujem – odgovorila je Freja.

– Istina je. Nemam često prilike da izađem s devojkom na sastanak, a iskreno, takvi izlasci me i ne privlače baš previše. Ne idu mi baš nešto od ruke – rekao je Nikolas.

– Molim?! Tebi, poznatoj slavnoj ličnosti koja bi mogla da osvoji i ptice na grani, sastanci baš nešto ne idu od ruke – uzviknula je Freja.

– Tako je, sprdaj se sa mnom! I ja imam probleme sa samopouzdanjem, znaš – odgovorio je Nikolas.

– *Ti* imaš probleme sa samopouzdanjem! Ovo je previše! Kako neko ko izgleda kao ti može da ima bilo kakav problem sa samopouzdanjem? – želela je da zna Freja.

– Ispod ove grube spoljašnosti, krije se stidljiv momak koji pokušava da izađe na videlo – rekao je Nikolas s poluosmehom.

– Ja sam ta koja ima problema sa samopouzdanjem, i to hrpu njih – izjavila je Freja.

– A ja nemam pojma zbog čega – rekao je Nikolas, otpivši gutljaj pića.

– Nemaš? – pitala je Freja, misleći da je to sasvim očigledno.

– Ne. Mislim, vidim te kakva jesi, Frejo. U potpunosti. I zaista mi se sviđa ono što vidim – rekao joj je Nikolas, gledajući je pravo u oči.

Freja je progutala knedlu. To je bilo nesumnjivo nešto najlepše što joj je neko dosad rekao, i zvučalo je iskreno.

– Da pozovem muzičare? – upitao ju je Nikolas.

– Bilo bi lepo – složila se Freja.

Muzičari su se vratili, a nakon otprilike pola sata, Hari im je doneo desert. Svaki slatkiš koji je bio u jelovniku. Freja se dvoumila koji da odabere.

– Nisi mi malopre rekla kako ti stojiš s celom pričom o sastancima? Jesi li često izlazila u poslednje vreme? – upitao ju je Nikolas, uzimajući punu kašiku sladoleda.

– Ne. Zapravo, doskoro sam bila u vezi – rekla mu je Freja.

– Šta se dogodilo? Ako to nije previše lično pitanje za prvi sastanak – pitao ju je Nikolas.

– Mislim da je shvatio da osoba s kojom je u vezi nije ona koju je zapravo želeo – odgovorila je Freja.

– Jeste li dugo bili zajedno? – upitao ju je Nikolas.

– Osamnaest meseci – rekla je Freja.

– Onda je to bilo ozbiljno – primetio je Nikolas.

– Ne, zapravo ne mislim da je bilo ozbiljno. Mislim da smo oboje samo čekali bolju priliku – rekla je Freja.

– Ko je onda raskinuo? – upitao je Nikolas.

– Da li je to važno?

– Izvini, samo sam bio radoznao, ponekad ne mogu da se suzdržim – rekao je Nikolas.

– Ja sam raskinula – odgovorila je Freja.

– I sad je stvarno gotovo? – pitao ju je Nikolas.

– Jeste.

– Dobro. Mislim, ne bih voleo da povredim nečija osećanja – rekao je Nikolas.

– A ti? Da li bih ja nekome povredila osećanja? – upitala ga je Freja.

– Unesrećila bi otprilike polovinu ženske populacije na svetu, ako veruješ onome što se piše po novinama. Ne, rekao sam ti, nisam izlazio na sastanke više od tri godine – rekao je Nikolas.

– Dobro, a da li je tvoja poslednja veza bila ozbiljna? – upitala ga je Freja.

– Moja poslednja prava veza bio je brak, tako da bi se moglo reći da jeste – odgovorio je Nikolas.

– Šta se dogodilo?

– Pa, po njenoj priči, imao sam ljubavnicu. Istina je bila da jednostavno nismo želeli isto od života. Ona je htela slavu i novac, a ja decu i imanje puno konja daleko od svega – uputio ju je Nikolas.

– Mislim da bi ljudi trebalo da popune upitnik pre nego što se venčaju, kako bi neka treća strana mogla da proveri koliko se dobro uklapaju. To bi na duže staze prištedelo mnogo patnje zbog slomljenog srca – rekla je Freja.

– To je sjajna zamisao, treba da je patentiraš – rekao je Nikolas kroz smeh.

– Možda i hoću – odgovorila je Freja.

15.

Pre nego što su i primetili, bila je skoro ponoć i Hari se spremao da zatvori.

– Trebalo bi da pođemo. Ostali smo samo mi, a Hari više nije mlad kao nekad. Treba mu san – primetila je Freja dok je posmatrala vlasnika kako odnosi njihove tanjire.

– Naravno, hajde da krenemo – složio se Nikolas, ustajući sa svog mesta.

Freja je ustala, a Nikolas ju je uhvatio za ruku. Polako i nežno je prelazio prstima po njenoj nadlanici, a zatim joj je držao ruku u svojoj, stiskajući je.

– Samo hoću da znaš da uživam kao nikad dosad – rekao je Nikolas.

– Veče je uvrnuto počelo, ali mislim da se završava sasvim dobro – odgovorila je Freja, uživajući u tome što ga drži za ruku.

– Dobro – rekao je Nikolas. I dalje je držeći za ruku, poveo ju je nazad ka restoranu.

Hari i Rodžer su razgovarali kad su Nikolas i Freja došli iz dvorišta.

– Kakav vam je bio obrok? Da li je sve bilo po volji gospodinu i gospođici? – upitao ih je Hari.

– Hari, nadmašio si samog sebe. Bilo je neverovatno – rekla je Freja i poljubila Harija u obraz.

– Potpuno se slažem, a domaći tart od jabuka me je oduševio. Čoveče, bio je tako ukusan – rekao mu je Nikolas.

– Pa, niko ne pravi tart od jabuka kao Margo – odgovorio je Hari.

– Prenesi joj moje komplimente, a ako ikada poželi da proda recept, verovatno bi zaradila pravo bogatstvo u Americi – rekao je Nikolas.

– Puno je pozdravi, Hari. Pokušaću da svratim nakratko pre nego što se vratim u Englesku – rekla je Freja.

– Bilo bi lepo, dušo, čuvaj se – završio je Hari priču posmatrajući kako Nikolas, Freja i Rodžer kreću ka izlazu.

– Ima fotografa napolju. Hoćeš li da pošaljem auto sa zadnje strane restorana? – upitao je Rodžer Nikolasa.

– Ne, samo ćemo ući pravo u auto i odvesti se, biće sve u redu. Pod uslovom da ti to odgovara, Frejo – rekao je, gledajući je.

– Odgovara mi da uđem u auto. Radila sam to više puta. Ne mogu da zamislim zašto bi iko želeo da me fotografiše dok to radim – odgovorila je Freja.

– Sve će biti u redu. Samo se drži mene i kreni ka autu – rekao joj je Nikolas.

Rekavši to, otvorio je vrata restorana i izašao.

Freja je istog trenutka morala rukom da zaštiti lice jer su je blicevi zaslepeli. Ljudi su vikali, činilo se da ih ima na desetine, bili su poput nejasnih senki koje je zaslepljuju s male udaljenosti. Osetila je da je guraju, a pre nego što je uspela da reaguje, Rodžer ju je uhvatio za drugu ruku i gotovo na silu poveo prema autu. Imala je osećaj kao da očajnički pokušava da pobegne od napadača, ali onda je sve iznenada stalo, kao što je i počelo, vrata auta su se zatvorila za njom i ostala je sama s Nikolasom na zadnjem sedištu.

– Jesi li dobro? – upitao ju je.

– Ne znam – odgovorila je Freja iskreno.

– Izgledaš uznemireno. Hoćeš li piće? – ponudio joj je Nikolas.

– Ne, mislim da ne, možda. Ne volim da budem ispred kamere... mnogo ugodnije se osećam s druge strane objektiva – rekla je, pokušavajući da se sabere.

– Evo – rekao je Nikolas i brzo sipao brendi u čašu i pružio joj ju je.

Freja je uzela čašu i popila malo žestokog pića.

– Da li je kod tebe stalno ovako? – htela je da zna Freja kad je auto pošao iz restorana.

– Ne. Obično je mnogo gore – priznao je Nikolas.

– Kako možeš tako da živiš? – zanimalo ju je.

– Naučiš da se nosiš s tim – odgovorio je Nikolas.

Freja je popila piće.

– Slušaj, imam slobodan dan u petak. Da li bi želela da radimo nešto? – pitao ju je Nikolas.

– Šta na primer? – upitala je Freja.

– Pa, ne znam. Zašto ti ne smisliš nešto i odlučiš, pošto sam ti preoteo ovo veče – predložio je Nikolas.

– Tako je. Potpuno si mi upropastio sve planove. Upravo sad je trebalo da sediš na klozetskoj šolji s neprestanim bolovima u stomaku – rekla mu je Freja.

– Bože, čuo sam dovoljno. Mogu samo da zamislim koliko si kreativna kad je osveta u pitanju – rekao je Nikolas.

– Mhm, nemoj ni da sumnjaš.

– Onda ću dati sve od sebe da te ne naljutim – odgovorio je Nikolas.

Kola su se zaustavila ispred apartmana *Kalipso*.

– Ovde izlazim – rekla je Freja.

– Tako je – odgovorio je.

– Pozvala bih te na kafu u svoju sobu, ali par iznad mene verovatno će opet početi da vodi ljubav – rekla mu je Freja.

– Samo zbog nas? Baš je to lepo od njih – našalio se Nikolas.

– To ti je kao da ujutru imaš jedinstven budilnik – objasnila je Freja.

Nikolas ju je gledao i uhvatio je za ruku.

– Neću te poljubiti – izjavio je jednostavno.

– Nećeš? Oh, dobro, to je u redu – neobičan kraj sastanka, ali nema veze – rekla je Freja.

– Neću te poljubiti jer mislim da duboko u sebi i dalje misliš da nisam ozbiljan – objasnio joj je Nikolas.

– U redu je, zaista – rekla je Freja, svim silama se trudeći da sakrije razočaranje.

– Stvarno želim da te poljubim. Veruj mi, najviše od svega bih voleo da te sad poljubim – priznao je, duboko udahnuvši.

Freja ga je samo posmatrala, gledajući kako mu se prsa podižu i spuštaju, gledala je njegove usne koje je želela da poljubi. Primakla se bliže, nesposobna da se zaustavi, želela je da oseti njegove usne na svojima.

– Ne. Biću snažan. Uspeću u ovome. Neću te poljubiti – rekao je i zadovoljno klimnuo glavom dok se uspravljao i malo odmakao od nje.

– U redu je, ne moraš ti mene da poljubiš, pošto sam ja nameravala da poljubim tebe – rekla je Freja.

Nikolas ju je uhvatio i za drugu ruku, i držao ih obe.

– Ako se sad poljubimo, mislim da ne bih mogao da se zaustavim samo na tome, a mislim da nije pravi trenutak za to... nije još – rekao je ozbiljno.

– A ja sam mislila da su džentlmeni izumrli – uzvratila je Freja.

Nikolas se nasmejao.

– Dakle, mislim da ću se vratiti u svoju samotnu sobu, s krevetom za jednu osobu... sama – naglasila je Freja, podižući tašnu s poda automobila.

– A ja mislim da ću otići pod hladan tuš. Slušaj, imaš moj broj. Pozovi me sutra – rekao je Nikolas.

– Misliš danas – rekla je Freja, gledajući na sat.

– Da, danas – šapnuo je Nikolas.

Poljubio joj je ruke.

– Pozovi me – ponovio joj je.

– Vidimo se – rekla je Freja.

Otvorila je vrata auta, bacila poslednji pogled na njega, uživajući u tome koliko dobro izgleda, a onda zalupila vrata za sobom.

Auto je krenuo, ostavljajući Freju da stoji ispred apartmana *Kalipso*, a ona je posmatrala kako se kola udaljavaju prema vili *Kamija*. Duboko je udahnula, osećajući blagu vrtoglavicu. Šta se upravo desilo s njenim životom?

16.

Bip-bip.

Freja je otvorila oko kad joj je mobilni zavibrirao na noćnom stočiću. Bože, kako se grozno oseća. Ko li joj je poslao poruku? Koliko je sati? Pridigla se i pogledala na ručni sat. Bilo je 9.50. Nemoguće da je prespavala zečiće u akciji u sobi iznad njene?

Si dobro? Pozovi me

Bila je to poruka od Eme. Freja je obećala da će je pozvati čim ustane i prepričati joj sinoćna dešavanja. Verovatno je bila zabrinuta pošto joj se nije javila.

Pozvala je Emin broj.

– Halo – javila se Ema.

– Ja sam. Jesi li u kancelariji? – raspitivala se Freja.

– Jesam.

– Jesi li zauzeta?

– Još ne. Zapravo, jutros sam imala vremena da pročitam novine. Da li si znala da u Grčku sad stižu engleske dnevne novine gotovo pre nego što ih dobiju u Engleskoj? I danas baš ima svašta zanimljivo da se pročita – rekla je Ema.

– Oh? – upitala je Freja.

– Da, a tu je i jedna dobra fotografija – Nikolasa Kejdena – rekla je Ema.

– Dobro, da li da dođem? Samo da se istuširam i obučem, i tu sam za dvadeset minuta.

– To je fotografija Nikolasa Kejdena i tebe kako se držite za ruke ispred Harijevog restorana – uzviknula je Ema.

– Mhm, u redu. Možda da ipak budem tu za petnaest minuta? – predložila je Freja i ustala iz kreveta pridržavajući ramenom telefon na uhu.

– Šta se desilo? Zašto te drži za ruku? Od količine čilija i laksativa koje je Loren nameravala da mu ubaci u hranu trebalo je da se uvija od grčeva i bude onesposobljen! Šta si radila u Harijevom restoranu? – nastavila je Ema.

– Duga priča. Slušaj, stižem za desetak minuta – rekla je Freja.

– Pozivaju ljude da jave novinama ko si. Opisuju te kao njegovu novu simpatiju – nastavljala je Ema.

– Bože, ne, čula sam dovoljno. Deset minuta i sve ću ti ispričati, važi? – bila je uporna Freja.

– Uključiću aparat za kafu – odgovorila je Ema.

Freja se istuširala i obukla što je brže mogla, pokušavajući da shvati šta se tačno desilo prethodne večeri. Izašla je na sastanak s Nikolasom Kejdenom. Bilo je lepo i držao ju je za ruku. Da li je to samo sanjala? Na stranicama tabloida *Dejli njuz* jasno se videlo da nije ništa umislila.

– Izgledam užasno – izjavila je Freja gledajući fotografiju u Eminim novinama.

Stigla je u Eminu kancelariju nekoliko minuta pre toga, i sad je sedela držeći šolju vruće kafe u ruci i gledala u engleske novine pred sobom.

– Priznajem da nisi najbolje ispala, ali kao da se smeškaš – primetila je Ema gledajući novine preko Frejinog ramena.

– Više kao da se cerekam. Bilo je strašno, imala sam utisak da je bilo hiljadu fotografa – saopštila je Freja.

– Pa šta se desilo? Kad smo sinoć razgovarale, sve je bilo dogovoreno. Trebalo je da mu prirediš pakleni sastanak i naučiš ga pameti što se kladio da će izaći s tobom – podsetila ju je Ema.

– Znam, ali sve je od početka krenulo naopako. Okružili su ga obožavatelji u baru apartmanskog kompleksa, pa je organizovao da nas auto odveze na večeru *Kod Harija*. Bilo je neverovatno. Postavili su veliki sto u dvorištu, sa svećama i cvećem, naručio nam je sva jela s jelovnika, a svirao je i mandolinista – objasnila je Freja prisećajući se prethodne večeri.

– Sve pršti od luksuza. I to te je nagnalo da mu oprostiš što se kladio na tebe, zar ne? – upitala je Ema.

– Ne, naravno da nije, ali se stvarno veoma lepo ophodio prema meni, zanimalo ga je da me upozna i pričao mi je o svom životu, a onda smo se skoro posvađali. Rekla sam mu da znam za opkladu – rekla je Freja.

– Nastavi. Jedva čekam da čujem šta je imao da kaže u svoju odbranu – ohrabrivala ju je Ema.

– Pa, ispostavilo se da nije bio lažan sastanak. Nije bilo opklade – mislim, jeste, ali je on nije prihvatio. Pozvao me je da izađemo zato što mu se stvarno sviđam – rekla je Freja ushićeno.

– Dakle, da razjasnim tu priču u svom trudničkom umu. Bili ste na pravom sastanku i stvarno mu se dopadaš. A šta je sa onim što su Džin i Bob rekli? – pitala ju je Ema.

– Kazao je da su mu oni predložili opkladu, ali ih je odbio jer je već tad bio odlučio da me pozove na sastanak – zaključila je Freja osmehujući se.

– I ti mu veruješ? – zanimalo je Emu.

– Znam šta misliš. Kako me je očarao i pokušao da me nasamari. To bih i ja pomislila da ti meni ovo pričaš, ali nisi bila tamo. Bio je iskren, napet, želeo je da sve bude savršeno, kao što bi se i ti ponašala na prvom sastanku. I pozvao me je da sutra opet izađemo – rekla je Freja.

– Nisi spavala s njim, jelda? – upitala ju je Ema.

– Nisam! Em, jesi li ti dobro? Da li si ustala na levu nogu ili ti hormoni prave probleme? – upitala ju je Freja.

– Izvini, samo sam umorna, to je sve – odgovorila je Ema i uzdahnula.

– Zar ne možeš da neko vreme odsustvuješ s posla? Stvarno mislim da ne bi trebalo neprekidno da radiš u tom stanju – rekla je Freja.

– Nemam izbora. Treba nam ispomoć u restoranu. Radim i večeras – odgovorila je Ema.

– Ne možeš! Pogledaj se. Izgledaš iscrpljeno. Ja ću večeras raditi umesto tebe – rekla je Freja odlučno.

– Ne budi smešna, na odmoru si – odgovorila je Ema.

– Pa šta? Treba ti predah. Nisam zaboravila kako se konobariše. Samo je to u pitanju, zar ne? Neću morati da kuvam, jel' tako? – proveravala je Freja.

– Ne, samo posluživanje i raščišćavanje stolova, ali u redu je. Mogu ja to – bila je uporna Ema.

– Neću dozvoliti da me odbiješ. Dogovori se s Janisovim roditeljima, i doći ću u dogovoreno vreme. Mada, bog sveti zna šta ću da obučem, sva tvoja odeća će mi biti mala – rekla joj je Freja.

– Sigurno će ti gospođa P pronaći nešto – uveravala ju je Ema.

– Biće to narodna nošnja, zar ne – izjavila je Freja.

– Mislim da ih više nema, osoblje se stalno bunilo. Slušaj, sigurna si da ti ovo neće biti problem? – pitala je Ema.

– Sigurna sam. Moglo bi čak da bude i zabavno – rekla je Freja i otpila gutljaj kafe.

– Misliš li da će te zvati roditelji? Znaš, ako te vide u novinama? – pitala je Ema.

– Ako me pozovu, biće to isključivo zato što im to nije po volji. Na sreću, nisu mi napisali ime – rekla je Freja.

– Ali šta ako saznaju ko si? Mislim, sigurno hoće, pre ili kasnije, to je im posao – podsetila ju je Ema.

– Ko će im reći? Samo ti znaš celu priču. Prilično sam se promenila od svoje osamnaeste godine. I iskreno, koliko god glupo zvučalo, zapanjilo me je koliko nas je fotografa vrebalo ispred restorana. Nisam mislila da će biti tako. Ukipila sam se kao saobraćajni čunj – rekla joj je Freja.

– Šta misliš da će Rasel pomisliti kad vidi fotografiju? – pitala je Ema.

– Mislim da će se verovatno pitati šta Nikolas Kejden radi s jednom tako običnom krupnom devojkom poput mene – odgovorila je Freja.

– Pa, šta ste ti i Nik naposletku dogovorili? – upitala ju je Ema.

– Rekao mi je da ga danas pozovem. Znaš, uopšte nije bio onakav kakvim sam ga zamišljala – kakav sam pretpostavila da će biti. Bio je zabavan, zanimljiv i jednostavan – rekla je Freja.

– I šta se desilo na kraju večeri? – pitala ju je Ema.

– Ništa. Dobacio me je do apartmana i pozdravili smo se – rekla je Freja.

– Uz poljubac? – pitala je Ema.

– Ne. Nije me poljubio – odgovorila joj je Freja.

– Molim?

– Rekao je da misli da sam i dalje sumnjičava oko te opklade, pa me zato nije poljubio da bi dokazao svoje iskrene namere. Ili je to, ili sam pojela previše belog luka pa je samo bio učtiv – napomenula je Freja.

– Bože, zvuči baš romantično, na suzdržan način – rekla je Ema.

– Mada, čudan je osećaj. Mislim, juče sam ga mrzela, a danas... – počela je Freja.

– Nastavi – podstakla ju je Ema.

– Danas jedva čekam da mu čujem glas – priznala je Freja i progutala pljuvačku.

Ema ju je pogledala, i Freja joj je uzvratila pogled. Onda su, kao da jedna drugoj čitaju misli, vrisnule na sav glas i Freja je skočila sa stolice i zgrabila prijateljicu. Skakale su kao pomahnitale sve dok se Freja nije iznenada zaustavila i pogledala Emu.

– Oh, prokletstvo! – rekla je.

– Šta? – upitala je Ema.

– Nemam priču koju bih prodala časopisu *Šuting stars* i time dopunila tvoj svadbeni fond. Mislim, mogla bih da im ispričam o Bobu i Džinu, ali nisu dovoljno poznati da bi to nekoga zaista zanimalo – rekla je Freja.

– Nema veze. To ionako nikad ne bi ni uspelo. Janis i ja se možemo venčati nakon što se beba rodi. Samo je potrebno da se pomirim s činjenicom da se nešto jednostavno neće odigrati onako kako bih želela – rekla je Ema.

– Ne, možda se neće odigrati, ali ti zaslužuješ da ti sve ide po planu. Smisliću nešto, prepusti to meni – rekla je Freja klimnuvši glavom.

– Šta si planirala za ostatak dana? – raspitivala se Ema.

– Zuriću u mobilni i pokušavati da se suzdržim da ga ne pozovem – rekla je Freja.

– Dobar plan. Ne treba da deluješ previše zainteresovano – složila se Ema.

– Ne treba, zato sam mislila da sačekam deset minuta, pa da ga onda pozovem – rekla je Freja uz osmeh.

Ema se nasmejala, a zatim je, isto tako brzo, promenila izraz lica kad joj je nešto napolju privuklo pažnju.

– Frejo, ispred kancelarije su ljudi s foto-aparatima, velikim foto-aparatima sa uveličavajućim objektivima i ostalim dodacima – rekla je Ema.

– Da, znam. Pratili su me od apartmana. Vidiš onog niskog u plavoj majici i s bradom? On je sa američke televizije *Kanal 9* – rekla joj je Freja.

– O, bože, šališ se – uzviknula je Ema zureći napolje.

– Mogu li da izađem na zadnja vrata? – pitala ju je Freja.

17.

Freja je izašla na zadnji izlaz koji je vodio u sporednu uličicu i naposletku stigla blizu restorana *Banas*. Ušla je unutra, naručila kafu i sela za omiljeni sto.

Bilo je skoro pola dvanaest i pitala se da li je prerano da pozove Nikolasa. Bili su razdvojeni skoro dvanaest sati. Možda bi trebalo da sačeka i vidi da li će on nju pozvati. Otpila je gutljaj kafe i skoro opekla usta. Uzela je telefon, pronašla Nikolasov broj u kontaktima, duboko udahnula i na ekranu pritisnula oznaku za pozivanje.

Telefon je zazvonio nekoliko puta, a zatim se neko javio.

– Halo.

Freja se na trenutak zbunila kad je na drugom kraju linije čula ženski glas.

– Oh, halo, da li je Nik tu, molim vas? – upitala je Freja.

– Ko zove?

U tome trenutku je Freja prepoznala glas Marte Vilson, poznate i kao Gospođa Sa Zemičkama.

– Ovde Freja Džonson. Možda mi možete pomoći. Razmišljam da sutra prodam svoj doručak pa sam mislila da ga prvo ponudim Niku. Mislite li da bi ga to zanimalo? – započela je Freja zajedljivo.

Marta nije odgovorila, ali Freja je čula šuškanje i prigušene glasove.

– Halo.

Kad je čula Nikolasov glas, Freja je osetila stezanje u želucu. To ju je podsetilo na dve činjenice: pod a) zaista ju je privlačio i pod b) da zapravo još nije doručkovala.

– Zdravo, Nik, ovde Freja – uspela je da kaže.

– Nadao sam se da si ti. Pogodi gde sam – upitao ju je Nikolas.

– Hm, da razmislim. Na vrhu si visoke zgrade, obučen samo u tamne pantalone i prljavu belu potkošulju, sav znojav, s mašinkom oko vrata... i bosonog – rekla je Freja.

– Gospode, počinjem da se brinem zbog tvoje obuzetosti Brusom Vilisom. Jesi li uopšte gledala neki *moj* film? – upitao ju je Nikolas.

– Gledala sam ih nekoliko, ali možda bih morala ponovo da ih pogledam da se podsetim. Nesumnjivo razmišljam da iznajmim *Kejti osvaja Kanzas* – odgovorila je Freja.

– Možda bismo mogli zajedno da ga pogledamo – predložio je Nikolas.

– Zvuči uvrnuto.

– Prestanite, gospođice Džonson, u ronilačkom odelu sam, vrlo uskom – rekao joj je Nikolas.

– Zamišljam prizor. Još mi reci da imaš i peraja – rekla je Freja.

– Imam – u redu, priznajem, nemam ih – ali nisam lagao za ronilačko odelo. Nalazim se u Kuluriju – rekao je, misleći na mali zaliv blizu Kasiopija.

– Tamo je divno i veoma mirno – odgovorila je Freja.

– Bilo je, dok mi nismo stigli. A gde si ti? – upitao ju je Nikolas.

– U restoranu *Banas*, pijem kafu. Dva tipa s televizije *Kanal 9* prate me u stopu. Moram da se krijem iza jelovnika svaki put kad prođu pored – rekla mu je Freja.

– Šališ se? Hoćeš da organizujem da neko dođe i bude s tobom? – pitao ju je Nikolas.

– Bože, ne! Pa onda bi me tri tipa pratila unaokolo – rekla je Freja.

– Žao mi je. Samo se pretvaraj da ih nema – rekao je Nikolas.

– Bilo je još fotografa ispred Emine kancelarije malopre. Jedan je imao foto-aparat o kojem maštam, vrhunski model, tek što se pojavio na tržištu. Delovalo je kao da ga traći kad je mene fotografisao njime – rekla mu je Freja.

– Koliko ih je bilo?

– Hm, sedam-osam? I ja, znači devet. Jesi li video današnje britanske novine? Dospeli smo na sedmu stranu – saopštila mu je Freja.

– Jesu li mi uhvatili bolju stranu? – pitao je Nikolas.

– Ne, imao si pantalone na sebi, sećaš se – našalila se Freja.

– Žao mi je zbog fotografa. Kad se jednom zakače za nešto, ne možeš ih zaustaviti – rekao je Nikolas.

– U redu je, majstor sam za prerušavanje – rekla je Freja.

– Pa, jesi li zauzeta večeras? Hoćeš li nešto da radimo? – pitao ju je Nikolas.

– Večeras? Mislila sam da sutra izlazimo. Imam ovde beležnicu u koju sve upisujem – slagala je Freja.

– Oh da, za sutra i dalje stoji. Samo sam mislio da bismo mogli, ako nemaš planove, da se vidimo večeras – rekao je Nikolas.

– Pa, nisam imala planove do pre sat vremena, ali sad radim – rekla je Freja.

– Radiš? Fotografišeš? – upitao ju je.

– Ne, konobarišem. Ema trenutno nije baš najbolje, pa sam rekla da ću večeras raditi umesto nje – obavestila ga je Freja.

– Gde konobarišeš? – pitao ju je.

– U restoranu *Petroholis* u luci. Emin momak ga vodi s roditeljima. Imaju neverovatne ćuftice – rekla je Freja.

– Zvuči dobro. Hej, Marta, možeš li da rezervišeš sto za večeras u osam u restoranu *Petroholis*? – doviknuo je Nikolas pomoćnici.

– O, bože, ne! Nemoj to da radiš, nije fer – uzviknula je Freja.

– Jel' to jedini način da te vidim večeras?

– Jeste.

– Pa, onda nemam izbora. Vidimo se kasnije večeras. Ipak, potrudi se da budeš u pravoj uniformi konobarice, kao u filmovima. Hoću da vidim najlonke i keceiju s karnerima – zadirkivao ju je.

– I možeš da me zoveš Kejti – odgovorila je Freja.

– Vidimo se večeras – završio je razgovor.

– Zdravo – rekla je Freja i prekinula vezu.

Freja se osmehnula spuštajući telefon nazad na sto. Lepo su razgovarali i uverila se da nije umislila šta se dogodilo sinoć – nesumnjivo je želeo da se ponovo vide.

Otpila je još jedan gutljaj kafe i zatim spustila glavu na sto kad je ugledala ekipu televizije *Kanal 9* kako ide prema restoranu.

Telefon joj je zazvonio i okrenula je glavu da vidi ko zove. Ime *Rasel* je zatreperilo na ekranu. Bože, šta sad hoće? Nadala se da je dobio njenu glasovnu poruku u kojoj mu je saopštila da je njihova veza gotova. Preusmerila je poziv na govornu poštu i uspravila se taman na vreme da joj blicevi sevnu pravo u lice. Ljudi su pokazivali prstom i dozivali je, pritisnuti uz prozor.

– Prokletstvo, kako se ovo desilo? – pitala se Freja podižući jelovnik ispred lica.

18.

Freja je ostatak dana provela sedeći na ležaljci u apartmanima *Kalipso*, sa šeširom za sunce na glavi i u beloj majici sa oznakom apartmana *Kalipso* preko bikinija koji ju je Ema naterala da kupi u Agatinom butiku.

Na njeno zaprepašćenje, nije se pojavila samo u *Dejli njuzu*. Ista fotografija objavljena je i u novinama *Tudej, Herald* i časopisu *Spektator*. U jednim novinama su je opisali kao *pratilju Nikolasa Kejdena*, u drugim kao *simpatiju Nikolasa Kejdena*. A treće su je nazvale *prvom ženom, izuzev koleginica, s kojom je holivudski glumac viđen u javnosti nakon više od tri godine*. Sve troje novine su tražile od čitalaca da kontaktiraju s njima ako znaju ko je ona. Nadala se da niko ko je *stvarno* poznaje neće to učiniti.

Platila je Spirosu, jednom od konobara u apartmanima *Kalipso*, pedeset evra da drži podalje svakog ko bi pokušao da je fotografiše. Takođe mu je rekla da joj redovno donosi koktele.

Pojela je obilan tradicionalni engleski doručak u vreme ručka, a dok je čitala kolumnu *Draga Saveta* u *Heraldu* smazala je i tortilju s tunjevinom i majonezom.

Sad je pola pet, a u restoranu je trebalo da bude u šest sati. Otpila je gutljaj koktela i tad joj je zazvonio mobilni.

Pogledala je u displej i videla da na njemu treperi ime *Barbara*. Zvala ju je majka. Toliko se zaprepastila da je zamalo ispustila telefon u piće. Šta da radi? Nije pričala s njom više od godinu dana. Možda će, ako zanemari poziv, on jednostavno nestati. Mogla je da preusmeri poziv na govornu poštu, ali bi onda kasnije morala da presluša poruku. Pritisnula je opciju *prihvati poziv* i stavila telefon na uvo.

– Zdravo.

– Zdravo, dušo, kako si? – čuo se majčin glas.

– Dobro sam. A ti? – odgovorila je Freja.

– Dobro sam, hvala. Pa, šta ima novo? – upitala ju je Barbara Smit-Endruz.

– Oh, znaš, isto kao i uvek. Posao, posao, posao – odgovorila je Freja.

– Stvarno? Pa, gde si sad? Na fotografskom zadatku? – pitala je Barbara.

– Da, u jednoj maloj osnovnoj školi. Trebalo bi da vidiš te male medenjake, kažem im recite „ptičica", a oni svi kažu „golub" – odgovorila je Freja, sedeći uspravno na ležaljci.

– Koja je to škola? Možda je znam. Neka lokalna, zar ne? – nastavila je Barbara.

– *Svi sveti* – odgovorila je Freja.

– Dušo, zašto se uvek ophodiš prema meni kao da sam budala? Zar ti nisam uvek govorila da si pamet nasledila od mene? – rekla je Barbara.

– Ne, uvek si mi govorila da se nikad ne trudim ni oko čega i kako sam te razočarala – odgovorila je Freja.

– Otkako sam se udala za Robina, uvek kupujem novine. Volim da budem u toku s najnovijim dešavanjima dok ujutru jedem grejpfrut. Pa, pošto sam počela da usporavam i pripremam se za penziju, nabavljam troje novine: *Dejli njuz*, *Tudej* i *Spektator* – rekla je Barbara.

– Pređi na stvar, majko – kazala je Freja uzdahnuvši, znajući da je majka videla fotografiju.

– Na Krfu si. Tvoja fotografija s glumcem Nikolasom Kejdenom je u svim tim novinama – saopštila joj je Barbara.

– Stvarno? Jesi li sigurna da sam to ja? Koji Nikolas? – odgovorila je Freja.

– Nikolas Kejden. Glumac koji je osvojio Oskara za ulogu u onom briljantnom filmu o Drugom svetskom ratu, kad je nacista pomogao nekim zatvorenicima da pobegnu. Kako se beše zvao? – pitala je Barbara.

– *Izdajnik* – odgovorila je Freja nezainteresovano pošto joj je razgovor već dosadio.

– Da, to je taj, *Izdajnik*. Dakle, da li izlaziš s njim? Držite li se za ruke? – želela je da zna Barbara.

– Majko, zašto me zoveš? – upitala ju je Freja.

– Da vidim kako si i šta ima novo u tvom životu.

– Kako bi to mogla da ispričaš damama iz golf kluba – izjavila je Freja.

– Ne.

– Pa, da budem iskrena sve je to zaista prilično škakljivo, za mene *i* gospodina Kejdena. Vidiš, više se ne bavim fotografijom, sad sam zapravo pratnja poznatima. Prošle nedelje sam bila s Tomom Selekom na svečanoj večeri u dobrotvorne svrhe koju je organizovao tvoj prijatelj Donald Tramp – rekla je Freja, listajući novine.

– Pokušavam da popravim naš odnos – rekla je Barbara.

– Ne pokušavaš ti ništa, majko. Samo si otkrila da je moj život trenutno malo zanimljiviji nego pre godinu dana kad si me poslednji put pozvala, i sad samo želiš da saznaš pojedinosti kako bi ih ispričala prijateljicama na golfu – odbrusila joj je Freja.

– Nije prošlo godinu dana – rekla je Barbara tiho.

– Da ti pomognem. Prošli put smo pričale otprilike šest nedelja nakon mog dvadeset devetog rođendana i, hej, mama, znaš šta – pre četiri dana sam napunila trideset. Hvala za čestitku i cveće! – rekla je Freja.

– Znaš da nikad nisam pridavala značaj rođendanima – rekla je Barbara.

– Osim kad je tvoj u pitanju.

– Dakle, izlaziš li s njim ili ne? – raspitivala se Barbara.

– Reci curama u golf klubu da sam radnim danima s Nikolasom Kejdenom, a preko vikenda s Klintom Istvudom. To sigurno vredi barem nekoliko čaša džina – odgovorila je Freja.

– Ne znam kako si ispala ovakva, Džejn – rekla je Barbara.

– Da, znaš. Znaš ti odlično kako sam ispala ovakva. Zbogom, majko – rekla je Freja i prekinula vezu.

Svaki put kad bi razgovarala s njom, Freji je bivalo sve teže da poveruje da joj je ta žena zaista majka. Nije imala ni mrvicu majčinskog instinkta i brinula je isključivo o sebi, ne mareći za druge. Freja je bila ravnodušna prema njoj. Njena majka je bila Gospođa Površna.

U šest sati popodne Freja je bila u restoranu *Petroholis*, gde joj je gospođa Petroholis davala uputstva. Trudila se da sluša šta joj govori, ali je istovremeno snažno povlačila belu košulju koju je nosila. Bila joj je preuska preko grudi. Jedina svetla tačka bila je što se zakopčavala pozadi, a ne spreda. Suknja joj je takođe bila pomalo tesna i Freji je bilo drago što neće morati da sedi u njoj.

– Jedino treba da primaš porudžbine. Janis i gospodin P će raditi ostalo. Jel' to u redu? – pitala ju je gospođa Petroholis.

– Da, to je sasvim u redu. Brojevi stolova su jasno označeni, Melisa i Leandros znaju sve ako budem imala pitanja – rekla je Freja, misleći na ostale konobare.

– Dobro, dobro. Hajde, dođi da popijemo nešto pre nego što otvorimo – rekla je gospođa Petroholis i povela Freju ka šanku.

Nasula je recinu u dve čašice i jednu dala Freji.

– *Yammas!* – rekla je kucnuvši se s Frejom.

– *Yammas!* – ponovila je Freja i iskapila piće.

– Opa, piješ pre posla? – rekao je Janis, pojavljujući se s velikom metalnom tacnom punom posuda s dodacima jelu.

– Tvoja majka me je naterala – odgovorila je Freja.

– Ti ćuti. Znam koliko crnog vina ode za kuvanje, a koliko ne – rekla je gospođa Petroholis sinu.

– Provaljen si – šapnula je Freja Janisu.

– Stavi ulje i sirće na sve stolove – rekao je Janis, predajući joj težak poslužavnik.

Do osam sati uveče Freja je poslužila trideset stolova. Ponovo je postajala vešta konobarica. Brzo se podsetila da vrela supa može da te opeče, kako sladoled mora da ide u hladnu posudu, a ne u onu tek opranu u mašini za sudove, i da se glavno jelo obično služi posle predjela. Uprkos sitnim greškama, zaradila je četrdeset evra napojnice.

Bila je izuzetno toplo veče, a najlonska suknja ju je veoma svrbela. Bila je primorana da kosu pozadi veže gumicom, a pramenove koji su ispadali pričvrstila je metalnim stezaljkama.

Od otvaranja restorana, dva fotografa su stajala napolju. Fotografisali su je kad je prosula sladoled na trogodišnjaka i kad je odlomila čep na boci skupog crnog vina. Naposletku im je odnela piće obogaćeno Janisovim kapima za oči koje se izdaju na recept. Otišli su za manje od sat vremena.

– Jedan hleb s belim lukom, jedna *loukanika*, jedna *taramasalata* i jedan humus. Da li želite još nešto? – rekla je Freja stavljajući tanjire na sto ispred gostiju.

Brzo joj je odlutala pažnja sa stola za kojim je posluživala goste ka gužvi na ulazu u restoran, gde su se ljudi okupljali i počinjali da sevaju blicevi. Bio je to Nikolas, u pratnji Hilari, Marte, Džina i Boba. Freja je stisnula usne videvši njih dvojicu, pošto je želela da ih izbegne što je duže moguće.

– Izvinite, da li bismo mogli da dobijemo još jednu bocu belog vina, molim vas? – upitao ju je treći put gospodin za stolom.

– Izvinjavam se, naravno. Odmah ću vam je doneti – rekla je Freja, udaljila se od stola i pošla ka kuhinji.

– Oh, gospođo P, da li izgledam strašno? – pitala je Freja pokušavajući da se ogleda na vratima frižidera od nerđajućeg čelika.

– Izgledaš kao neko ko naporno radi. Tako treba da izgleda konobarica – odgovorila je gospođa Petroholis.

– Izgledam užasno – saopštila je Freja i uzdahnula.

– Izgledaćeš još gore ako sto broj 16 ne dobije svoje odreske – rekla je gospođa Petroholis i pružila Freji dva tanjira i dve činije s povrćem.

– Izvinite, evo odmah ću – rekla je Freja i ponovo izašla iz kuhinje.

Nikolas i njegova ekipa sedeli su nedaleko od ulaza u kuhinju, jer je zadnji deo restorana bio mnogo intimniji od prednjeg dela i bočnih strana do kojih se moglo doći iz luke.

Freja je donela hranu gostima za stolom broj 16 i usput prošla pored Janisa.

– Tvoji prijatelji za stolom broj 2 traže tebe – rekao je Janis i namignuo joj.

– Nešto ti nije u redu sa okom, Janise? – pitala ga je Freja.

– Da, potrošila si mi poslednje kapi za oči – odgovorio joj je.

– Možeš li onda da se pobrineš za goste za stolom 25? Traže još jednu bocu srednje suvog belog vina – rekla je Freja.

– Nema problema, srediću to, hajde idi – požurivao ju je.

Freja je duboko udahnula i krenula ka stolu za kojim je bio Nikolas. Dok im je prilazila, Nikolas je ustao, udaljio se od stola i pošao joj u susret. Nosio je svetloplavu pamučnu košulju, blede farmerke i sandale.

– Hej – pozdravio ju je i poljubio u obraz.

– Zdravo – odgovorila je Freja, osećajući da se zarumenela.

– Izgledaš iscrpljeno – primetio je držeći joj ruke.

– Dobro sam, samo je večeras velika gužva, kao što vidiš. Nisam znala da ćeš dovesti Glupana i Tupana – rekla je Freja, pokazujući na Boba i Džina.

– Ne, nisam ni ja. Trebalo je da dođemo samo Marta i ja kako bismo razgovarali o nečemu, onda se Hilari sama pozvala, a gde god ide ona nisu daleko ni Džin i Bob – rekao je Nikolas.

– Mogu li da im pljunem u supu? – pitala ga je Freja.

– Naravno. Ne bih očekivao ništa manje nakon onog što su rekli o tebi – odgovorio je Nikolas.

– Nema Rodžera? Ko te čuva? – upitala ga je Freja.

– Nadao sam se da bi ti mogla – odgovorio je Nikolas osmehnuvši se.

– Nažalost, već imam posao večeras i zato je bolje da primim vašu porudžbinu – rekla je Freja, vadeći blokče i olovku.

Vratili su se za sto i Nikolas je seo na svoje mesto.

– Zdravo svima, još jedanput. Da vam donesem neko piće dok pogledate jelovnik – upitala je Freja grupu.

– Šta ko želi? – upitao ih je Nikolas.

– Džin-tonik bez leda, s malčice limete – u visokoj čaši, s kriškom limuna – rekla je Marta dok je Freja zapisivala.

– Pivo. *Veliko* – rekao je Džin.

Čuvši njegovu opasku i naglašavanje reči *veliko* Bob je toliko počeo da se smeje da je morao da pokrije usta salvetom.

– Da li je nešto smešno? – upitao je Nikolas i strogo ih pogledao.

– Ne, Nik, nije uopšte, izvini. Džin je samo spomenuo nešto o čemu smo pričali sinoć. Ja ću takođe *veliko* pivo – odgovorio je Bob brzo.

Freja je podigla pogled s blokčeta i ljutito se zagledala u Džina.

– Frejo, ja ću mineralnu vodu – rekao joj je Nikolas.

– Negaziranu ili gaziranu, gospodine? – pitala je, ponovo podigavši pogled s blokčeta.

– Najviše mi prijaju mehurići – rekao je Nikolas sa osmehom.

– I ja ću isto – rekla je Hilari, pomerivši stolicu bliže Nikolasu.

– U redu, dobro. Pa, idem da vam donesem pića, i vratiću se za nekoliko minuta kako biste naručili hranu – rekla je Freja i uputila se ka šanku.

Ako uspe da izdrži da tokom večeri ne udari Džina ili Boba, to će biti pravo čudo. Naručila je pića od Leandrosa i pojela maslinu iz posudice na šanku. Morala je da ostane smirena, posebno jer je radila za Janisove roditelje. Nije htela da ih izneveri.

Uzela je pića od Leandrosa, ali pre nego što je krenula, ugledala je poslužavnik s dodacima jelu na šanku. Nije mogla da odoli. Uzela je posudu s biberom i izdašno zabiberila piva Džinu i Bobu. Promešala je pića slamčicom i odnela poslužavnik za sto.

– Jedan džin-tonik bez leda, s limetom i kriškom limuna u najvišoj čaši koju imamo, dva *velika* piva i dve gazirane mineralne vode – rekla je Freja spuštajući pića pred njih.

Džin je otpio gutljaj i sumnjičavo pogledao piće.

– To je *amstel*, da li ti odgovara? Mogu da ti donesem *mitos* ako želiš – rekla je Freja, ljubazno se osmehujući.

– U redu je – odgovorio je Džin.

– Dobro, jeste li spremni da naručite ili vam je potrebno još nekoliko minuta – pitala je Freja.

– Mislim da smo spremni, jel' tako? – pitao je Nikolas.

Niko se nije bunio.

– U redu, ja ću caciki kao predjelo, zatim ćuftice, a za desert...
još nisam odlučio – kazao je Nikolas i zavodljivo pogledao Freju,
zbog čega se ponovo zajapurila.

– Samo malu grčku salatu za mene – rekla je Hilari.

– A glavno jelo – pitala je Freja gledajući glumicu.

– To mi je glavno jelo – odgovorila je Hilari.

– Oh, izvini, stvarno mi je žao, jedna grčka salata. A za vas,
Marta? – upitala je Freja.

– Šta preporučuješ? – upitala je Marta gledajući Freju ledenim
pogledom.

– Ćuftice za glavno jelo, a za predjelo, lokalnu kobasicu *loukani-
ka*, koja je odlična, ili *tyropita*, pitice sa sirom – rekla je Freja.

– A koja jela u jelovniku imaju nizak glikemijski indeks – upita-
la je Marta, osmehnuvši se.

– Nisam sigurna za GI, ali su sva nesumnjivo stopostotno NU
– rekla je Freja.

– Šta je NU? – upitala je Hilari.

– Neviđeno ukusna – odgovorila je Freja, na Nikolasovo veliko
zadovoljstvo.

– Uzeću pitice sa sirom i ćuftice – rekla je Marta i zatvorila je-
lovnik.

Sledećem se Freja obratila Džinu.

– A za tebe? – upitala je stisnutih zuba.

– Dinju za predjelo, a zatim pileći suvlaki s povrćem i pečenim
krompirom. Reci kuvaru da ne prepeče meso – oh, i da porcija bude
pozamašna – rekao je Džin mrtav ozbiljan.

Bob se glasno zakašljao u salvetu, skrivajući lice.

– Šta se to dođavola dešava s vama dvojicom? – povisio je glas
Nikolas.

– U pitanju je privatna šala, izvini. Ne bi trebalo da budemo
tako nepristojni – odgovorio je Džin.

– Ne, stvarno ne bi trebalo – složio se Nikolas.

– U redu je, Nik, neka se zabavljaju. Bobe, čega bi ti želeo *izda-
šnu* porciju? Kose, možda? Hoćeš da probam da ti nabavim tupe? –
upitala je Freja.

– Hej, stani malo... – kazao je Bob, bacio salvetu na sto i krenuo da ustane sa stolice.

– Ne, *ti* stani. Shvatam da iz nekog razloga, koji verovatno potiče iz detinjstva, imaš problem s mojom veličinom, ali svi moramo da izguramo ovo veče bez svađanja. Sigurna sam da ne želiš negativan publicitet za film, pa hajde prekinite s doskočicama i svi ćemo se lepo slagati. Još samo jednom spomenite reči kao što su: veliko, golemo, ogromno, pozamašno ili bucka, i prebiću vas obojicu tako da ćete imati dugotrajne posledice, bez obzira na publicitet. Da li sam bila jasna? – rekla je Freja smireno, osmehujući se obojici završavajući rečenicu.

– Kristalno jasno – promrmljao je Džin.

– Dobro. Dakle, Bobe, šta ćeš? – pitala je Freja.

– Isto što i Džin – odgovorio je Bob brzo.

– Odličan izbor. Dobro, hvala vam na porudžbini. Doneću predjela čim budu spremna – rekla je Freja.

Brzo se udaljila. Ta dvojica su pravi ljigavci. Pošla je prema vratima kuhinje, i baš kad je htela da ih otvori, neko ju je uhvatio za mišicu.

– Zdravo, Frejo.

19.

Freja se okrenula i ugledala Rasela kako stoji ispred nje. Zinula je od iznenađenja, nepomična, kao ukopana u mestu, nesposobna da izusti bilo šta.

– Šta ti radiš ovde? – upitala ga je Freja, a reči su joj same izletele iz usta pre nego što je uspela da ih zaustavi.

– Pa, to baš i nije pozdrav kojem sam se nadao, ali razumem da si trenutno ljuta na mene. Verovatno izgledam grozno, zar ne? Nećeš verovati, ali putujem od jutros. Imao sam četiri sata kašnjenja na *Getviku*, a skoro sam pocepao cipele špartajući po aerodromskim radnjama – rekao joj je Rasel uzdahnuvši.

– Šta radiš ovde? – ponovila je Freja.

– Mogao bih i ja tebe to da pitam. Da li to konobarišeš? Ta bluza ti je pretesna – rekao je Rasel i krenuo da joj lagano pređe rukom preko prednjeg dela košulje.

– Skidaj ruku s mene – prosiktala je Freja i povukla se dva koraka unazad.

– Vidi, Frejo, znam da si ljuta na mene, ali došao sam da popravim situaciju. Mislio sam, ako odem na pravi odmor, moći ćemo da se posvetimo jedno drugom – govorio je Rasel.

– Po treći i poslednji put – šta radiš ovde? Zar nisi dobio moju poruku? – pitala ga je Freja, povlačeći se još više.

– Jesam, dobio sam tvoju poruku, ali znam kakva si kad si ljuta. Treba ti malo vremena i prostora da razmisliš o svemu. Zato sam i sačekao nekoliko dana pre nego što sam došao, da se malo smiriš. Ali evo sad sam tu, i spreman sam da porazgovaramo o svemu, ako si i ti za – nastavio je Rasel.

– Rekla sam ti da više ne želim da te vidim. Nije mi trebalo vremena da razmislim o toj izjavi i nisam se predomislila od tada – rekla mu je Freja.

– Hajde, Frejo, nema toga što se ne može popraviti ako to dovoljno želiš, a ja želim da naš odnos uspe. Vidi, mrtav sam umoran i baš bi mi prijalo piće. Dođi, popij piće sa mnom. Zdravo Janise, drago mi je da te vidim. Možemo li da naručimo bocu belog vina? – pozvao ga je Rasel kad se Janis pojavio iz kuhinje.

– Ne želim piće, radim. Janise, ostani gde si – naredila je Freja.

– Vidi, znam da sam se ponašao kao potpuna budala, ne poričem to, ali Frejo, treba da popričamo o svemu. Samo mi daj priliku da ti objasnim – molio je Rasel.

– Nemam o čemu da razgovaram s tobom – odgovorila je Freja.

– Treba da razgovaramo o našoj vezi – uzvratio je Rasel.

– Ne, *bili* smo u vezi. Ili sam barem ja tako mislila. Ti si to upropastio – rekla mu je Freja.

– Priznajem, grešio sam, mnogo puta. Ali sigurno možemo da prebrodimo ovo. Mislim, bili smo dugo zajedno, glupo je da sve to tek tako odbacimo – nastavio je Rasel.

Freja je pogledala ka Nikolasovom stolu i videla ga da posmatra šta se dešava između nje i Rasela.

– Što se mene tiče, nema ničega vrednog spasavanja u proteklih osamnaest meseci. I iskreno, mislim da ti čak i ne znaš pravi razlog zbog kojeg sam raskinula s tobom – rekla mu je Freja.

– Naravno da znam zašto si raskinula sa mnom. Saznala si za mene i tvoju majku – rekao je Rasel ravnodušno.

U deliću sekunde, nakon što je to rekao, Freja je osetila kako sva snaga curi iz nje. Gotovo da je osetila kako postaje bleda. Noge su joj izgubile stabilnost, a srce joj se usporilo skoro do minimalnog broja otkucaja. Samo je zurila u Rasela, ne mogavši da veruje u ono što je upravo izgovorio.

– Ti i moja majka – ponovila je Freja drhtavim glasom.

Gosti su i dalje večerali svuda oko nje, ali za Freju je restoran utihnuo. U glavi su joj se rojile misli, poput ogromnog balona spremnog da pukne.

– Mislio sam da znaš, mislio sam da si već otkrila. Kad se nisi pojavila u restoranu, pretpostavio sam da se sigurno nešto dogodilo, a onda mi nisi odgovarala na pozive i... – zamucao je Rasel, shvativši po Frejinom izrazu lica da ona nije imala pojma.

– Ti i moja majka – ponovila je Freja po drugi put.

– To je bila glupa, glupa neobavezna šema, i kad sam je upoznao, nisam imao pojma da ti je majka. Mislim, kako bih znao? Nemaš nijednu porodičnu fotografiju, nikad čak i ne pričaš o roditeljima – počeo je da brblja Rasel.

Dok je Rasel nastavljao da priča, Freja je duboko u utrobi osećala jedino strah, koji joj se širio telom, kao da će je potpuno preplaviti. On je znao. Zato je i došao da je moli za oproštaj. Znao je i bio svestan da bi mogao izgubiti priliku ako ne pokuša da popravi situaciju. Nije je voleo, nikada je nije voleo, i mogla se kladiti da ga se njena majka zasitila pre otprilike šest nedelja kad se vratio kući s cvećem i kineskom hranom, ponovo je zaveo i odveo u krevet.

U tom trenutku mrzela je Rasela više nego ikog dotad. On je i dalje pričao bez prestanka, o tome kako je upoznao njenu majku, kako ga je jurila, i kako nije želeo da izneveri Freju. Ali sve joj je to prolazilo mimo glave. Njegova priča pretila je da joj izmakne tlo pod nogama, da ugrozi sve za šta se naporno trudila. Osećala je da gubi kontrolu.

Pre nego što je stigla da razmisli o posledicama, dok ju je obuzimao bes, Freja je povukla ruku unazad i pesnicom udarila Rasela pravo u donju vilicu. On se zateturao i pao na sto iza sebe za kojim je sedelo četvoro gostiju, oborivši piće i obroke i prevrnuvši bocu vina. Pala je i razbila se, a komadići stakla su se rasprsli po podu.

Nikolas je ustao sa svog mesta i požurio kroz restoran ka Freji. Marta je odmah ustala sa stolice i potrčala za njim.

– Gadiš mi se! Odvratan si! Ne znam kako si imao obraza da dođeš ovamo – zapenila je Freja kipteći od besa.

– Mislim da si mi slomila zub – uzviknuo je Rasel dok se pridizao, držeći se za lice.

– Imaš sreće što sam ti samo njega slomila! – viknula je Freja na sav glas.

– Vidi, došao sam da se izvinim. Došao sam kako bismo pokušali da rešimo nesuglasice – rekao je Rasel.

– Da rešimo nesuglasice?! Posle onoga što si mi upravo rekao?! Jesi li ti normalan?! – nastavila je Freja da viče.

– A šta je sa svim onim što ti meni nisi rekla?! Osamnaest meseci smo bili zajedno, a nikad mi nisi kazala ko su ti roditelji, niti kako se zaista zoveš! – uzvratio joj je Rasel povišenim glasom.

– Umukni! Samo umukni, Rasele, ili ću ti, kunem se bogom, začepiti tu gubicu! – viknula je Freja, gotovo van sebe i ne mogavši da se kontroliše, ispružila ruke gurajući Rasela ka izlazu.

– Onda mislim da bi ipak bilo bolje da razgovaramo, zar ne? – predložio je Rasel, ne popuštajući i odbijajući da ode.

– Gubi se! – viknula je Freja i snažno ga gurnula u prsa. U deliću sekunde Rasel je izgubio strpljenje i odgurnuo Freju. Izgubila je ravnotežu, udarila u zid i ogrebala ruku o oštar ugao cigle. Zabolelo ju je. Sela je na pod, držeći se za povređeno mesto i pokušala da se pribere.

– Hej, šta se ovde dođavola dešava? – upitao je Nikolas, uhvativši Rasela za mišicu.

– Oh, Frejo, evo ga, tačno na vreme. Hrabri vitez u sjajnom oklopu kojeg sam morao da gledam u svim novinama kako te drži za ruku, gospodin Kejden – narugao se Rasel, otresajući Nikolasovu ruku.

– Niki, vrati se za sto – naredila je Marta.

– Frejo, ko je ovo? Da li je ovo tvoj bivši? – raspitivao se Nikolas pomažući Freji da ustane.

– Bivši? Već sam bivši, zar ne, Frejo? Nije ti dugo trebalo da izbrišeš godinu i po dana, jelda? – odgovorio je Rasel.

– A koliko si od tih godinu i po dana proveo varajući me s drugim ženama? – viknula je Freja.

– Mislim da bi bilo bolje da odeš – rekao je Nikolas Raselu.

– Mislim da bi trebalo da se držiš podalje od onoga što te se ne tiče – uzvratio je Rasel.

– Nik, molim te, vrati se za sto, ovo nikome ne pomaže – rekla je Marta.

– Rasele, mislim da bi trebalo da odeš. Sad nije vreme za razgovor – rekao mu je Janis što je mogao ljubaznije.

– Čuo si čoveka – rekao je Nikolas Raselu.

– Ne idem nikud dok Freja ne pristane da razgovara sa mnom – izjavio je Rasel, zureći u Freju.

– Nemam šta da ti kažem – odgovorila je Freja kroz suze koje su počele da je peckaju u očima.

– Onda mi ne ostavljaš izbor osim da svima ovde ispričam sve što znam – rekao je Rasel glasno, pobrinuvši se da tako bude u centru pažnje.

Niko od gostiju više nije jeo. Svi su zurili u prizor koji se odvijao pred njima.

U tom trenutku, gospođa Petroholis je izašla iz kuhinje, pitajući se zašto niko ne iznosi iz kuhinje nagomilane porudžbine.

– Janise, šta se dešava ovde? – upitala je.

– Izvinjavam se, gospođo P, ja sam kriva, ja... – počela je Freja da priča, pokušavajući da sakrije povređenu ruku i tako spreči da krv kaplje po podu.

– Ah, ovo je baš lepo, zar ne? Svi ovi ljudi su požurili da ti stanu u odbranu, Frejo. Jesi li i njih lagala, ili samo meni nisi verovala? – upitao ju je Rasel.

– Rasele, molim te. Ako sam ti ikad išta značila, molim te nemoj ovo da radiš – preklinjala ga je Freja kroz suze.

– U redu, dosta mi je svega ovog – rekao je Nikolas, izgubivši strpljenje.

Zgrabio je Rasela brzim pokretom i izgurao ga iz restorana na ulicu. Freja, Marta i Janis odmah su pošli za njim, a svi gosti su okrenuli glave ka sceni koja se odigravala pred njima.

Paparaci koji su se, nakon dolaska Nikolasa i njegovog društva na večeru, ponovo okupili ispred restorana, brzo su aktivirali foto-aparate videvši da se glumac pojavio na vratima i kako izguruje nekog na ulicu.

– Mislim da ti je Freja jasno stavila do znanja kako nema više šta da ti kaže – rekao je Nikolas pošto su se on i Rasel obreli napolju.

– Mislim da je za *Frejino* dobro najbolje da čuje ono što imam da joj kažem – odgovorio je Rasel.

– Niki, molim te, samo ga pusti – molila je Freja, uhvativši ga za mišicu.

– Ne moraš da razgovaraš s njim ako ne želiš. Neću dozvoliti da ti preti – rekao je Nikolas, gledajući u Freju.

– Reci mu, Frejo, ili ću ja – upozorio ju je Rasel.

– Frejo, samo reci i rešiću ga se – rekao je Nikolas, i dalje gledajući u nju.

– Ili ćeš se sastati sa mnom da razgovaramo, ili ću sve izneti na videlo ovde i sada, nasred glavne ulice, pred tvojim novim momkom i svim ovim novinarima. Pet sekundi. Pet, četiri... – rekao je Rasel, započinjući odbrojavanje.

– Dobro! Dobro! Naći ću se s tobom. Samo, molim te, idi sada. Ne želim da porodica Petroholis ispašta zbog ovoga. Molim te, Rasele – preklinjala ga je Freja, ne mogavši da zaustavi suze, gotovo preplavljena panikom.

– Oh, Frejo, mislim da te nikad nisam video ovako pogubljenu – rekao je Rasel, posmatrajući je kako jeca i drži krvavu ruku.

– Slušaj, dobio si ono zbog čega si došao, sad samo idi – naredio mu je Nikolas.

– Vrlo rado. Inače, odseo sam u apartmanima *Dolmas*, soba broj tri. Samo me pozovi kad budeš spremna da razgovaramo – rekao je Rasel Freji.

Freja je jedva klimnula glavom i videla kako mu se na licu pojavljuje lukav osmeh. A onda, zadovoljan ishodom večeri, Rasel se okrenuo i pošao uz glavnu ulicu ka gradskom trgu.

Freja je pogledala u Nikolasa gotovo mu se izvinjavajući, na trenutak nije znala šta da kaže ili uradi.

– Jesi li dobro? Daj da ti vidim ruku – naložio joj je Nikolas, uhvatio ju je za ruku i pogledao ranu kroz poderanu košulju.

– Mislim da bi trebalo da se vratimo u restoran i pokušamo da smirimo situaciju što je pre moguće – bila je odlučna Marta.

– Hajde ćuti, Marta. Ovo izgleda ozbiljno. Mislim da ćemo otići jedino u bolnicu. Pozovi Mikija i reci mu da doveze ovamo auto – naredio joj je Nikolas.

– U redu je, mali zavoj i biće dobro – navaljivala je Freja, ne želeći da pravi dramu.

– Ideš u bolnicu, tu nema rasprave – izjavio je Nikolas odlučno.

20.

Nepuna dva sata kasnije, Freja i Nikolas su bili u ordinaciji krf-ske Gradske bolnice. Doktor je pregledao Frejinu ruku i zaključio da joj je ipak potrebno nekoliko šavova. Sad su čekali sestru da dođe i ušije ranu.

Freja je sedela na ivici kreveta, držeći zavoj kojim je pritiskala ranu.

– Jesi li dobro? – upitao ju je Nikolas.

– Umorna sam. Ali uverena sam da je normalno što se osećam iscrpljeno kad neko javno razotkriva moju intimu – odgovorila je Freja.

– Šta se zapravo dešava između vas dvoje? – upitao ju je Nikolas, provlačeći ruke kroz kosu.

– Na šta misliš? – uzvratila je Freja.

– Pa, da li ste stvarno raskinuli? Ili su kod vas ovakve svađe uobičajena pojava i već sutra će sve biti zaboravljeno? – upitao je Nikolas zainteresovano.

– Da li smo stvarno raskinuli?! Spavao je s mojom majkom, za-boga! Naravno da smo završili priču – rekla mu je Freja.

– Šta je uradio?! – uzviknuo je Nikolas užasnuto.

– Vidi, Rasel i ja smo stvarno raskinuli. Ali s obzirom na veče-rašnju predstavu, razumela bih ako više ne želiš da ponovo izađemo zajedno – rekla je Freja, gutajući knedlu koja joj se od kajanja stvo-rila u grlu.

Nikolas je uzdahnuo i seo na stolicu pored kreveta.

– Žao mi je što si bio uvučen u sve ovo. Nisam imala pojma da će se pojaviti – rekla je Freja iskreno.

– Nema veze – bio je uporan Nikolas.

– Ali se premišljaš u vezi sa mnom. U redu je, potpuno te razumem – rekla je Freja klimajući glavom.

– Ne premišljam se. Ako si mi rekla da ste raskinuli, onda ti verujem – odgovorio je Nikolas, gledajući je.

– To o čemu želi da razgovara sa mnom... nije ono što misliš – rekla je Freja, a glas joj je blago zadrhtao.

– Slušaj, svi imamo tajne iz prošlosti i ne želim da osećaš obavezu kako mi moraš reći bilo šta što ti je trenutno neprijatno. Ako postoji nešto što moraš da raščistiš s Raselom, to je u redu, ali neću dozvoliti da ti ponovo preti kao večeras. Osim ako mi kažeš da me se to ne tiče, pa ću se potpuno povući – rekao joj je Nikolas ozbiljno.

– Ne, želim da te se tiče. Mislim, znaš, ja... Ne želim da propustim da započnem nešto – s tobom – rekla mu je Freja.

– Dobro, pošto bih zaista voleo da provedemo neko vreme zajedno. Kako bismo mogli da se upoznamo, a da nas ništa ne ometa – ni moja slava, ni tvoj bivši, ni prošlost. Zanimaju me samo sadašnjost i budućnost – ovde i sad. Voleo bih da narednih nekoliko nedelja pokušamo da budemo dvoje običnih ljudi i da vidimo kuda će nas to odvesti – rekao joj je Nikolas.

Freja je zdravom rukom posegnula za njegovom i nežno mu dodirnula prste.

– I ja bih to stvarno volela – priznala je.

Nikolas ju je pogledao, i Freja je u trenutku osetila napetost. Posegnula je ka njemu, dodirnula mu obraz i privukla mu glavu ka sebi. Nikolas se nagnuo u stolici, ali se brzo povukao kad su se vrata sobe naglo otvorila, i unutra ušla sestra s priborom za ušivanje rana.

– Ovo se u filmu nikad ne bi desilo – primetila je Freja sa osmehom.

– Šališ se. Dešava se u najmanje pet mojih filmova – odgovorio je Nikolas.

– I u kojoj sceni obično uspeš da poljubiš devojku? – želela je da zna Freja.

– Retko kad pre kraja filma – odgovorio je.

– Ja neću da čekam toliko dugo – kazala mu je Freja.

* * *

Nepunih sat vremena kasnije, ponovo su bili u kolima, na povratku u Kasiopi.

– Da li se ovo računa kao naš drugi sastanak? – upitala je Freja.

– Da, ali moram reći da je ovo verovatno najgori drugi sastanak na kojem sam bio. Ti se povrediš, ja izbacim nekog iz restorana i provedemo tri sata vozeći se do bolnice i nazad – rekao je Nikolas.

– Romantično je na neki čudan način. Malo podseća na nešto što bi se desilo u epizodi serije *Slučajni partneri* – rekla mu je Freja.

– Zaboga, Frejo, između Brusa i tebe se izgleda već dugo nešto dešava. Imam osećaj kao da mi je on veća pretnja nego Rasel – primetio je Nikolas.

– Pa, zar nije bolje da sad saznaš za nas, nego da to otkriješ kasnije? – odgovorila je Freja.

– Zapravo, on je stvarno dobar čovek – rekao je Nikolas.

– Dakle, stvarno ga poznaješ! O bože, Nik, ti si zaista slavan! – saopštila je Freja.

– Ali ne baš toliko slavan... nemam njegov broj u telefonu – rekao je Nikolas.

– Tačno, zaboravila sam na to – i stvarno nemaš razloga da se zbog Rasela osećaš ugroženo... joj! – uzviknula je Freja kad je auto naleteo na rupu na putu.

– Jesi li dobro? – upitao ju je Nikolas, pridržavajući je.

– Jesam, glupi, prokleti Rasel. Dogurala sam do tridesete godine bez ijednog šava, a sad, nekoliko dana kasnije, već ih imam tri. Kakvo je tvoje iskustvo? – upitala ga je Freja.

– Sa čime?

– Sa ušivanjem. Deluješ mi kao neko ko je tokom odrastanja sigurno bar nekoliko puta pao s drveta – rekla je Freja.

– Ušivali su me nekoliko puta – odgovorio je Nikolas.

– Oh, gde? Imaš li neke zanimljive ožiljke? Kladim se da imaš neke stvarno dobre – rekla je Freja.

– Nažalost, i ne baš, žao mi je ako sam te razočarao – odgovorio je Nikolas.

– Pa, možda bi mogao nekad da mi ih pokažeš – predložila je Freja.

– Možda bih i mogao – složio se uz osmeh.

Auto se zaustavio ispred apartmana *Kalipso*.

– Pa, bilo je ovo zanimljivo veče – primetila je Freja blago se osmehnuvši.

– Moglo bi se tako reći. Sve više mislim da je svaki trenutak proveden s tobom predodređen za dramu – odgovorio je Nikolas.

– Izvini – rekla je Freja, spuštajući glavu.

– Samo sam se šalio. U redu je. Rekao sam ti, odsad ćemo zaboraviti na sve ostalo i jednostavno provoditi vreme upoznajući jedno drugo – rekao je Nikolas. Uzeo je pramen njene kose koji je ispao iz metalne stezaljke i nežno joj ga vratio iza uha.

Freja je zadrhtala kad ju je dodirnuo.

– Slušaj, hoćeš li moći da se ovde snađeš sama? – upitao ju je Nikolas.

– Biću sasvim dobro – bila je uporna Freja.

– Ne želim ništa da požurujem, znaš, i sve pokvarim – rekao je Nikolas ozbiljno.

– Misliš, ne želiš da dođeš do moje sobe kako bismo se ljubili usklađeni s parom iz sobe iznad – prevela je Freja.

– Pa, bilo bi kao da smo na nekoj orgiji – složio se Nikolas.

– A odakle ti to znaš? Znala sam da su te holivudske zabave raskalašne – rekla je Freja.

– Budi uverena u to – rekao je Nikolas uz osmeh.

– Dakle, da li i dalje ostaje dogovor da izađemo sutra? – upitala ga je Freja.

– Nadam se. Znači, hoćeš mi reći da još ništa nisi organizovala? – upitao ju je Nikolas.

– Zapravo jesam, i tamo kuda idemo ne bi trebalo da bude fotografa na vidiku – osim mene, naravno – rekla mu je Freja.

– Što je dobra zamisao, s obzirom na to da će večerašnja gungula sutra biti u svim novinama – rekao je Nikolas i uzdahnuo.

– Pa, nadam se da su uhvatili moj udarac jer je bio neuporedivo bolji od tvog guranja – napomenula je Freja.

– Priznajem da jeste. Očigledno imaš više prakse.

– Gubim interesovanje, gospodine Kejden, a tek što ste mi se dopali – rekla mu je Freja.

– Stvarno? – upitao je Nikolas, približavajući joj se.

– Da.

Videla je da mu se disanje ubrzalo, a srce je htelo da joj iskoči iz grudi. Gledali su se. Nagnula se napred, ali onda se preko interfona začuo Majk, vozač.

– Izvinite, gospodine Kejden, ali samo sam hteo da napomenem da se ispred auta nalazi desetak fotografa sa objektivima uperenim ka kolima.

Trenutak je ponovo bio prekinut.

– Jesi li gledao film *Noting Hil*? Pa, Hju Grant i Džulija Roberts se poljube u prvoj sceni. Trebalo bi da snimaš više takvih filmova... možda bi to uticalo na povoljniji trenutak za poljubac – rekla je Freja i uzdahnula.

– U redu, Majki, idemo – rekao je Nikolas.

– Čekaj me sutra ujutru oko deset ispred Harijevog restorana. Doći ću po tebe – rekla mu je Freja.

– U redu, vidimo se sutra – rekao je Nikolas.

Nagnuo se ka njoj i poljubio je u obraz, i nežno joj pomilovao kosu na potiljku.

– Zdravo – odgovorila je Freja, stegnuvši mu ruke.

Izašla je iz kola i zalupila vrata za sobom. Blicevi su odmah počeli da sevaju, ali ona je ostala da stoji i gleda kako auto odlazi niz ulicu.

– Frejo! Frejo! Kako ti je ruka? Da li su te ušivali? Da li je tačno da si bila verena za gospodina Bjukenana? – vikao je jedan od novinara.

Freja im je okrenula leđa i ćutke krenula ka kompleksu apartmana *Kalipso*. Jedino joj je bilo drago što je i dalje zovu Freja.

21.

Po drugi put otkako je stigla na Krf Freju nije probudio strastveni par u sobi 320. Mada, ovoga puta zbog toga što se probudila pre njih. Ruka ju je bolela tokom noći. Bilo joj je teško da se udobno namesti, i na kraju je, nakon što je odspavala samo tri sata, ustala u pet ujutro.

Još je bio mrak, pa je skuvala čaj i upalila rasvetu na balkonu. Vazduh je bio svež, a iznad planina u daljini lebdela je izmaglica nagoveštavajući još jedan topao i vlažan dan. Freja je sela i protrljala umorne oči. Toliko se toga izdešavalo proteklih dana da joj je bilo teško da sve to poslaže u glavi.

Raskinula je s Raselom, upoznala Nikolasa, a Ema je trudna. Pogotovo nije mogla da pojmi to upoznavanje s Nikolasom. Znala je da, iz mnogo razloga, ne bi trebalo da je privlači. Zbog glupe opklade od koje je sve počelo, trenutka u kojem se to dešava, Nikolasovog načina života – posebno zbog toga. Gnušala se takvog preterivanja u svakom pogledu i očaja ljudi koji ga okružuju, njihove težnje da zgrću sve više i više, svega i svačega, samo zato što mogu. Bilo je to rasipnički, nepotrebno i sve ono čega se ona odrekla.

Međutim, znala je da je nije privukao načinom života – nego time kako se ophodio prema njoj. Slušao ju je, iznosio svoje mišljenje, ali joj nije uskraćivao pravo da iskaže svoje. Bio je saosećajan, imali su isti smisao za humor i činilo se da je slobodnog duha, baš kao i ona.

Bila je veoma iznenađena Raselovim dolaskom. Nije očekivala da će se toliko uznemiriti zbog raskida da bi se pojavio ovde. Nije ni slutila da je jedini razlog zbog koga se *jeste* pojavio bio taj što nije želeo da je izgubi sada, kad je shvatio da bi mu ona mogla biti izvor novčane sigurnosti. Znao je sve o njoj, i očigledno to krio najmanje šest nedelja. Međutim, Freja je znala da to neće dugo trajati, bez obzira na to o čemu je želeo da razgovaraju. Bila je to tempirana bomba koju nije mogla da deaktivira. Jednostavno će morati da sačeka i vidi hoće li će joj se sve obiti o glavu ili neće. Znala je da će, bude li postojala mogućnost da Nik i ona budu u vezi, morati da mu kaže istinu. Ali nije bila sigurna može li to da uradi.

Veoma joj je teško padalo da priča o tome. Poverila se samo jednom muškarcu. Onom koji je jedini upoznao njenu porodicu, što je naposletku dovelo do njenog sunovrata. Sad su se njena dva sveta ponovo susrela, i to na neuobičajen način. Mrzela je roditelje, gadili su joj se. Oduvek im je bilo stalo samo do novca i položaja u društvu, onoga što je njoj najmanje značilo u životu.

– Nisam te probudila, zar ne? – upitala je Freja kad je kasnije tog jutra pozvala Emu na mobilni.

Bilo je osam sati, a Freja se već bila istuširala i obukla tri-četvrt farmerke i tamnoplavu majicu bez rukava.

– Ne, perem stolnjake još od pola sedam. Kako si ti? Kako ti je ruka? Janis mi je sve ispričao. Ne mogu da verujem da sam to propustila. Verovatno je to bilo nešto najuzbudljivije što se desilo u restoranu otkako tamo radim, a gde sam ja? U krevetu, spavam – izjavila je Ema razočarano.

– Boli me ruka i nisam se baš naspavala – rekla je Freja.

– Ne čudi me nakon svega što se desilo. Janis mi je rekao da je gospođa P. dramila zbog razbijenih čaša sve dok većina sinoćnih gostiju nije rezervisala sto i za večeras, nadajući se reprizi – rekla je Ema.

– Moram kasnije da odem do nje i izvinim joj se – napomenula je Freja.

– Ne brini se. Ona sad u tome vidi priliku za zaradu – uveravala ju je Ema.

– Pa, šta ti je tačno Janis ispričao? – raspitivala se Freja.

– Da je onaj gad Rasel spavao s tvojom majkom. Da li je dobro razumeo? – upitala je Ema.

– Jeste, istina je. Dakle, bila si u pravu da se viđa s nekom drugom. Mada nisi pogodila da je to neko od mojih bližnjih – odgovorila je Freja.

– O bože. Bila sam sigurna da je pogrešno čuo. Strašno – rekla je Ema.

– Znam. Toliko sam se ribala pod tušem da samo što nisam ogulila kožu. Imam osećaj kao da sam i ja spavala s njom – napomenula je Freja.

– Oh, Frejo, ne znam šta da ti kažem – priznala je Ema.

– U redu je, prebrodiću to. Više me brine to što je majka rekla Raselu istinu o meni. Mislim da nije znala da mi je on momak, ali mu je očigledno sve ispričala o ćerki jedinici. Mada sam iznenađena da je tako oduševljeno pričala o nekome koga se gotovo odrekla – saopštila je Freja.

– O bože, ne. Oh, Frejo, posle svih ovih godina – rekla je Ema zabrinuto.

– Znam, toliko sam prestravljena da mi je muka. A najgore je to što je, s obzirom na sve te novinare koji njuškaju unaokolo zbog Nika, samo pitanje vremena kad će neko od njih sklopiti priču, ili će Rasel odlučiti da zaradi koju kintu, i mislim da pokušava da od mene iskamči novac – rekla je Freja.

– Šta ćeš da uradiš? – upitala je Ema.

– Nisam još sasvim sigurna, ali mislim da ću uraditi nešto što nisam dosad. Mislim da ću morati da kažem Niku istinu pre nego što to učini neko drugi – rekla je Freja i teško uzdahnula.

– O, Frejo, ako porazgovaraš s Raselom i ubediš ga, možda niko neće morati ništa da zna i sve će se vratiti u normalu – predložila je Ema.

– Pa, sinoć je bio spreman da to ispriča svima u Kasiopiju. Želi da se nađe sa mnom da razgovaramo o tome, ali znam šta hoće, tražiće mi novac kako bi držao jezik za zubima. Novac koji nemam, a čak i da ga imam, ne bih mu verovala da će ispuniti obećanje. Ne znam, sve je to jedna velika zbrka. Počinje da me hvata nervoza i ako uskoro ne donesem odluku, opet ću zvati taksi da me odveze na aerodrom – rekla je Freja.

– A ne, nećeš. Možda je dobro što se ovo desilo. Možda ćeš, ako istina izađe na videlo, konačno moći jednom zasvagda sve to da ostaviš iza sebe – napomenula je Ema.

– Ne znam. Ne mogu ni da zamislim da bi moji roditelji želeli da im se ponovo pojavim u životu – izjavila je Freja.

– Koga je briga za njih? Mrziš ih. Šta te briga šta misle? – upitala je Ema.

– Nije mi stalo do toga šta misle. Brine me to što će mi stvoriti gomilu problema ako se sve to ponovo pokrene, posle toliko vremena – rekla je Freja.

– Znaš da te stopostotno podržavam, šta god da odlučiš – odvratila je Ema.

– Hvala ti, Em – odgovorila je Freja.

– Dakle, da li se danas viđaš s Nikom? – raspitivala se Ema.

– Da, vodiću ga da vidi jezero Korison. Pretpostavljam da nas tamo dole neće pronaći paparaci – rekla je Freja.

– Ne bih se kladila. Kako ćete ići do tamo? – upitala je Ema.

– Motorom – saopštila je Freja, smeškajući se za svoj groš.

Dok je vozila motor glavnim putem iz Kasiopija prema restoranu *Kod Harija* videla je da je Nikolas već čeka. Imao je naočare za sunce i nosio je belu majicu i crni šorts sa džepovima sa strane. Zaustavila je motor pored njega, ugasila ga i skinula kacigu.

– Dobro jutro – saopštila je i osmehnula se.

– Hej, vidi ti tu mašinu. Prava lepotica – rekao je Nikolas, diveći se motoru.

– Lepa je, jelda? Najbolje u ponudi agencije za iznajmljivanje motora u Kasiopiju. Nažalost, nemaju harli, ali uočava se sličnost – rekla je Freja silazeći s motora.

– Da, puno hroma i dva točka – dobra je – odvratio joj je Nikolas.

– Drago mi je što ste se sprijateljili, pošto ćeš morati ti da ga voziš. Ruka je počela da me boli čim sam napustila luku – priznala je Freja.

– To je u redu ako ti ne smeta da nosiš ranac – rekao je Nikolas i pokazao joj ruksak u ruci.

– Nema problema. Hoćemo li da krenemo? Sve više se pribojavam da će fotografi iznenada iskočiti odakle ih najmanje očekujemo – rekla je Freja, ponovo stavljajući kacigu i penjući se nazad na motor.

– Da, i ja isto. Hm, da li je ovo moja kaciga? Baš je u stilu sedamdesetih – rekao je Nikolas uz osmeh, spremajući se da je stavi na glavu.

– Zapravo, više sam imala na umu osamdesete. Podsetila me je na seriju *Patrola na auto-putu*. Ako ikad snime film, ti bi mogao biti novi Erik Estrada u ulozi saobraćajca Frenka Ponča – rekla mu je Freja.

– A Brus Vilis da glumi Džona Bejkera? Samo želiš da nas vidiš u onim uskim uniformama. Dakle, kuda idemo? – pitao je Nikolas podešavajući kacigu.

– Na jug. Hajde, Pončerelo, nagazi gas! – rekla je Freja.

Nikolas je upalio motor i krenuo putem.

Vozili su ka jugu i prošli kroz letovališta Ipsos, Dasiju i Guviju, a zatim stigli do grada Krfa. U prestonici je bila najveća gužva, s mnogo gradskog saobraćaja.

Freja je uživala u pejzažu. Samo je jedanput iznajmila motor na Krfu, ima sad tome već nekoliko godina, i bilo je daleko prijatnije imati saputnika nego voziti sama. Takođe je uživala u tome što je pripijena uz Nikolasa. Bio je snažno građen, vitak, ali mišićav, širokih pleća i izvajanih mišića ramena i ruku. Svidelo joj se to ili ne, bio je otelotvorenje tipičnog filmskog junaka.

Stigli su do veštačkog jezera Korison za nešto manje od dva sata i parkirali se na njegovom obodu.

– Bože, ovde je prelepo – napomenuo je Nikolas skidajući kacigu i gledajući unaokolo.

– Zbog ovog, pa, zbog pejzaža poput ovog sam i počela da se bavim fotografijom – rekla je Freja, skinula torbu sa zadnjeg dela motora i uzela flašicu vode.

– Pošto sam ovo danas video, mogu da te razumem – rekao je Nikolas.

– Izvoli – rekla je Freja i pružila mu bocu.

– Hvala.

Popio je malo vode i bocu vratio Freji.

– Dobro, zamislila sam da prošetamo oko jezera kako bih napravila nekoliko fotografija, a zatim da pronađemo neko lepo mesto za izlet i pojedemo hranu koju sam nam pripremila. Verovatno ćeš ti morati da nosiš korpu pošto sam povređena – rekla je Freja.

– Nema problema, sjajno zvuči – odgovorio je Nikolas.

– Dobro, hajde onda da krenemo – rekla je Freja uzbuđeno.

– Sačekaj samo trenutak. Imam nešto za tebe – rekao je Nikolas.

Uzeo je ruksak i izvadio plastičnu kesu.

– Poklon? – upitala je Freja znatiželjno.

– Pa, znam da ti je bio rođendan onog dana kad smo se upoznali, i pomislio sam da ti kupim nešto. Evo, izvoli – rekao je Nikolas i dao joj kesu.

– Nije trebalo ništa da mi kupuješ... o bože. Oh, isti ovakav ima onaj tip s televizije *Kanal 9* – uzviknula je Freja i izvukla kožnu futrolu, znajući po izgledu da je unutra foto-aparat.

– Trebalo bi da je tako. Morao sam da pozovem ljude s te televizije i pitam ih koje foto-aparate trenutno koriste – priznao je Nikolas.

– Ma, nisi valjda! Bože, ovo je najbolji poklon koji sam ikad dobila – uzviknula je Freja, nastavljajući da se divi foto-aparatu.

– Da li to znači da ti se dopada? – rekao je Nikolas sa osmehom, uživajući u njenom oduševljenju.

– Predivan je, neverovatan, hvala ti mnogo... daj da te fotografišem – rekla je Freja nameštajući foto-aparat i usmerila ga ka njemu.

– Mislio sam da si rekla da danas neće biti fotografa – našalio se.

– Ja se ne računam pošto neću prodavati fotografije kako bih zadovoljila znatiželju publike koja žudi za tračevima – rekla je Freja.

– Stidljiv sam – odgovorio je Nikolas.

– Hajde, gospodine Velika Filmska Zvezdo, osmehni se kao na premijeri – tako! – rekla je Freja i škljocnula foto-aparatom.

– Sad je red na tebe – rekao je Nikolas, pokušavajući da joj uzme foto-aparat.

– Ne, izvini. Ne možeš nekome dati poklon i onda ga tako brzo tražiti nazad – rekla je Freja i maltene otrčala ka jezeru.

– Da mi ne dozvoliš da ga podelimo bilo bi sebično i okrutno – doviknuo joj je Nikolas jureći za njom.

– Oduvek sam bila okrutna i sebična, svi će ti to reći – odgovorila je Freja.

– Dođi ovamo da te fotografišem – bio je uporan Nikolas. Dočepao se foto-aparata tako što joj ga je oteo iz ruku.

– Samo ako obećaš da ćeš mi odmah vratiti Kloda – pregovarala je Freja s njim.

– Dala si ime foto-aparatu? – primetio je Nikolas.

– Svi moji foto-aparati imaju imena. Dakle, da li smo se dogovorili? – pitala je Freja.

– Klod će do kraja dana biti tvoj – pristao je Nikolas.

– U redu, pa hajde, brzo me fotkaj, zaboli me lice ako se predugo osmehujem – rekla je Freja osmehnuvši mu se.

– To je sjajno, stvarno dobro. A sad, skini majicu, dušo – rekao je Nikolas, zumirajući joj grudi.

– Daj mi Kloda ovamo! Golišave slike su isključivo za spavaću sobu – rekla je Freja i otela mu foto-aparat.

– Upamtiću to – odgovorio je Nikolas i uhvatio je za ruku.

Krenuli su u šetnju oko slatkovodnog jezera, koje su od mora delile samo peščane dine i područja s travom. Freja je pokazivala Niku ptice i biljke koje je poznavala i fotografisala kad god bi joj nešto posebno privuklo pažnju.

– O čemu se radi u tvom filmu? – pitala je Freja dok su hodali.

– Odakle ti sad to pade na pamet?

– Pa, samo sam odjednom shvatila da ne znam naslov filma koji snimaš, ni o čemu se radi u njemu, a mislim da bi baš trebalo da znam. Šta je zaplet? – pitala je Freja.

– Ah, priča je baš tanka i neubedljiva – priznao je Nikolas.

– Pa zašto si onda pristao da ga snimaš? Mislila sam da sad, kad si već tu gde jesi, među najboljima u glumačkoj profesiji, možeš da biraš filmove – rekla je Freja.

– Mogu, i uglavnom ih i biram. Međutim, uloge koje najviše volim da igram nisu nužno one u kojima publika želi da me vidi, pa moram i to da uzmem u obzir. Snimim nekoliko filmova s velikim budžetom da zadovoljim obožavatelje, a onda za svoju dušu igram ozbiljnije i zahtevnije uloge u filmovima s manjim budžetom – objasnio je Nikolas.

– A o čemu se radi u ovom? – pitala je Freja.

– Zove se *Zatočenik*. Ja sam glavni junak, naravno, a zaljubljen sam u Hilari...

– Naravno – dodala je Freja.

– Moj lik, Nejtan, uvalio se u nevolju s nekom opasnom zverkom, koju glumi Bob.

– Koja ironija – odgovorila je Freja.

– I uglavnom, junakinja koju igra Hilari biva oteta i Nejtan odlučuje da je sâm spase, bez uključivanja policije – objasnio je Nikolas.

– To zvuči kao da su pomalo ukrali zaplet is filma *Komandos* – rekla je Freja.

– I ti voliš Arnolda Švarcenegera? – pitao ju je Nikolas.

– Imam celu njegovu filmografiju na DVD-u – rekla je Freja.

– Moraćemo ozbiljno da porazgovaramo o tvojoj zbirci filmova – napomenuo je Nikolas osmehnuvši se.

– Imam i jedan tvoj film: *Izdajnik* – priznala je Freja.

– I da li ti se svideo? – upitao ju je Nikolas.

– Ne bih rekla da mi se svideo. Plakala sam skoro sve vreme dok sam ga gledala. Ali stvarno sam se raspala kad je na kraju ubijen Boris. Nekako sam to i očekivala, ali sam se ipak iznenadila kad se zaista desilo – rekla mu je Freja.

– Odlično, to je upravo i bila zamisao. Dakle, kako ti se dopala moja gluma? Mogu li nekako da je poboljšam? – upitao ju je Nikolas.

– Dobio si Oskara za tu ulogu. Nema potrebe da ti ja kažem koliko si dobro odigrao ulogu – odgovorila je Freja.

– Možda mi je ipak potrebno – uzvratio je Nikolas.

– Pa, mislim da se u tvojoj glumi vidi duboko razumevanje lika. Izgledao je ranjivo čak i kad je mučio ljude, to je bilo prilično neverovatno. Ali mislim da mi se najviše dopalo to što si od njega stvorio stvarnu osobu sa svim tim zamršenim osećanjima koja stvarni ljudi imaju. Mislim, bio je odvratan, zli nacista, ali do kraja filma sam saosećala s njim. Zapravo, film i nije bio toliko o ratu ili o tome što je bio nacista, mislim da je zapravo o tome što je na početku bio jedna sasvim obična osoba. Samo običan čovek u krajnje teškoj situaciji, koji je morao da odlučuje o tome šta je ispravno, a šta pogrešno, i pokuša da spozna sopstvenu ljudskost – rekla mu je Freja.

– To je najbolji sinopsis koji sam čuo. Potpuno si razumela film. Znaš, kada sam dobio Oskara, nisam bio siguran ni da li su ljudi koji su me nominovali uopšte razumeli o čemu se tu zapravo radi – rekao je Nikolas.

– Svako ima svoje jedinstveno tumačenje, možda i nije važno da li su razumeli ili ne – rekla je Freja.

– Mislim da svako od nas ima pomalo Borisa u sebi. Znaš, nekog ko se plaši sopstvene prošlosti, nesiguran je u to šta budućnost donosi i bori se da razume život. Znam da ga ja imam – priznao je Nikolas.

– I ja, ali mislim da ću se barem danas uzdržati od mučenje bilo koga – rekla je Freja osmehnuvši se.

Našli su mesto u hladu blizu jezera i Freja je prostrla ćebe koje je spakovala. Nikolas je seo i posmatrao Freju kako iz korpe usredsređeno vadi posude s hranom.

– Zašto mi ne dozvoliš da ti pomognem? Osećam se beskorisno dok samo sedim i gledam – rekao je Nikolas.

– Ne, sve je pod kontrolom. Osim toga, samo bi virio. Ako ti se nešto ne sviđa, izvinjavam se, ali nemam finansijske mogućnosti da naručim celu prodavnicu kao ti – rekla je Freja.

– Nema mnogo toga što ne volim, osim sušija. Nemaš valjda nešto takvo, zar ne? – upitao je Nikolas.

– Nema sirove ribe. A sad, pre nego što počnemo da jedemo, pripremila sam nam mali kviz – najavila je Freja i izvadila papir.

– Kviz – napomenuo je Nikolas.

– Da, mislila sam da će to biti zabavan način da te bolje upoznam – nastavila je Freja.

– Ovo sad nije pošteno. Trebalo je da mi sinoć pomeneš kviz, kako bih imao vremena da pripremim svoja pitanja – rekao je Nikolas.

– Ali *ja* sam organizovala ovaj sastanak, a ti si meni priredio iznenađenje – podsetila ga je Freja.

– Pa, onda neću odgovoriti ni na jedno od tih pitanja osim ako ne preokrenemo situaciju i ti takođe budeš morala da odgovoriš na njih – bio je uporan Nikolas.

– Možda je trebalo sinoć da ti pomenem ovo, pa bih imala vremena da pripremim odgovore – uzvratila je Freja.

– To je uslov. Jesmo li se onda dogovorili? – pitao je Nikolas, a Freja je prekrstila noge i sela ispred njega.

– Nisam navikla da mi neko naređuje – priznala je Freja.

– Ni ja – rekao je Nikolas osmehnuvši se.

– Dobro, hajde. Odgovaraću na pitanja – pristala je Freja nevoljno.

– Odlično, izvoli, pitaj, pošto umirem od gladi – rekao joj je Nikolas.

– U redu, pitanje broj jedan: datum rođenja i horoskopski znak – pitala ja Freja.

– 21. oktobar 1970. godine, Vaga.

– Znači, trideset šest ove godine – rekla je Freja i zapisala na papir.

– Hej, da li ti to hvataš beleške? Jesi li sigurna da nisi novinar? – napomenuo je Nikolas.

– Ne uzbuđuj se! Samo štrikliram pitanja dok ih postavljam – odgovorila je Freja.

– Hajde, koji je tvoj datum rođenja. 21. jun 19...?

– Zapravo je 20. jun 1976. godine, Blizanac – rekla mu je Freja.

– Ali rekla si da ti je rođendan bio one večeri kad smo se upoznali u restoranu – primetio je Nikolas.

– To je bio drugi rođendan, kako bih popravila grozan utisak nakon onog prethodnog koji je bio dan pre toga – objasnila mu je Freja.

– A ja sam mislio da samo engleska kraljica ima dva rođendana – napomenuo je Nikolas.

– Lizi i ja... u redu, dobro, ispričaj mi o svom braku.

– Moja bivša supruga se zove Loren, Loren Džermejn. Glumica je, možda si čula za nju, iako koliko znam nije glumila s Brusom ili Arnijem. U svakom slučaju upoznali smo se 1998. godine, venčali se sledeće, a razveli dve godine kasnije. Nije trebalo da se venčamo, bilo je prebrzo, i kao što sam ti već rekao, nismo želeli isto od života – rekao je Nikolas.

– Da li ste bili zaljubljeni? – upitala ga je Freja ozbiljno.

– Tad sam mislio da jesmo, ali ne, mislim da nismo bili zaljubljeni. Sad je udata, ima dvoje dece. Mnogo toga može da se dogodi za pet godina – rekao je Nikolas.

– Da, može – složila se Freja.

– Dakle, da li si ti bila udata? Imaš li dece?

– Ne, nisam bila udata, nemam dece – odgovorila je Freja.

– Jesi li bila blizu toga?

– Ne baš – odgovorila je.

– Ali bila si zaljubljena – izjavio je Nikolas.

– Da, jednom, davno. Bila sam mlada, oboje smo bili, i verovatno to ne bi ni uspelo – rekla je Freja prisećajući se prošlosti.

– Šta se desilo? – upitao ju je Nikolas.

– Skrećemo s teme. To pitanje nije na mojoj listi – rekla mu je Freja.

– Nisi izričito rekla da je skretanje s teme zabranjeno – uzvratio je Nikolas.

– Jesmo li u sudnici, gospodine Harvard? Ovaj sastanak sam *ja* planirala, sećaš se? – rekla je Freja.

– Slušaj, kao što sam sinoć rekao, u redu je ako ti je neprijatno da pričaš o tome – rekao je Nikolas.

– Bilo je to davno, to je sve... ljubimci? – pitala je Freja, nastavljajući sa ispitivanjem.

– Ne, ne ostajem dovoljno dugo na jednom mestu da bih se brinuo o ljubimcu. Ti?

– Ne, verovatno bih ga ubila pošto bih zaboravila da ga nahranim ili izvedem u šetnju ili nešto slično. Iz istog razloga nemam ni biljke u kući – rekla je Freja.

– Zato što bi zaboravila da ih prošetaš? – upitao ju je Nikolas osmehujući se.

– Baš tako. Sad prelazimo na boravke u bolnici. Jesi li ikada bio bolestan?

– Kako smo prešli s ljubimaca na bolnice? – zanimalo je Nikolasa.

– Pa, neka pitanja sam napisala juče pre nego što su mi ušili ruku, a ostala nakon toga dok sam razmišljala o onome što se desilo – objasnila mu je Freja.

– Razumem – rekao je Nikolas.

– Dakle, jesi li bio bolestan, imao operaciju ili slomio nešto zanimljivo? Sigurno imaš da podeliš neku medicinsku priču, svi je imaju – rekla je Freja.

Nikolas je duboko udahnuo i primetila je da se ukočio i izgledao kao da mu je malčice neugodno.

– Ne moramo da odgovaramo na to pitanje. Glupo je i verovatno ne želiš da slušaš o tome kako sam slomila ruku tako što sam pala s kamiona – počela je Freja da priča pokušavajući da ublaži njegovu očiglednu uznemirenost.

– Ne. U redu je. Rekao sam da ću odgovarati na pitanja i znam da se ne poznajemo dugo, ali ti verujem – rekao je Nikolas. Prošao je rukom kroz kosu i otpio gutljaj vode iz boce.

Freja je mirno sedela i čekala da čuje šta će Nikolas reći. Nije imala pojma šta sledi.

– Imao sam rak – rekao je Nikolas ozbiljno.

– O bože. Jesi li sad dobro? – kazala je Freja užasnuto.

– Da, pre tri godine su mi lekari rekli da sam potpuno zdrav – rekao je Nikolas.

– Dobro, zašto nisam znala za to? Mislim, stalno si u svim novinama, i u redu, ne bih čitala svaki članak o tebi, ali većinu vesti čujem kad ih saopšte na televiziji i tome slično. Zapamtila bih da sam čula nešto tako – rekla je Freja.

– Nije bilo u novinama. Niko to ne zna – rekao je Nikolas i duboko udahnuo.

– Molim? Kako to misliš niko ne zna? Videla sam da te fotografi prate u stopu, objavili bi sve o tebi. Nešto tako im ne bi promaklo – pitala je Freja zbunjeno.

– Mislim, ti si prva osoba kojoj sam to rekao – rekao je Nikolas.

– Prva devojka s kojom si izlazio kojoj si rekao?

– Ne, prva osoba uopšte – rekao je Nikolas, pogleda uprtog u zemlju.

– Nisi *nikome* rekao! Prošao si sâm kroza sve to – uzviknula je Freja zapanjeno.

– Da – rekao je Nikolas i ponovo otpio gutljaj vode iz flašice.

– Ne mogu da verujem. Kako možeš da prolaziš kroz tako nešto a da niko ne zna? Mislim, jesi li tad radio na filmu? Gde si otišao? Kako novinari nisu saznali? – ispitivala ga je Freja.

– Otišao sam u Kanadu na lečenje. Prijavio sam se u bolnicu pod lažnim imenom, odvojio se od svega i svih, i usredsredio se na lečenje. Hteo sam da kažem bratu, ali naposletku ipak nisam, pošto sam znao šta bi mu prolazilo kroz glavu. Već je izgubio roditelje, a sad će ostati i bez brata. Oženjen je, ima ćerku, ali je i dalje ranjiv zbog svega što je prošao. Nije mu trebalo da se još i oko toga brine – pokušao je Nikolas da objasni.

– Ne znam šta da kažem. Mislim, bilo je to neverovatno hrabro, ali takođe i neverovatno glupo. Trebalo je da neko bude uz tebe – bila je uporna Freja.

– Nisam hteo nikog da opterećujem time, a osim toga, i da sam rekao nekom mislim da bi izgovaranje tih reči sve učinilo stvarnim. Ovako sam to zadržao u sebi i pretvorio u unutrašnju borbu volje između mene i raka.

– Ali sad si dobro? Potpuno si zdrav? – proverila je Freja.

– Jesam, dobro sam. Moram povremeno da idem na kontrole, ali trenutno je sve u redu – odgovorio je Nikolas.

– Pa, gde je bio? Mislim, rak? – pitala je Freja.

– I to je bio jedan od razloga zbog kojih nisam nikome rekao – bio je to rak testisa – izjavio je Nikolas.

Freja je ćutala, puštajući ga da nastavi.

– Nisam želeo da iko zna jer koliko bi akcionih junaka nastavilo da prodaje filmove kad bi publika saznala da imaju samo jedan testis? – rekao je Nikolas smireno.

– Morali su da ga uklone? – upitala je Freja.

– Da, to me je u početku prestravilo. Ali ljudima koje sam sreo u bolnici, s drugim vrstama raka, bilo je mnogo teže. Nisam imao prava da se sažaljevam. Osim toga, prilično dobro su uradili protezu – rekao je Nikolas iskreno.

– Ne znam šta da kažem. Proći kroz to sâm, ne znam kako si uspeo – priznala je Freja.

– Tako sam izabrao. To što nikom nisam rekao upotrebio sam kao oružje u borbi protiv bolesti. Mislim da mi je pomoglo da ostanem usredsređen na život, a ne da neprestano razmišljam o tome kako je u meni nešto što me može ubiti.

– Pa, divim ti se što si uspeo to da prebrodiš. Da li je i dalje moguće da imaš decu? – pitala ga je Freja.

– Jeste, rekli su mi da drugi testis nadoknadi nedostatak, da tako kažem. Neprijatno tema, zar ne? – rekao je Nikolas s poluosmehom.

– Meni nije neprijatna. Izgubiš Berta, i dalje imaš Ernija. Bilo kako bilo, obično je u svakom paru jedan član bolji. Na primer Starski i Hač – zašto je Hač uopšte bio tu? Ili Stanlio i Olio – Stanlio mi je samo išao na živce – rekla mu je Freja.

– Ne mogu da verujem da si mi testise uporedila sa Starskijem i Hačom – rekao je Nikolas i glasno se nasmejao.

– Mogla sam da nađem i gore poređenje – bila je uporna Freja.

– Pa, da li bi ti jednog dana želela decu? – pitao ju je Nikolas.

– Ne znam. Mislim, ne mogu da se brinem ni o biljci ili ljubimcu, šta bih tek radila s bebom? – pitala ga je Freja.

– Možemo da angažujemo dadilju – odgovorio je Nikolas osmehnuvši se.

Freji nije promaklo koliko je značajno što je to rekao u množini i uzvratila mu je osmeh.

– Znači, ti i Hitler, ha? Nadam se da je jedan testis jedino što imate zajedničko – našalila se Freja.

– Pa, zapravo sam razmišljao da pustim onakve brčiće – odgovorio je Nikolas.

– Mogu li odmah da raskinem s tobom?

22.

Kviz se naglo završio nakon što joj se Nikolas poverio da je imao rak, a zatim su pojeli deo hrane koju je Freja spremila za izlet. Nakon toga je izvadila pamučnu salvetu i plastičnu posudu.

– Poslednja igra – najavila je.

– Ovo je poslednji put da nam ti organizuješ izlazak. Osećam se kao da sam bio u nekom takmičarskom šou-programu – obavestio ju je Nikolas.

– Evo, stavi povez na oči – nagovorila ga je Freja.

– I obećavaš da nema sirove ribe? – upitao ju je Nikolas.

– Obećavam. Samo neki preukusni grčki specijaliteti koje moraš da pogodiš – rekla mu je Freja.

– Dobro, ali kako ćeš ti učestvovati u ovoj igri? Ne mogu ti staviti povez, pošto znaš šta si spakovala u posudu – rekao je Nikolas.

– Stavi povez. Hajde, biće zabavno – navaljivala je Freja. Prislonila mu je povez na lice, oko glave, i vezala mu ga pozadi.

– Nemoj da pobegneš i ostaviš me ovde. Veoma se loše snalazim u prostoru. Upao bih u jezero i pojele bi me ko zna kakve živuljke koje tu žive – rekao joj je Nikolas.

– Ššš, otvori usta – naredila mu je Freja.

Nikolas ju je poslušao, a Freja mu je stavila veliku crnu maslinu u usta.

– Nemoj da žvaćeš. Samo je drži u ustima nekoliko sekundi. U redu, sad je polako sisaj. Ne žvaći, samo sisaj – govorila je Freja posmatrajući maslinu kako mu se pomera u ustima.

– Maslina – rekao je Nikolas dok ju je sisao.

– Jeste, ali zar nije ukusnija kad su ti oči zatvorene? Možeš sad da je pojedeš, ali ne zaboravi da ispljuneš košticu – naredila mu je Freja.

Nikolas je progutao meso masline i ispljunuo košticu u žbunje.

– Sad probaj ovo – rekla je Freja i stavila mu kockicu fete u usta.

– Slano je, kremasto i mrvi se – nesumnjivo feta sir. Previše je lako ovo – rekao je Nikolas žvaćući.

– Nije suština u pogađanju, nego da osetiš ukus na drugačiji način – rekla je Freja.

– U redu, izvini. Šta je sledeće? Nešto slatko? – upitao je Nikolas i otvorio usta iščekujući sledeći zadatak.

– Vidiš, rekla sam ti da će biti zabavno. A sad sledi jedan od mojih omiljenih grčkih specijaliteta, Nik, i veoma će ti se dopasti – rekla je Freja uzimajući traku morske trave iz posude.

– Jedva čekam – odgovorio je.

Freja mu je stavila hladnu, vlažnu, zelenu traku morske biljke u usta i pokušala da zadrži smeh.

– O bože, šta je ovo? Vlažno je i hladno, žilavo i ima slankast, gumasti ukus. Da li stvarno treba ovo da držim u ustima? – upitao je Nikolas, mučeći se da sažvaće zalogaj i videlo se da mu to ne prija.

– Oh, tako si smešan! Tvoj izraz lica! – uzviknula je Freja glasno se smejući, ne mogavši više da se suzdrži.

– Moram li stvarno da pojedem ovo? Šta je to? Odvratno je – rekao je Nikolas.

– Ne moraš da ga progutaš. Slobodno ga ispljuni. Skini povez – rekla je Freja kroz smeh.

– Šta je, dođavola, bilo ovo? Morska trava! Uh, bože! Verovatno je poslednjih godinu dana plutala u vodi zajedno sa izmetom – rekao je Nikolas dok je žurno ispirao usta vodom.

– Kakvo je to klevetanje Egejskog mora? – pitala je Freja.

– Bože, ukus je bio stvarno grozan, ali mi je drago da te je bar nasmejalo. Sad je tvoj red, pa bolje da staviš ovaj povez – rekao je Nikolas, stavio joj pamučnu salvetu preko očiju i vezao je pozadi.

– Nema više morske trave, nažalost. Daj mi prvo fetu, spremna sam – saopštila je Freja oduševljeno.

Nikolas ju je gledao, u željnom iščekivanju i osmehivao se uzbuđeno.

– Reci mi kad da otvorim usta – rekla je Freja.

Nikolas se nagnuo ka njoj.

– Otprilike, sad – prošaputao je.

Prislonio je usne na njene, a Freja se blago trgla od iznenađenja. Usne su mu bile meke i vlažne, i ona je odmah otvorila usta kako joj je on prilazio bliže, ljubeći je strastveno. Freja je posegnula za njim, uhvatila ga pozadi za kosu i privukla ga ka sebi. Poželela je da ovaj trenutak potraje večno.

Kad se Nikolas odmakao, Freja je bila bez daha i još s povezom na očima.

– Molim te reci mi da si to bio ti i kako se nisam upravo obrukala s nekim grčkim seljakom – rekla je Freja.

– Skini povez i poljubiću te opet, kako bi mogla da proveriš – rekao joj je Nikolas.

Freja je svukla pamučnu salvetu s lica i osmehnula mu se. Ovog puta se ona nagnula ka njemu i privukla ga sebi da ga opet poljubi.

Nije bilo fotografa, ekipe, niti pošašavelih bivših momaka – samo Freja i Nikolas, zagrljeni, obasjani krfskim suncem.

– Tako je mirno ovde – primetio je Nikolas nešto kasnije.

Freja je opušteno ležala na travi s glavom u njegovom krilu. On ju je već pola sata nežno milovao po kosi, i odavno se nije osećala tako potpuno smireno. Sunce joj je grejalo telo, a od pokreta Nikolasovih prstiju, kojima ju je nežno češkao po koži glave, slatko joj se prispavalo.

– Mmm, baš je mirno... Lepo je biti daleko od svega – složila se Freja.

– Zato si došla na Krf? Da pobegneš od svega? – upitao ju je Nikolas.

– Da. Malo sam ćudljiva, ako to već nisi shvatio. Odlučila sam da mi je potreban predah i želela sam da vidim Emu, pa sam sela na avion – rekla mu je Freja.

– Ali kod kuće je sve u redu? Posao i sve ostalo ide kako treba? Nemaš nikakvih briga? – pitao ju je Nikolas.

– Ne. Odakle ti sad to? – upitala ga je Freja i iznenada se uspravila. Više nije bila smirena.

– Zbog nečeg što je Rasel sinoć rekao, to je sve. Pitao te je da li si lagala sve ili samo njega? Ako na bilo koji način novčano zavisiš od te budale, samo mi reci – rekao joj je Nikolas.

– Ne zavisim novčano ni od koga – rekla je Freja odlučno.

– Izvini. Rekao sam da neću zabadati nos, zar ne? – odgovorio je Nikolas.

– Jesi i, iskreno, nisam ni u kakvoj nevolji. Da li ti izgledam kao devojka koja upada u nevolje? – upitala ga je Freja uz blago podrugljiv osmeh.

– Mislim da na to pitanje ne moram da odgovorim – rekao je Nikolas.

– Moje brige su stvar prošlosti, časna reč – rekla je Freja.

– Dobro. Pa, kako bi ti se svidelo da u petak pođeš sa mnom u Atinu? Moram da prisustvujem večeri u čast grčkih zvaničnika, kako bismo im zahvalili što su nam omogućili da snimamo ovde. To će privući pažnju medija. Tamo će biti stotine novinara, a to znači da ću, dok se ne budem probio do ulaza, provesti sat-dva potpisujući autograme i fotografišući se sa obožavaocima. Ali s druge strane, služiće se večera od pet jela – mada, verovatno ćemo sedeti negde blizu Džina i Boba. I biće govora, uključujući i moj – objasnio joj je Nikolas.

– A koje su dobre strane? – upitala je Freja.

– Mislio sam da će večera od pet jela biti dovoljna da te pridobijem. Njoj se jedino radujem – priznao je Nikolas.

– Mogu li da nosim povez preko očiju? – upitala je Freja.

– Mislim da bi to izazvalo govorkanja. Mada, osim hrane, postoje i druge prednosti. Letećemo helikopterom i prenoćićemo u penthaus apartmanu u jednom od najboljih hotela u Atini – rekao joj je Nikolas.

– Ostajemo celu noć? – pitala ga je Freja.

– Da – odgovorio je Nikolas, gledajući je.

– Možda će povez ipak naći svoje mesto te večeri – rekla je Freja osmehujući se.

– Znači li to da pristaješ? – upitao ju je Nikolas.

– Da, ako mi obećaš da ćeš držati oštar escajg dalje od mene, u slučaju da Fred i Džindžer krenu sa opaskama na temu *veličine* – odgovorila je Freja, misleći na Boba i Džina.

– Dogovoreno – složio se Nikolas.

– A šta će Marta reći? – pitala ga je Freja.

– Odlepiće, ali hej, volim opasan život – rekao je Nikolas i nagnuo se da je ponovo poljubi.

23.

Bilo je skoro pet po podne kad su Nikolas i Freja stigli u Kasiopi. Vratili su motor u agenciju za iznajmljivanje i pokušali da što neprimetnije prođu kroz selo.

– Mogli bismo da popijemo čaj? Hoćeš li da svratimo do apartmana *Kalipso*? – upitala je Freja dok su hodali držeći se za ruke.

– Da, važi, mogao bih da popijem kafu i... – počeo je Nikolas.

Prekinuo je rečenicu kad mu je zazvonio mobilni.

– Izvini, bolje da se javim – rekao je i prihvatio poziv.

Zaustavili su se, a Freja je istog trenutka osetila da ih ljudi posmatraju. Prolaznici su očigledno usporavali kad bi im se približili, upirali prstom i došaptavali se. Freja je pretpostavljala da tiho raspravljaju o tome šta bi trebalo da urade s obzirom na to da se nalaze u blizini poznate ličnosti.

– Mora li to baš da bude večeras? Ne, znam, pretpostavljam... da, shvatam. U redu... da, u redu, biću spreman, vidimo se – rekao je Nikolas u telefon.

Završio je razgovor.

– Radiš večeras – saopštila je Freja kad se okrenuo ka njoj.

– Da, promena plana, hoće da neke scene snimimo večeras. Žao mi je – rekao je Nikolas.

– Nema veze – odgovorila je Freja.

– Voleo bih da ne moram da snimam. Hteo sam da te izvedem na večeru. Hteo sam da još malo razgovaramo i nadao sam se, još malo ljubimo – rekao joj je Nikolas osmehnuvši se.

– Pa, nemoj to da smetneš sa uma. Možda možemo da odložimo za sutra uveče. Mislim, ti *jesi* ovde da bi snimao, a ne da bi te ometala neka poput mene. A ja ću se već nekako zabaviti. Sigurna sam da me neće ponovo zvati da konobarišem, ali ovde svako veče ima kvizova i takmičenja u karaokama – podsetila ga je Freja.

– Zašto ne bi pošla sa mnom na snimanje? – predložio je Nikolas, držeći je za ruke.

– Oh, nisam baš sigurna. Gde je to? Šta bih radila? Ne planiraš valjda da me uposliš kao potrčka ili tehničko osoblje? Usput, kakva je to tehnika u pitanju? – upitala je Freja.

– Jedina tehnika koju sam imao na umu nije podrazumevala kamere, niti rasvetu. Snimanje je na utvrđenju. Gomila ljudi će trčkarati unaokolo za režiserom, Marta će trčkarati unaokolo za mnom, a biće tu i Bil i Ted – rekao je Nikolas, misleći na Boba i Džina.

– Pokušavaš li da mi ovo predstaviš kao privlačnu situaciju? – pitala ga je Freja.

– Videćeš kako verovatno zaboravljam tekst, sigurno zaboravljam šta treba da uradim, ali kad sve to prođe, možemo da radimo šta god ti hoćeš. Možemo da jedemo, popijemo nešto ili... – počeo je Nikolas.

– Malo grčkog plesa u *Zorbinom baru*? – predložila je Freja.

– Ako to stvarno želiš da radiš, rado ću te gledati – odgovorio je Nikolas osmehnuvši se.

– A ako dođem na snimanje, da li ću morati da gledam kako ti i Barbi razmenjujete nežnosti? – upitala je Freja, misleći na Hilari.

– Ako se dobro sećam, toga nema u sceni na utvrđenju ali odakle sad ta nesigurnost? Mislio sam da sam ti malopre jasno pokazao kakve su mi namere – rekao je Nikolas i obgrlio je oko struka.

– Da, u pravu si. Zašto bih se osećala nesigurno? Mislim, pogledaj Hilari i mene, izgledamo potpuno isto, maltene kao da su nas razdvojili na rođenju, tako vitke i manekenskog izgleda – rekla je Freja zajedljivo.

– Ona provodi više od sat vremena u šminkernici pre nego što počnemo snimanje. Ima tri frizera i videla si šta jede – više hrane su mi spakovali da ponesem kući u braon papirnoj kesi – rekao je Nikolas.

– A i to malo što pojede verovatno završi u klozetskoj šolji – odgovorila je Freja.

– Baš tako. S njom ne bih mogao da se igram pogađanja hrane – dodao je Nikolas.

– Sigurno bi ti brzo dosadilo da stalno probaš zelenu salatu. „Nik, ne mogu da odlučim – da li je ovo ajsberg ili puterica?" – našalila se Freja.

– Znači, hoćeš li doći? – upitao ju je Nikolas.

– Mogu li da proverim može li Ema da pođe? To je nešto što bi se njoj baš dopalo – rekla je Freja.

– Naravno, može da ti pravi društvo i pokrije ti oči kad budemo snimali scenu seksa na vrhu litice – odgovorio je Nikolas.

– I može da mi pomogne da dobacujemo sa strane. Dozvoljeno je dobacivanje, zar ne? – upitala je Freja i osmehnula se.

– Mislim da znaš odgovor na to pitanje – odgovorio je Nikolas kroz osmeh.

Bilo je već skoro pola osam uveče kad su Freja i Ema krenule kroz selo ka stazi koja je vodila do razrušenog utvrđenja. Ema je bila oduševljena kad joj je Freja rekla da ih je Nik pozvao na snimanje, koje je trebalo da počne tačno u sedam. Ipak, zadržala se pošto je posluživala u restoranu i Freja je bukvalno morala da je odvuče odande.

– Hoćeš li prestati da trčiš? Nismo toliko zakasnile i neće nam zabraniti ulaz ako ne stignemo tačno na vreme. Ipak se viđam s glavnom zvezdom ovog filma – doviknula je Freja, pokušavajući da je povuče nazad ne bi li usporila.

– Izvini što kasnimo zbog mene. U restoranu je poslednjih dana velika gužva, svi rade punom parom – rekla je Ema pokušavajući da dođe do daha.

– Ali ne možeš tako da nastaviš, Em, ne u tom osetljivom stanju. To je previše, radiš dan-noć. Moraš da kažeš Janisu – rekla je Freja ozbiljno.

– Znam, znam, ali nikako da nađem pravi trenutak – požalila se Ema.

– Ne postoji pravi trenutak, veruj mi – izjavila je Freja i uzdahnula.

– Onda pretpostavljam da nisi rekla Nikolasu? – pitala je Ema.

– Nisam mogla. Baš sam jadna. Mislim, bio je tako iskren sa mnom, rekao mi je nešto što nikom drugom nije poverio, i mislila sam o tome, ali jednostavno nisam mogla da se nateram – objasnila je Freja i još jednom uzdahnula.

– Oh, Frejo – rekla je Ema tiho.

– Poljubili smo se, Em, i bilo je neverovatno, i nisam htela to da pokvarim. Jednostavno sam znala da bi se to dogodilo ako bih mu rekla, zato nisam – rekla joj je Freja.

– Misliš li da će se vaš odnos razvijati u ozbiljnijem pravcu? – raspitivala se Ema.

– Ne znam. Mislim, tek smo počeli, ali znam da sam opuštena pored njega, znaš, kao da mogu da budem ono što jesam – priznala je Freja.

– Onda mu moraš reći, i mislim da bi mu bilo draže da to čuje od tebe nego od nekog drugog – rekla je Ema.

– Znam, samo je teško. Proteklo je toliko vremena otkako sam to ostavila za sobom. Jedino želim da sve to ostane u prošlosti – odgovorila je Freja.

– Verujem ti da želiš – začuo se iznenada nečiji glas.

Freja se zaprepastila kad je Rasel progovorio pošto uopšte nije primetila da ih neko prati. Obe su stale u mestu i okrenule se ka njemu.

– Nemate ništa protiv da vam se pridružim, zar ne? Izgleda da je utvrđenje večeras glavno mesto dešavanja. Snima se neki film, a selo bruji o tome da ima besplatnih hot-dogova za sve. Znaš da ne mogu odoleti besplatnim ponudama – rekao je Rasel i krenuo pored njih.

– Slušaj, šta radiš ovde? Rekla sam ti da ćemo razgovarati, i hoćemo, ali ne večeras i ne ovde – rekla je Freja.

– Pa, možda mi ponestaje vremena – odgovorio je Rasel.

– Sad me dobro slušaj. Nikad nisam mislila da si dovoljno dobar za Freju, a svojim ponašanjem sad to i potvrđuješ. Da se nisi usudio da je primoravaš na bilo šta – naredila mu je Ema.

– Oh, Ema, onda pretpostavljam da si i ti upoznata s Frejinom obmanom?

– Freja nije nikog obmanula. To što je bila škrta sa istinom prema tebi očigledno je zato što je smatrala da ti ne može verovati, i zar se to nije pokazalo kao ispravna procena? – rekla je Ema, ljutito.

– Promenila si se, Ema. Više nisi tako stidljiva. Verovatno si previše vremena provela sa ovde prisutnom gospođicom Pametnjakovićkom – odgovorio je Rasel.

– Prekini, Rasele. Ovo nema nikakve veze sa Emom. Samo reci – koliko novca hoćeš? – želela je Freja da zna.

– Misliš da hoću pare? Odakle ti takva pomisao?

– Pa, shvatila sam da godinu i nešto dana nisam videla majku, i uverena sam da se u međuvremenu uz pomoć plastične hirurgije duplo podmladila, ali sam prilično sigurna da je jedini razlog zbog kojeg ti je privukla pažnju bio taj što ima račun u švajcarskoj banci. I pošto si je zadovoljavao u krevetu, a ona je poznata po tome da je darežljiva kad nešto želi, takođe pretpostavljam da te je bogato nagradila, verovatno dovoljno kako bi ti omogućila da se ponovo javiš svom kladioničaru – počela je Freja, posmatrajući ga pažljivo.

– Tvoja majka je vrlo susretljiva žena – odgovorio je Rasel.

– Mada joj takođe sve brzo dosadi, i veruj mi, nisi prvi mladić s kojim se spetljala u ovom, a i u prethodnom braku. Znaš, ona ne može da odoli, jednostavno voli da bude okružena lepotom, a sve ima svoju cenu. Kakav je osećaj biti jedan od njenih lepotana Rasele? – raspitivala se Freja.

– Oduševljenje je bilo obostrano i oboje smo dobili ono šta smo hteli – odgovorio je.

– Sve dok nije prešla na sledećeg. Pretpostavljam da se to desilo. Ili si možda jednostavno postao pohlepan, pa je pomislila da je vreme za nekog s manjim novčanim prohtevima? Kako god bilo, ona je to prekinula, zar ne? Što znači da više nema novca za klađenje – nastavila je Freja.

– Naš odnos se nije zasnivao samo na tome što nam se dopada raskoš. Zapravo je zabavna, nesputana i bezbrižna. Zgranuo sam se iz više razloga kad sam saznao da ti je majka. Valjda si povukla na svog matorog – odgovorio je Rasel.

– Kako se usuđuješ! – viknula je Ema istog trena, a glasom nabijenim osećanjima.

– U redu je, Ema. Neka Rasel kaže šta ima. To će biti naš poslednji razgovor. Dakle, koliko ti para treba da bi držao jezik za zubima i da ti kladioničari ne bi pokucali na vrata? – htela je Freja da zna i dalje smirena.

– Hoću dvadeset pet hiljada funti, to je sve. Plati mi to i tvoj identitet će ostati u prošlosti – obavestio ju je hladnokrvno.

– Molim?! Šališ se! – viknula je Ema užasnuto.

– Da li ti zvučim tako? Zar zaista misliš da bih doputovao ovamo da nisam bio primoran na to?

– A ako ti ne dam pare? – upitala ga je Freja.

– Ako mi ne daš novac, onda ću prodati tvoju priču i onome ko najviše plati obelodaniti istinu o tome ko si zapravo. A biće zainteresovanih, veruj mi, pogotovo sad kad se krećeš u krugovima slavnih – rekao je Rasel podsmešljivo.

– Đubre zlobno! – izletelo je Emi, pre nego što je uspela da se zaustavi.

– Shvatiću to kao laskanje. Dakle, Frejo, šta si odlučila? Tiha nagodba? Ili ti, ja, mama i tata na naslovnici časopisa *Helou*?

– Nemam dvadeset pet hiljada funti, znaš to i sâm – uspela je Freja da kaže.

– Ali bar dva muškarca u tvom životu mogu bez problema da ti obezbede toliki novac, a meni je nevažno kako ćeš doći do njega. Pitaj gospodina Kejdena, pitaj tatu, ali ako ne dobijem pare, srušiću ti čitav svet – upozorio ju je Rasel.

Freja je duboko udahnula, a zatim klimnula glavom. Rasel se zadovoljno osmehivao, dok nije progovorila.

– Ne.

– Molim? Da li si rekla *ne*? – pitao ju je Rasel, sve smrknutijeg izraza lica.

– Hoćeš da ti ponovim? Rekla sam ne. Nećeš dobiti ni peni od mene. Ako misliš da ću ti platiti bilo šta nakon što sam izgubila osamnaest meseci svog života s tobom, onda si stvarno budala – obavestila ga je Freja.

Rasel je stisnuo usne, razmišljajući šta sledeće da kaže i uradi. Pored besa i skoro pa prezira koji su mu se ogledali na licu, u očima mu je videla strah i muku. Pretpostavila je da je u ozbiljnim dugovima.

– Pošto si sad čuo šta ti je Freja rekla, zašto se ne bi pokupio i vratio tamo odakle si došao? – naredila mu je Ema hrabro.

Rasel se okrenuo kao da će otići, a onda se, obuzet besom, okrenuo i snažno gurnuo Emu koja je posrnula i pala na zemlju.

– Prokleta budalo! Šta to radiš? – vrisnula je Freja i brzo se sagnula ka Emi koja je sedela na zemlji, zaprepašćena.

– Treba da držiš kučku na lancu – procedio je Rasel ljutito.

– Ona je trudna, zaboga! Idi po pomoć – vrisnula je Freja, prestravljena zbog svoje prijateljice.

Rasel je promenio izraz lica, prebledeo je shvativši šta je uradio i koliko je situacija ozbiljna. Stavio je ruke na glavu i stajao skamenjen kao ledena statua.

– Beba... – rekla je Ema jedva čujno, gledajući uspaničeno u Freju.

– Znam, znam. Da li te nešto boli? – pitala ju je Freja brzo.

– Ne znam. Nisam sigurna, ali mislim da krvarim – izjavila je Ema, a suze su joj se slivale niz lice i teško je disala.

– Ne, ne krvariš. Biće sve u redu. Zaboga, Rasele, idi po pomoć ili se gubi – viknula je Freja i počela da pretura po tašni tražeći mobilni.

Rasel se iznenada prenuo, okrenuo se i potrčao niza stazu ka selu.

Freja je pozvala Nikolasa.

– Halo, da li je Nik tu? Da, znam da snima, ali ovo je hitno. Marta, Freja ovde i moram da pričam s Nikom. Molim vas, zaboga, samo ga pozovite – ma, zaboravite!

Freja je prekinula poziv i nekoliko trenutaka razmišljala šta da radi. Bilo je besmisleno zvati hitnu pomoć, bili su daleko od najbliže zdravstvene ustanove, a najbliža bolnica bila je u gradu Krfu. A njoj je prevoz bio potreban odmah.

– Izgubiću bebu, zar ne? – izjavila je Ema, bleda kao krpa.

– Ne! Ema, ne budi šašava, biće sve u redu. Slušaj, samo ostani tu i ne mrdaj se. Vraćam se odmah – rekla je Freja što je pozitivnije mogla.

Krenula je uzbrdo ka utvrđenju što je brže mogla. Nije želela da ostavi Emu samu, ali morala je nekako da im obezbedi prevoz. Najbliža osoba koja je imala auto bio je Nikolas, i ako je iko mogao da im brzo nađe auto, bio je to on.

Kad je stigla do lokacije na kojoj su snimali, preznojavala se, bila je bez daha i u potpunoj panici.

Oko bezbednosne trake bila je velika gužva i nije videla nikog poznatog. Nije bilo svrhe da ponovo zove Nikolasa i nije znala šta da radi. Morala je nešto da preduzme, ali šta?

Dok joj se želudac sve snažnije grčio od straha, i pretio joj da će povratiti, ugledala je Rodžera, Nikolasovog telohranitelja, na obodu bezbednosne trake. Nikad dotad u životu nije bila srećnija što vidi nekoga, ali ipak je morala da mu privuče pažnju.

– RODŽERE! RODŽERE! – vikala je Freja iz petnih žila i nekontrolisano mahala rukama.

– Skloni se! Ja sam ovde bila prva, ne možeš samo tako da se uguraš, znaš – viknula je žena pored koje je Freja naposletku stala.

– Ma nosi se, ovo je hitno. RODŽERE! RODŽERE! – vrištala je Freja uspaničeno.

Približila je prste ka usnama i zviznula koliko god je mogla glasno. Prodoran zvuk je privukao Rodžerovu pažnju i on je podigao pogled sa onog što je radio i video Freju kako maše i viče.

– RODŽERE, TREBA MI POMOĆ! – vrisnula je Freja.

Bez oklevanja, provukao se ispod bezbednosne trake i požurio kroz gužvu ka njoj, gurajući ljude u stranu dok je prolazio.

– Pomaknite se molim vas, pomaknite se, gospodine, pomaknite se... Frejo, šta se dešava? – upitao je kad je konačno stigao do nje.

– Rodžere, treba mi auto. Hitno je. Moja prijateljica Ema, moramo odmah u bolnicu – brbljala je Freja brzo, postajući sve uznemirenija.

– U redu, gde je ona? Idemo, zvaću Majka – rekao je Rodžer i pošao za Frejom stazom koja je išla nizbrdo od utvrđenja.

– Ona je tu odmah dole – rekla je Freja vodeći ga.

– Zdravo, Majk, vidi možeš li odmah da dovezeš auto do staze na ulazu u utvrđenje, idemo u grad Krf – rekao je Rodžer u mobilni dok je žurio za Frejom.

Ema je sedela na istom mestu, ali su pored nje bile dve prolaznice koje su je umirivale, a Freja je pretpostavila da ih je Rasel pozvao u pomoć.

– Ema, biće sve u redu. Rodžer će nas povesti autom i bićemo u bolnici za tili čas. Majk je neverovatan vozač, niko te ne može brže i sigurnije odvesti tamo – uveravala ju je Freja. Zagrlila ju je i sela pored nje na zemlju.

– Mislim da će biti prekasno – rekla je Ema brišući nos nadlanicom.

– Ne, neće, nemoj to da govoriš. Biće sve u redu. Obećavam ti – rekla je Freja pokušavajući da sakrije strah.

– Nemoj da obećavaš nešto što ne možeš da ispuniš, Frejo – rekla joj je Ema.

– Ne radim to. Biće sve u redu, mora biti... gde je Majk? – upitala je Freja gledajući Rodžera.

– Bio je u luci, brzo će stići... evo ga – saopštio je Rodžer dok im se crni mercedes približavao i naposletku zaustavio pored njih.

– Moramo da svratimo do restorana *Petroholis* – rekla je Freja Majku dok je Rodžer podizao Emu s tla i pažljivo je spuštao na zadnje sedište auta.

– Hoćeš da idemo po Janisa? Ali on ne zna – podsetila ju je Ema.

– Pa, mislim da je vreme da sazna jer ti je sad potreban. Rodžere, možeš li da kažeš Niku šta se dešava? – upitala ga je Freja.

– Naravno – složio se Rodžer.

– Nagazi gas, Majki – naredila je Freja, sela na prednje sedište i spustila pregradu kako bi mogla da pazi na Emu.

– Strah me je. Ne želim da izgubim ovu bebu, bez obzira na to gde je trebalo da bude na mojoj listi – saopštila je Ema.

– Znam – odgovorila je Freja i zagrizla usnu.

Jedan mali život je visio o koncu zbog nje, njenih tajni i njene glupe prošlosti. I odjednom je sve došlo na svoje mesto.

24.

Prošlo je nešto više od sat vremena kad su stigli u bolnicu. Freja je sedela sama u hodniku, zureći u beli zid pred sobom. Janis je bio prebledeo kao taj zid kad je Freja uletela u restoran i rekla mu da Ema mora u bolnicu. Freja nije znala kako je reagovao kad mu je Ema rekla da je trudna. Zatvorila je pregradu u autu i ostavila ih da budu nasamo dok su se vozili do prestonice.

Freja je bila prestravljena zbog Eme i znala da je kriva zbog svega što se desilo. Prokleti Rasel, prokleti roditelji, prokleta, prokleta prošlost. Više je ni za šta nije bilo briga. Sad joj je jedino bilo važno da Emino i Janisovo dete bude dobro.

Kad su se vrata sobe otvorila, Freja je ustala i zadržala dah. Srce joj je divljački lupalo, neprestano se molila u sebi, a iza leđa je toliko snažno stezala palčeve da su je boleli.

Janis je izašao u hodnik i Freja nije mogla da razazna po njegovom izrazu lica kakve su vesti. Srce je htelo da joj iskoči iz grudi i pripalo joj je muka.

– Ona je dobro – počeo je Janis.

– A beba? – pitala je Freja, gutajući knedlu u grlu.

– Beba je takođe dobro. Srce joj normalno kuca i sve je u redu – saopštio je Janis.

– Oh, hvala bogu. Oh, Janise, tako mi je drago – rekla je Freja, skoro van sebe od silnog olakšanja.

Bacila mu se u zagrljaj i čvrsto ga privila uza se. – Bićeš divan otac – rekla mu je Freja iskreno.

– Hvala ti – odgovorio je Janis, sa suzama u očima.

– Mogu li da vidim Emu? – upitala je Freja, brišući suze i pokušavajući da se pribere.

– Da, zadržaće je preko noći kako bi se uverili da je sve u redu, a i ja ću ostati s njom – rekao je Janis.

– U redu, neću dugo, a onda ću vas ostaviti same – rekla je Freja.

Ponovo je obrisala oči i duboko udahnula pre nego što je otvorila vrata Emine sobe i ušla.

Ema je izgledala bledo i iscrpljeno, gotovo se utapala u belinu čaršava na krevetu. U sobi je bio lekar koji je pritiskao dugmiće na uređaju pored kreveta.

– Zdravo – pozdravila je Freja.

– Zdravo – odgovorila je Ema.

– Molim vas, budite kratki. Treba joj odmor – rekao je doktor Freji idući ka vratima.

– Obećavam, samo dva minuta – rekla je Freja.

Doktor je izašao, a Freja je sela na stolicu pored Eminog kreveta.

– Beba je dobro – rekla je Ema.

– Znam, Janis mi je rekao. To su divne vesti – rekla je Freja.

– Održala si obećanje. Izvini ako sam bila grozna prema tebi, bila sam veoma uplašena – rekla je Ema.

– Nisi bila grozna prema meni, iako je bogami trebalo da budeš. Ja sam kriva za sve i nikad sebi ne bih oprostila da se nešto desilo tebi ili bebi – rekla je Freja, držeći prijateljicu za ruku.

– Nije bila tvoja krivica nego onog đubreta, Rasela – rekla je Ema uzdahnuvši.

– Koji je došao ovamo i ponašao se kao đubre zbog mene. Koji mi je pretio zbog moje glupe prošlosti. E pa, to se više nikad neće ponoviti – rekla je Freja ozbiljno.

– Nećeš mu dati taj novac, zar ne? – rekla je Ema.

– Ne, neću mu dati novac. Kao što sam rekla, nemam ga. Ali mu neću dozvoliti ni da me ucenjuje. Ako to ne bude on, biće neko drugi, neki drugi put, i to zbog čega? – pitala je Freja.

– Kako bi i dalje bila Freja – podsetila ju je Ema.

– Uvek ću biti Freja, Em. Uvek sam i bila, iznutra – ostajala je Freja pri svom.

* * *

Kada je izašla iz bolnice, Freja je uključila mobilni telefon. Odmah je pristigla poruka.

Zdravo Frejo, ovde Nik. Rodžer mi je rekao da Emi nije dobro i kako ste otišli u bolnicu. Ako želiš da dođem tamo, samo me pozovi i doći ću. Znam da možda nećeš moći da zoveš, zbog bolničkih pravila, ali pozovi me čim budeš mogla i javi mi da ste ti i Ema dobro.
Važi, ćao.

Freja je uzdahnula. Ovo će biti teško. Pritisnula je oznaku *pozovi* pored Nikolasovog imena i čula kako telefon zvoni.

– Frejo, jesi li dobro? – upitao je Nikolas, javivši se gotovo istog trenutka na telefon.

– Dobro sam, Ema je dobro... i beba je dobro – rekla mu je Freja.

– Beba?! Ona je trudna? Dobro, šta se desilo? – upitao ju je Nikolas.

– Nik, moramo da se vidimo – rekla je Freja ozbiljno.

– Važi, naravno. Neka te Majk doveze u vilu. Jesi li sigurna da si dobro? – pitao ju je Nikolas.

– Jesam, dobro sam... ali moramo da razgovaramo – rekla mu je Freja.

– Zvuči ozbiljno – rekao je Nikolas.

– Videćemo se za otprilike sat vremena – rekla je Freja.

– Naravno, vidimo se – odgovorio je Nikolas.

Freja je prekinula poziv i pogledala u nebo. Navlačili su se oblaci, vazduh je bio svež i izgledalo je kao da će uskoro pasti kiša.

Kada je stigla u vilu *Kamija*, pljusak je već bio počeo. Nije to bila samo slaba kiša ili iznenadni kratkotrajni pljusak, bila je to prava provala oblaka, a na nebu se jasno uočavalo da postoji mogućnost pojave grmljavine.

Ispred vile su bili fotografi i počeli su da škljocaju foto-aparatima kako se auto približavao. Freji je bilo drago što je skrivena iza zatamnjenog stakla, pošto nije želela da je iko vidi, a kamoli svetska štampa. Majk je prošao kolima kroz kapiju vile i zaustavio se ispred ulaznih vrata.

– Majk, hvala ti za sve što si uradio večeras. Žao mi je što sam te ponovo namučila. Obično ne provodim ovoliko vremena po bolnicama – rekla mu je Freja.

– Nema problema. Drago mi je da se sve dobro završilo za tebe i tvoju prijateljicu – odgovorio je Majk.

– I meni. Vidimo se – rekla je Freja, izašla iz automobila i zalupila vrata za sobom.

Požurila je uza stepenice do ulaznih vrata i pokucala. Nikolas je otvorio vrata i pustio je da se skloni sa kiše. Fotografi su škljocnuli nekoliko fotografija s velike udaljenosti, ali pogled su im, srećom, delimično zaklanjali kitnjasti stubovi.

– Hej, potpuno si mokra. Čekaj da ti donesem peškir – rekao je Nikolas kad je Freja ušla.

Zatvorio je vrata i otišao da ga donese.

Ulazni hol je vodio ka dnevnoj sobi i trpezariji otvorenog plana. Podovi su bili mermerni, a zidovi krem boje. U jednom delu se nalazio trpezarijski sto za osam osoba s kožnim stolicama visokih naslona, a u drugom, ugaona garnitura od prevrnute kože, prekrivena jastučićima, a na zidu je bio veliki plazma-televizor.

Freja je sve to zaobišla, jedva i primetivši okruženje. Zaustavila se tek kad je stigla do staklenih vrata koja su vodila na terasu. Odatle se pružao pogled na bazen, džakuzi i, naposletku, na more.

Udahnula je duboko i bila spremna da počne s pričom kad se Nikolas vratio u prostoriju.

– Evo, daj da ti osušim kosu – rekao je prilazeći joj s peškirom.

– Ne, ne treba – bila je uporna Freja i odmakla se od njega.

– Ovo ne zvuči previše dobro. Šta se desilo otkako smo se videli popodne? Tad si bila srećna, stvarno srećna – rekao je Nikolas, ne pomerajući se.

– Moja najbolja prijateljica je skoro izgubila bebu – odgovorila je Freja, već na ivici suza.

– Znam, ali rekla si da je sve u redu – odgovorio je Nikolas.

– I jeste, ali ne bi ni bila u bolnici da nije mene i moje glupe obmane. Rasel nas je presreo na putu ka utvrđenju. Tražio mi je novac kako bi ćutao o mojoj prošlosti. U svakom slučaju, ishod je da je gurnuo Emu i ona je pala. Pokušavala je da me zaštiti, kao i uvek, ali ovoga puta je trebalo da ja zaštitim nju, a nisam – rekla je Freja i počela uznemireno da šeta.

– Pokušao je da te uceni? Da li sam te dobro razumeo? – upitao je Nikolas zapanjeno.

– Da, ali nije me razbesnelo to što mi je tražio dvadeset pet hiljada funti. Nego način na koji je povredio Emu i koliko sam bila blizu da je izgubim, nju koja mi je sve na svetu. Zato sam odlučila da više ne može ovako. Moram da se suočim sa situacijom u kojoj sam, i s tim počinjem večeras. Zato ću ti reći – rekla je Freja, napeto se poigravajući rukama.

– Frejo, zašto ne sedneš? Mogu da nam donesem piće – predložio je Nikolas.

– Ne, molim te. Pusti me da ti sve ispričam pre nego što se predomislim – zamolila ga je Freja, ubrzano dišući.

– Već sam ti rekao, ne moraš ništa da mi kažeš što ne želiš. Poslednje što želim je da ti zbog mene bude neprijatno – podsetio ju je Nikolas.

– Moram to da uradim, Nik. Zbog Eme, zbog sebe – zbog nas – rekla je Freja ozbiljno.

Nikolas je seo na ivicu ugaone garniture i posmatrao je dok je šetkala gore-dole.

– Dobro, pa, odakle da počnem? U redu, ne zovem se Freja Džonson. Mislim, sad se zovem, ali to mi nije pravo ime. Pravo ime mi je Džejn Loson-Pek. Otac mi je Erik Loson-Pek vlasnik preduzeća *Loson-Pek indastriz* – saopštila mu je Freja brzo.

– Milijarder – rekao je Nikolas jednostavno.

– Da, to je on. Preduzetnik, zavodnik, čovek iz naroda – rekla je Freja.

Nikolas je ćutao, dopuštajući joj da nastavi.

– Rođena sam u tom bogatom, raskošnom svetu u kojem je samo trebalo da moj roditelji pljesnu rukama i svi bi ostavljali ono što rade da bi im izašli u susret. Problem je bio u tome što se nisam uklapala u taj svet. Nisam razumela potrebu za trideset šest pari cipela, od kojih trideset četiri nikad nisam obula. Nije me bilo briga što otac ima šest ručno rađenih automobila. I nisam razumela zašto majka nije želela da provodi vreme sa mnom. Detinjstvo sam provela bežeći od dadilja, koje su se smenjivale svakog meseca. Iskrala bih se kroz prozor sobe, spustila niz drvo, provukla se kroz rupu u živoj ogradi koju sam napravila i sastajala se sa Emom da idemo u bioskop ili kuglanu, da radim što i ostali obični ljudi. Moj najbliži prijatelj u toj kući bio je batler Džozef. Sve što sam ja želela bili su majka i otac koji me vole, ali njih su jedino zanimali trošenje i kupovina i *Prada* i *Versače* – nastavila je Freja.

– Frejo, ja... – počeo je Nikolas, ustajući.

– Ne, molim te, nemoj sad da me prekidaš. Hoću sve da ti ispričam. Dokle sam stigla? – upitala ga je.

– Iskradala si se iz kuće i viđala sa Emom – podsetio ju je Nikolas.

– Da, išle smo na kuglanje. Pa, kad sam imala šesnaest godina, upoznala sam dečka u kuglani. Zvao se Džonatan i mislila sam da je najzgodniji momak kojeg sam dotad videla. Naravno, pošto sam bila malo krupnija i opterećena svojim izgledom, mislila sam da neće biti zainteresovan za mene. Da li ti to zvuči poznato? Uglavnom, jednog dana smo se obreli u redu za cipele za kuglanje, pričali smo i smejali se, a sledeći put sam na kuglanje otišla s njim, na naš prvi sastanak. I tad sam koristila lažno ime, ali kako je naša veza postajala sve ozbiljnija i kad sam shvatila da ga volim, rekla sam mu istinu o svom poreklu. A kad je saznao, rekao je da me voli, da ga nije briga ko su mi roditelji i zaprosio me je. Pristala sam i odlučila da ga odvedem da upozna moje roditelje. Nisam to želela, ali on je govorio da će biti sve u redu, i verovala sam mu, a verovala sam i u nas. I mada zvuči neverovatno, ponašali su se prema njemu sasvim normalno! Jeli smo dostavljenu kinesku hranu na običnim tanjirima, ne na onim od finog porcelana, pitali su ga za njegov fudbalski tim i fakultet, ne u onom stilu „čime planiraš da se jednog dana baviš, mladiću?", nego kao da ih je zaista zanimalo. Pomislila sam da je konačno nešto od onog što sam im godinama govorila o tome kako se ophode prema ljudima doprlo do njih. Ha! Kakva sam budala bila! Na tren sam pomislila da će mi se život promeniti i kako ćemo Džonatan i ja voditi savršen, uobičajen i srećan život. Trebalo je da pretpostavim. Već sledećeg dana, otac je otišao na Džonatanov fakultet, dao mu trideset hiljada funti i rekao da napusti grad i da nikad više ne kontaktira sa mnom – nastavila je Freja.

Disanje joj se ubrzalo, stezalo ju je u grudima, a iz očiju su joj se slivale suze dok je nastavljala da šetka po sobi.

– Bio je to poslednji put da sam ikome rekla pravo ime – rekla je Freja i zastala da udahne.

– Bože... – kazao je Nikolas.

– Da, kakva priča, zar ne? Pa, ima još malo. Najbolje sam sačuvala za kraj. Nakon što je Džonatan otišao, mislila sam da je gotovo sa mnom. Bila sam zatvorena u toj tvrđavi od kuće, s trideset šest pari cipela, gubila razum, s roditeljima kojima nije bilo stalo do toga ni da li sam živa dokle god se lepo ponašam na večerama za goste. I tako, jednom prilikom, dok su oni bili na nekoj svečanoj večeri ili nečemu sličnom, ostala sam sama kod kuće, okružena šljaštećim kičem: lusterima, tepisima od ovčije kože, antikvitetima, slikama iz osamnaestog veka i jednostavno sam se slomila. Slomila sam se pošto sam shvatila da im sve te stvari koje su me okruživale znače više nego ja. I to je stvarno zabolelo. Pa, šta sam uradila? Otišla sam u garažu, uzela benzin namenjen za vozni park traktor-kosilica za travu i polila kuću. Počela sam od majčinog ugradnog garderobera i završila s groznim tepihom od tigrove kože u dnevnoj sobi. Izašla sam na ulazna vrata, zapalila jedan od njenih odvratnih krznenih ogrtača, ubacila ga unutra i gledala kako kuća gori – ispričala je Freja.

Videlo se da drhti dok se u mislima vraćala u tu noć. Sad joj je bilo hladno i stezalo ju je u grudima dok se prisećala bola koji je tad osećala.

– Roditelji su se vratili s večere i zatekli pola komšiluka i tri vatrogasna vozila ispred kuće u dimu, a majka je izašla iz kola, s još jednim krznenim ogrtačem oko vrata i rekla: „O bože, Erik, nisam vratila dijamante u sef.“ Ja sam sedela s vatrogascima, umotana u ćebe, a ona je brinula o prokletim dijamantima – rekla je Freja i obrisala oči.

– Frejo, dođi i sedi – preklinjao ju je Nikolas.

– Ne, moram da završim sa ovim. Uglavnom, vatrogasci su naravno otkrili da je požar bio podmetnut, i otac je bio van sebe od besa, prvo je krivio poslugu, a onda pokušavao da se priseti ko bi mogao da ima nešto protiv njega, što je, naravno, bio slučaj s većinom ljudi s kojima je poslovao. I onda sam mu kazala da sam to bila ja. Rekla sam mu da sam zapalila sve što mu je bilo dragoceno kako bih mu pokazala da te stvari ništa ne znače, kako može da ode i sve ponovo kupi, ali da sam ja dragocena i kako me je povredio kad je oterao Džonatana. Mislim, koji sedamnaestogodišnjak bi odbio trideset hiljada funti kad shvati da devojčini roditelji nikad neće prihvatiti njihovu vezu? Nije imao izbora. Rekla sam ocu kako ne može tako da se ophodi prema ljudima, a ni prema rođenoj ćerki – ispričala je Freja.

– Šta je rekao? – upitao je Nikolas.

– Nije mnogo govorio, njegovi postupci su govorili umesto njega. Pretukao me je, što sam i očekivala da će uraditi, a onda je podneo tužbu protiv mene zbog podmetanja požara. Učinio je to da me zastraši, jer je nedelju dana pre suđenja rekao da će tužbu povući ako pristanem da odem u neki prestižni koledž i da se više ne viđam sa Emom. Odbila sam. Mislim, Ema mi je bila sve na svetu, i dalje je, i nisam mogla da je izgubim. Tako da sam otišla na sud, priznala krivicu i dobila godinu dana zatvora – saopštila je Freja, obgrlivši se dok je šetala.

– Bože, Freja, bila si u zatvoru! – uzviknuo je Nikolas užasnuto.

– Da, odslužila sam devet meseci. Majka me je posetila tri puta dok sam bila tamo. Ona i otac su se razveli dok sam bila u zatvoru. Nisam ga videla od tog dana na suđenju, a sad sam saznala da se majka ljubakala s Raselom, tako da je nestalo i ono malo povezanosti koju smo imale. Dok sam služila kaznu Ema me je posećivala vikendima kad je mogla da dođe. Bila mi je oslonac, i zato mi toliko znači – rekla je Freja i teško uzdahnula.

– Znači, promenila si ime kad si izašla – pretpostavio je Nikolas.

– Da, postala sam Freja Džonson. Izabrala sam ime Freja zbog devojke iz škole koja je bila veoma lepa, veoma mršava i popularna, a Džonson po prezimenu batlera Džozefa. Mislila sam da je prikladno. Posle toga sam otišla na koledž, postala fotograf i dobila posao u jednim malim novinama, gde sam stekla iskustvo neophodno da se odvažim da podignem kredit i započnem sopstveni posao. Mada, to baš i nije bilo tako jednostavno s krivičnim dosijeom – rekla je Freja.

– Mogu da zamislim – odgovorio je Nikolas.

– Eto, sad znaš ko sam bila, šta sam uradila i zašto sam ovakva kakva jesam. Krupna sam, glasna, ne ostavljam nikog ravnodušnim, bežim kad postane previše teško i čitavu večnost čuvam ovu tajnu u sebi – završila je Freja.

Osmehnula se i iznenada se pokrenula, požurivši pored Nikolasa ka ulaznim vratima vile.

– Kuda ćeš? – upitao ju je Nikolas, krenuvši za njom.

– Vraćam se u apartman da spakujem stvari. Sutra ću otputovati. Previše sam toga pokvarila ovde na ovaj ili onaj način. Trebalo je zauvek da ostanem nepoznata, a to više nije moguće – rekla je Freja otvarajući vrata.

– Freja, ne budi šašava. Nije važno, vrati se unutra, moramo da razgovaramo – rekao je Nikolas, prateći je niza stepenice.

– Rekla sam sve što sam imala, grlo mi je suvo i nemam više šta da kažem – rekla je Freja, a kiša joj je natapala tanku majicu dok je išla ka kapiji.

– Pa, ja još nisam rekao ono što želim – rekao je Nikolas i zgrabio je za mišicu, povukavši je snažno nazad k sebi.

– Žao mi je ako sam te obmanula. Mislim da bi ti možda bio jedina osoba kojoj bih se poverila čak i da nisam prinuđena na to. Ne znam kad bih skupila hrabrost da ti kažem, ali mislim da bih, *nadam* se da bih – rekla mu je Freja.

Kiša je nemilosrdno padala, zbog čega verovatno više nije ni bilo fotografa. Bez jakni, oboje su bili potpuno mokri od kiše, ali nisu to primećivali.

– Hoćeš da prestaneš s tim? Ne ideš nikuda. Čuo sam šta si rekla i dovoljno sam odrastao da mogu sâm da stvorim mišljenje o ljudima na osnovu onoga kakvi su sad, ovde i u ovom trenutku, pošto je to jedino bitno. Koliko puta sam ti to rekao otkad smo se upoznali? Bože, Frejo, svi imamo prošlost. Znaš neke delove onoga što sam proživeo, ali ne sve. I ja sam radio gluposti koje bih rado zaboravio. Naravno, nikad nisam zapalio porodičnu kuću, ali možda bih, da me je neko dovoljno izazvao – rekao je Nikolas.

– Ovo nije šala, znaš – uzvratila je Freja.

– Znam da nije, i ne mogu ni da zamislim kako ti je bilo da toliko dugo sve to držiš u sebi. Ali da li si stvarno mislila da će to promeniti moje mišljenje o tebi? – upitao ju je Nikolas, držeći je za ruke tako da je morala da gleda u njega.

– Ne znam. Nisam razmišljala. Znam samo kako bi moglo da promeni okolnosti u kojima se nalazim. Prošlo je jedanaest godina, i iako pokušavam da se pravim da sam sve to ostavila za sobom, ne prođe ni dan a da ne pomislim na to. I plaši me da će nestati sve ono što sam kao Freja izgradila za sebe, i da će oni koji me poznaju pod tim imenom početi da me gledaju drugačije jer sam ih lagala – pošto nisam ona koja su mislili da jesam – rekla je Freja, jedva izgovarajući reči zbog knedle u grlu.

– Slušaj me, Frejo. Kad sam te upoznao, bilo je to kao da mi je neki vihor uleteo u život. Dosad nisam upoznao nikog poput tebe. Imaš neverovatan duh, opčinjavaš svakog na koga naiđeš. Briga me da li si Freja, Džejn, Pegi Su ili čak vanbračna ćerka Bila Klintona. Ti si ti, i svi će to shvatiti. I ti si ta, Frejo, koju poznajem samo nekoliko dana, a u koju već počinjem da se zaljubljujem – saopštio joj je Nikolas.

Freja ga je gledala, bez reči. Oboje su za samo nekoliko minuta bili mokri do gole kože, a kišne kapi i suze su joj zamaglile vid.

– Reci nešto – preklinjao ju je Nikolas i duboko disao dok ju je gledao.

– Nisam vanbračna ćerka Bila Klintona – izletelo je Freji pre nego što je uspela da se zaustavi.

– Pa hvala bogu na tome, jer moram da ti kažem, iako sam rekao da bi i to bilo u redu, negde ipak moram da postavim granicu – odgovorio je Nikolas osmehujući se.

– Plašim se – priznala je Freja drhteći zbog vlažne odeće.

– Hajde, dođi – tu sam, sve će biti u redu – rekao je Nikolas i privukao je u zagrljaj.

Čvrsto ju je privio uza se dok je kiša nastavila da pada po njima. Zatvorila je oči i osetila da je miluje po mokroj kosi, a ona se pribila uz njega, prvi put u životu se osećajući zaista zaštićenom.

25.

Freju je probudilo sunce. Kad je napokon otvorila oči, videla je da svetlost prodire kroz kapke na kraju sobe. Odmah se pridigla i osvrnula oko sebe. Nije prepoznala sobu, ali je nesumnjivo bila bolja od njene u apartmanima *Kalipso*.

Videla je svoju odeću, koja je i dalje delovala mokro, kako visi na vratima ormara i tad se setila gde je. Prenoćila je u vili *Kamija*.

Nakon što su pokisli razgovarajući tokom žestoke oluje, Nikolas i ona su se vratili u vilu i razgovarali. Nije bilo mnogo opuštajućih trenutaka dok mu je detaljno objašnjavala svoj odnos s roditeljima, a Nikolas njoj pričao koliko mu je bilo teško da se nosi s gubitkom roditelja i da odgaja brata.

Pili su brendi i koka-kolu, posmatrali munje s verande, a onda – šta se onda desilo? Freja je pokušavala da se seti i stavila je ruke na glavu. Nije se sećala ovog kreveta, ništa joj tu nije bilo poznato.

Podigla je jorgan i shvatila da nosi tamnoplavu košulju dugih rukava, za koju je pretpostavila da je Nikolasova. Ali kako ju je obukla? Da li je sama skinula odeću ili joj je on pomogao?

Kad je sišla niza stepenice, i dalje u košulji u kojoj se probudila, Nikolas je bio u dnevnoj sobi. Nosio je lanene pantalone i belu košulju. Sedeo je na ugaonoj garnituri i nešto pisao u blokčić. Podigao je pogled i kad ju je video prestao da piše.

– Hej, ustala si. Dođi, sedi. Hoćeš kafu?

– Zapravo, više volim čaj, običan, ništa fensi – rekla je Freja dok je prelazila prostoriju da mu se pridruži.

– Prava si Engleskinja – rekao je Nikolas i nežno je poljubio.

– Šta pišeš? – pitala je Freja sedajući pored njega.

– Govor za prijem u petak – odgovorio je Nikolas.

– Znači, nemaš nekog da to uradi umesto tebe? – upitala je Freja.

– Imam, ali odlučio sam da ovoga puta bude drugačije – rekao je Nikolas.

– Nadam se da u tekstu nema ničeg spornog, pošto ti ga Marta neće odobriti – rekla je Freja.

– Zato će dobiti da pogleda verziju bez spornih delova, a ova ostaje kod mene – odgovorio je uz osmeh.

Nikolas je skuvao čaj i seli su napolje na terasu da ga popiju. Jutro je bilo predivno. Oluja od prethodne noći i kiša osvežili su vazduh i smanjili vlažnost. Međutim, ipak je to bio Krf u junu i sunce je već sijalo na vedrom nebu, nagoveštavajući topao dan.

– Mislim da sam sinoć previše popila – priznala je Freja i popila gutljaj čaja.

– Da, i ja sam. Grlo mi je suvo – složio se Nikolas.

– Ne sećam se odlaska u krevet – rekla je Freja napeto.

– Oh – odgovorio je Nikolas s dozom razočaranja u glasu.

– O bože, nismo valjda to uradili, zar ne? Ne sećam se, bože baš grozno, ja... – počela je Freja, veoma zbunjena.

– Hej, šalim se, ništa se nije desilo. Dao sam ti svoju košulju jer ti je odeća bila mokra, presvukla si se i zaspala na kauču. Odneo sam te u gostinsku sobu, i to je sve – rekao joj je Nikolas.

– Nosio si me? Nosio si me uza stepenice, a pio si! Bože, jesi li dobro? – pitala ga je Freja.

– Sve je odlično prošlo. Ja treniram, sećaš se, i samo sam te dva puta ispustio – našalio se Nikolas.

– Pa, žao mi je što sam tako iznenada zaspala. Bila je teška noć i stvarno sam bila iscrpljena – rekla je Freja i uzdahnula.

– Znam, sve u svemu bilo je to zaista nezaboravno veče. Inače, snimanje nije baš dobro prošlo, pa smo sad u još većem zaostatku. Trebalo bih da budem iznerviran zbog toga, ali nisam pošto to znači da ćemo duže ostati na Krfu – rekao je Nikolas.

– Koliko duže? – raspitivala se Freja.

– Dve nedelje – možda i više. A ti? – upitao je on.

– Ne znam. Razgovarala sam s pomoćnikom juče ujutru pre nego što smo izašli. Izgleda da sve drži pod kontrolom, mada je rekao da se znatno povećao broj rezervisanih termina otkako je moja fotografija objavljena u tabloidima – odgovorila je Freja.

– Ko kaže da postoji loša reklama – rekao je Nikolas.

– Da, pa, sačekaj da Rasel rastrubi svima ko sam zaista i kako sam bila u zatvoru. Ne mislim da će ta vest doneti išta dobro tvom filmu – izjavila je Freja i uzdahnula.

– Od Rasela niko neće ništa čuti – rekao je Nikolas i otpio gutljaj čaja.

– Kako to misliš? – upitala ga je.

– Zar zaista misliš da ću mu dozvoliti da se izvuče s tim da ti preti? – pitao ju je Nikolas ozbiljno.

– Nik, nisu ovo *Sopranovi*, ne moraš da angažuješ nekog da ga ukloni. Pričamo o Raselu, ne o nekom mafijašu – podsetila ga je Freja.

– Pokušao je da te uceni i povredio je Emu, koja zbog toga zamalo da izgubi bebu. Hoćeš li da mu progledam kroz prste za to? – upitao je Nikolas.

– To nije tvoja odluka nego moja, i ja ću se pozabaviti time – rekla je Freja.

– Hteo sam da mu dam novac – rekao je Nikolas jednostavno.

– Molim?! – uzviknula je Freja užasnuto.

– Pa, šta je dvadeset pet hiljada funti ako ćemo ga tako ućutkati i ostaviće nas na miru? – izjavio je Nikolas.

Freja ga je samo zapanjeno gledala. Spustila je šolju na sto i ustala.

– Zar nisi čuo ni reč od onoga što sam ti rekla sinoć? Platiti nekom da nestane, to je upravo ono što su uradili moji roditelji – rekla je i okrenula mu leđa, krenuvši nazad ka vili.

– Frejo, čekaj – viknuo je Nikolas, brzo ustao i pošao za njom.

– Ne mogu da verujem da si rekao da ćeš mu platiti, kao da će time sve nestati. Zar ne razumeš? Sad kad Rasel zna, to više nikad neće nestati, zato što je sve izašlo na videlo i situacija će se samo pogoršavati – viknula je Freja, a suze su joj navrle na oči.

– Frejo, izvini. Nisam to tako mislio kao što je zvučalo. Znaš da mi novac nije važan – rekao je Nikolas pokušavajući da se odbrani.

– Velika je razlika između toga da ti nije važan i kako ti ne znači ništa. Ne možeš reći da ti nije stalo do novca, a onda ga koristiti da dobiješ ono što hoćeš – rekla mu je Freja dok se pela uza stepenice ka gostinskoj sobi.

– Ne, u pravu si – složio se Nikolas, prateći je.

– Vraćam se u svoj apartman – rekla je skidajući odeću s vrata ormara.

– Ne idi ovako. Izvini, bila je to glupa zamisao. Možda bi stvarno bio bolji plan da smaknemo Rasela – rekao je Nikolas, posmatrajući je dok je proveravala da li joj je odeća dovoljno suva za nošenje.

– Možda – složila se Freja, zastala usred onog što je radila i pogledala ga.

– Ne želim da se svađamo, i u pravu si za novac. Ne mogu da promenim činjenicu da ga imam, ali možda mogu da počnem da ga koristim na drugačiji način – rekao je Nikolas.

– Da imam dvadeset pet hiljada funti za bacanje, dala bih ih Emi da plati venčanje. Nakon svega što je tokom godina učinila za mene, zaslužuje svoj savršen dan – rekla je Freja i uzdahnula.

– Pa, možda mogu da pomognem u vezi s tim – predložio je Nikolas.

– Ne želim milostinju od tebe – odgovorila je Freja.

– Nisam ti je ni nudio. Mislio sam da me fotografišeš i onda bismo mogli da se dogovorimo oko tvog honorara – rekao je Nikolas.

– Zašto bi hteo da te ja fotografišem? Imaš ljude koji to stalno rade – podsetila ga je.

– Ne takve fotografije. Hoću da napraviš one koje niko dosad nije video, prave fotografije... lične – rekao joj je Nikolas.

– Hoćeš da mi platiš za izazovne fotografije na kojima si kao od majke rođen? – rekla je Freja.

– Kao što bih platio bilo kome drugom. Osim, naravno, što u tom slučaju ne bih skinuo sve sa sebe – odgovorio je Nikolas.

– A šta ako nisam fotograf tog tipa? – pitala ga je Freja.

– Mnogo bi mi značilo ako bi to uradila, a na taj način bi platila Emino venčanje. Tako se ja ne bih hvalio svojim novcem, nego bi ga ti zaradila – rekao je Nikolas.

– Dvadeset pet hiljada funti je previše – rekla je Freja.

– Onda ti reci cenu.

– Petnaest, i to povećavam cenu samo zato što se inače ne bavim tom vrstom fotografije i jer je to za Emu – složila se Freja.

– Znači, dogovorili smo se? Šta kažeš da to uradimo danas popodne? – predložio je Nikolas.

– Važi – odgovorila je Freja.

Nastala je neprijatna tišina.

– Znam koliko ti je važno da se držiš podalje od života kakav si imala s roditeljima, ali ne možeš i dalje misliti da su svi imućni ljudi poput njih. Mislio sam da platim Raselu samo da bih te zaštitio, i možda to jeste pogrešno u tvojim očima, ali uradio sam to iz najbolje namere. Povredio te je, Frejo, i hoće da objavi lične pojedinosti iz tvog života. Mislim da bih bio lud kad me to ne bi ljutilo – rekao je Nikolas iskreno.

– Ne, znam, preterala sam, izvini. Samo, sinoć sam opet prošla kroza sve to – i još boli. A ispričala sam ti pošto ti verujem više nego ijednom muškarcu dosad, što je potpuno suludo jer se poznajemo jedva nedelju dana – priznala je Freja.

– Nisam kao tvoj otac, Freja. Neću te terati da se uklopiš u moj svet – rekao je Nikolas.

– Mislim da ne mogu da se uklopim u tvoj svet – rekla je pomalo tužno.

– Pa, to je u redu, poštujem to. Ali možda mogu da ga udenem negde u naš svet – predložio je Nikolas.

– Naš svet – potvrdila je Freja.

– Da, vidiš, ja nisam tip za letnje romanse – odgovorio je Nikolas i osmehnuo se.

– Nisi? – upitala je Freja uzvrativši osmeh.

– Ne – rekao je Nikolas, uhvatio je za ruku, privukao ka sebi i poljubio je.

26.

Nikolas je ostatak dana bio na snimanju na planini Pantokrator, pa se Freja vratila u apartmane *Kalipso* da se istušira i presvuče u čistu odeću. Trebalo je da se oseća oslobođeno i rasterećeno, pošto je Nikolasu ispričala sve ono što nije rekla nikome dosad, ali je imala osećaj kao da samo čeka da sve izbije na videlo. Nije više bilo pitanje „da li će", nego „kad će".

Pokušala je da pozove Emu da čuje kako je, ali telefon joj je bio isključen. Freja je na osnovu toga pretpostavila da je i dalje u bolnici. Odlučila je da kasnije ode na ručak u restoran *Petroholis* i sazna ima li nekih novosti.

Nakon tuširanja pozvala je Rasela. Razgovor je bio kratak, zamolila ga je da se nađu u *Baru C*, i sad je bila tu. Bilo je jedanaest sati i čekala ga je da stigne.

Ispred Freje, na stolu je ležala obična bela koverta bez ikakvog ispisa. Uzela ju je i jednim njenim ćoškom kuckala po stolu, u mislima prebirajući po njenom sadržaju.

Videla je Rasela kad je stigao do ulaza u bar. Izgledao je užasno. Kosa mu je bila rašćupana i imao je podočnjake. Videvši ga takvog, Freja se gotovo sažalila na njega. Očigledno je kladioničaru dugovao ozbiljan novac. Bio je u dugovima i ranije, na početku njihove veze, ali tad je bio osvojio značajan dobitak koji je pokrio sve dugove, i zakleo se da se više neće kockati. Freja mu je tad poverovala, ali jednom kockar – uvek kockar. Očigledno mu je to postala opsesija, ili je bilo nekontrolisana zavisnost.

Rasel joj je uhvatio pogled i krenuo ka stolu.

– Uzela sam ti pivo – izjavila je Freja, pokazujući bocu na stolu.

– Hvala. Slušaj, u vezi s jučerašnjim... Jel' Ema dobro? – pitao je Rasel tiho.

– Jeste, i beba je dobro, ne zahvaljujući tebi. Šta se desilo s tobom, Rasele? Pritiskaš druge kako bi dobio ono što želiš? Moliš za novac? – pitala ga je Freja.

– Radim to iz nužde – odgovorio je Rasel, seo i odmah otpio gutljaj piva.

– Dakle, *jesi* u dugovima? Kladioničar ili zelenaš? Zašto, pobogu, nisam znala za to? Koliko dugo to traje? Zašto nisi razgovarao sa mnom o tome, umesto što si spavao s mojom majkom kako bi nastavio sa otplatama? – ispitivala ga je Freja.

– Obećao sam ti da se neću više kockati. Kako sam mogao da ti kažem? – odgovorio je Rasel.

– To je baš bezveze, Rasele. Jel' naša veza bila zaista toliko loša da mi nisi mogao reći da si u problemu? – želela je Freja da zna.

– Ima li smisla da sad pričamo o tome? – odgovorio je Rasel, nevoljan da odgovori na pitanje.

– Verovatno nema – složila se Freja.

– Ta koverta je za mene? – upitao ju je Rasel.

– Jeste, izvoli – rekla je Freja i gurnula je preko stola ka njemu.

– Ko je potpisao ček? Kejden ili tata? – raspitivao se Rasel dok je nestrpljivo cepao kovertu.

Izvukao je svežanj papira formata A4 i vizitkartu.

– Šta je ovo? Nekakva šala? Mislio sam da si rekla da imaš novac – upitao je Rasel vadeći papire.

– Ne. Rekla sam da imam ono što želiš, i eto ga. To je moj život. U tim beleškama su sve pojedinosti iz mog života dok sam bila Džejn Loson-Pek. Čak ni moja voljena majka ne bi mogla sve to da ti ispriča – objasnila mu je Freja.

– A vizitkarta?

– Sandra Maknil iz časopisa *Šuting stars* mogla bi pristojno da ti plati za intervju i podatke. Ili ih slobodno prodaj onome ko ponudi najviše. Samo se postaraj da koga god da odabereš, objavi samo istinite činjenice. Ako pročitam bilo šta netačno, kao na primer da si bio neverovatan u krevetu, budi uveren da ću te tužiti – rekla je Freja.

– Znači, rekla si svom dragom – pitao ju je Rasel i otpio još jedan gutljaj piva.

– Jesam – odgovorila je Freja.

– Ali nikad nisi našla pravi trenutak da meni ispričaš – rekao je Rasel.

– Ima li smisla da sad pričamo o tome? – uzvratila je Freja.

– Možda nismo imalo dovoljno poverenja jedno u drugo – rekao je Rasel.

– Očigledno nismo – odgovorila je Freja.

– Usput, tvoja majka nema pojma ko sam. Ne zna za nas – rekao joj je Rasel.

– Šteta. Napokon bismo imale neku zajedničku temu, posle svih ovih godina – rekla je Freja.

– Stvarno sam te voleo – rekao je Rasel iskreno.

– Ne, nisi. Mislio si da sam krupna i obična. Čula sam te u restoranu za moj rođendan. Pričao si o tome s konobarom koji se zove Majlo – obavestila ga je Freja.

– Molim? – upitao je Rasel.

– Čula sam te kako me opisuješ. Stajala sam iza tebe, Rasele. Čula sam šta si rekao i videla tvoju gestikulaciju – rekla je Freja.

Rasel je ćutao.

– Pa, dobio si šta si hteo – rekla je Freja pokazujući na kovertu.

– Da, izgleda da jesam – složio se Rasel i ustao.

– Onda smo završili – rekla je Freja naposletku.

– Vraćam se kući prvim avionom – rekao je Rasel i klimnuo glavom.

– Uzmi šta god želiš iz stana i ključeve ostavi kod Sajmona u studiju – rekla je Freja, ne mogavši da ga pogleda u oči.

– Vidimo se – rekao je Rasel, stavio kovertu u zadnji džep farmerki i krenuo ka izlazu iz bara.

Freja ga je gledala kako odlazi i bila je malčice tužna. Kako godinu i po dana života s nekim može da se svede na tako malo?

S mesta na kojem je sedela, gledala je pravo na restoran *Petroholis* i primetila je da se taksi zaustavlja ispred njega i iz auta izlaze Ema i Janis. Freja je naiskap popila ostatak pića, brzo izašla iz bara i krenula ulicom ka njima.

– EMA! – povikala je Freja i ubrzala korak.

Ema i Janis su stali ispred restorana i sačekali je da im se pridruži.

– Oh, samo da povratim dah. Kako si? – pitala je Freja duboko udišući vazduh.

– Dobro sam, samo malo ugruvana – odgovorila je Ema.

– A beba? – upitala je Freja.

– Sve je u najboljem redu i izgleda kako treba. Videli smo otkucaje srca na monitoru i bilo je neverovatno – rekla je Ema, gledajući Janisa.

– Oh, moj dečko i Ema! Postaću baka! Dođite ovamo, dođite ovamo! – vrisnula je gospođa Petroholis izlazeći iz restorana da ih pozdravi.

Zagrlila je Emu toliko snažno i srdačno da joj je skoro izbila vazduh iz pluća, a zatim ju je pustila, pa usmerila pažnju na sina. I njega je zagrlila na isti način i porazgovarali su na grčkom. A onda su oboje nestali u restoranu, ostavljajući Freju i Emu nasamo.

– Opet kažem, žao mi je zbog Rasela i onog što je uradio. To je sve bila moja krivica i... – počela je Freja, i dalje osećajući da se nije dovoljno iskupila za skorašnja dešavanja.

– Prekini, Frejo. Nisi ti odgovorna za Rasela. Mada, mislim da će Janis želeti da porazgovara s njim – rekla je Ema.

– Rasel je otišao i neće se vraćati – saopštila je Freja.

– I otišao je bez borbe? Posle svih onih pretnji od sinoć? – rekla je Ema iznenađeno.

– Pa, da, na neki način – rekla je Freja, suzdržavajući se da kaže prijateljici kako mu je svoju životnu priču servirala na tanjiru.

– A Nik? – raspitivala se Ema.

– Rekla sam mu. Sve – kazala je Freja, duboko uzdahnula i onda se osmehnula.

– O, Frejo. Kako se sad osećaš? – pitala je Ema.

– Čudno. S jedne strane mi je laknulo, a sa druge sam prestravljena – odgovorila je Freja.

– A šta je on rekao? – zanimalo je Emu.

– Kazao je da hoće da vidi moje zatvorske tetovaže – našalila se Freja.

– Prestani! Ozbiljno te pitam – kazala joj je Ema.

– Rekao je da se zaljubljuje u mene – izgovorila je Freja.

– O, bože! Oh, Frejo! Skakala bih od sreće, ali bi Janis verovatno dobio nervni slom. Dakle, šta ti osećaš prema njemu? – rekla je Ema radoznalo.

– Pa, volim da provodim vreme s njim i sad zna sve o meni. Ne znam, ovako nešto mi se inače ne dešava. Malo me je strah da ga previše zavolim, u slučaju da sve upropastim. Mislim, pogledaj njega, Ema, i pogledaj mene. Holivudski glumac i žena koja kupuje odeću u prodavnici za punije dame – rekla je Freja raširivši ruke.

– Neću to ponovo da slušam, Frejo. Ti si neverovatna i očigledno se sviđaš Niku. Izgled je, na kraju krajeva, nebitan – kazala je Ema.

– Čime sam zaslužila da imam prijateljicu poput tebe? – pitala je Freja.

– Sigurno si mnogo patila u prošlom životu – rekla joj je Ema.

– Da, verovatno jesam – složila se Freja.

– Devojke! Devojke! Dođite, dođite na šampanjac da proslavimo moje unuče! Ema, ti imaš kiselu vodu. Dođite, sedite! Dođite! Dođite! – zvala ih je gospođa Petroholis, mahnuvši im obema da priđu.

– Neće me ostaviti na miru narednih sedam meseci – rekla je Ema tiho dok su išle ka restoranu.

– Moglo je da bude i gore. Možda te pusti da manje radiš u restoranu – napomenula je Freja.

– Ah, sumnjam. Janis mi je već rekao da zamalo što ga nije rodila dok je pravila musaku i kako ga je nosila na leđima u kuhinji dok nije prohodao. A onda je, u suštini, posle toga počeo da radi kao konobar – saopštila joj je Ema.

– Onda najbolje počni da čitaš jelovnik bebi u stomaku, da je već sad treniraš – predložila joj je Freja.

– Čitaću joj na grčkom i na engleskom, kako bih bila sigurna da će govoriti oba jezika kad se rodi – odgovorila je Ema.

– Samo je nauči osnovama: „Još, molim", „pivo" i „Imate li slobodnu sobu za večeras?" Te rečenice su me izvukle dok sam radila u restoranu – rekla joj je Freja.

Ema je uzela Freju za ruku i stisnula je.

– Ponosna sam na tebe što si rekla Niku. Znam koliko ti je važno i koliko ti je bilo teško da to uradiš – izgovorila je Ema.

– Pa, nije bilo toliko teško koliko će tek biti. Imam osećaj da će sutra tabloidi imati pune ruke posla. Bože! Vodi me unutra! Dolazi filmska ekipa, svi objektivi su uprti u mene – vrisnula je Freja, sakrila se iza Eme i krenula unatraške ka restoranu.

– Moja beba će imati poznatu kumu – izjavila je Ema dok ju je Freja vukla za sobom.

– Kumu? – rekla je Freja.

– Ako to želiš. Ne mogu da zamislim bolju osobu koja bi moje dete vodila kroz život – rekla je Ema kad se Freja zaklonila iza biljke.

– Bila bi mi izuzetna čast, ali jesi li sigurna? Mislim, imajući na umu *sve ovo*... – rekla je Freja čučeći iza jednog od stolova u restoranu.

– *Sve ovo*, kako ti kažeš, nije *ništa*. Celog života smo najbolje prijateljice, koga bih drugog pitala? – odgovorila je Ema dok je Freja puzala po podu ka kuhinji, pogledom prateći filmsku ekipu.

– Nekoga ko nije bio u ćuzi? – predložila je Freja.

– Iskustva obogaćuju ljude. Kuma mora da iskusi svašta u životu kako bi mogla da savetuje i preporučuje – bila je uporna Ema.

– Onda sam to ja. Iskusila sam svašta u životu, bavim se fotografijom, bila sam u zatvoru, pojavila sam se u *Dejli njuzu*. Isuse, ulaze! Izaći ću kad budu otišli – povikala je Freja i pojurila ka kuhinji, zamalo oborivši Janisa i gospođu Petroholis.

27.

Nešto posle pet sati po podne Freja je stigla u vilu *Kamija*, noseći kecelju i maramu koje je pozajmila iz restorana kako bi se prerušila. Dan joj je protekao u jurnjavi pošto je pokušavala da izbegne kamere i nije želela da reskira da je sad primete.

– Došla si da kuvaš za mene? – upitao ju je Nikolas, posmatrajući sa osmehom njenu odeću dok je otvarao vrata.

– Nisi duhovit! Evo na šta sam spala zbog tebe – rekla je Freja, skidajući maramu i udarajući ga njome po mišici.

– Zasad su otišli. Rekao sam Majku da se odveze i pojurili su za njim niz put – rekao joj je Nikolas, nagnuo se i nežno je poljubio.

– Zar ništa nisu naučili? – upitala ga je Freja.

– Nemoj to da potcenjuješ. Barem nakratko će nas ostaviti na miru – odgovorio je Nikolas.

– Da, hoće. Dakle, gde ćemo? – pitala ga je Freja zavodljivo i iz tašne izvadila Kloda.

– Mislio sam da me fotkaš napolju, ali ti si glavna. Odluku prepuštam tebi – rekao joj je Nikolas.

– U redu, ali bez glupiranja. Ovo je profesionalno fotografisanje i očekujem da se ponašaš tako – upozorila ga je Freja.

– Veoma mi se dopada kad mi naređuješ – odgovorio je Nikolas i osmehnuo se.

Freja je ušla u kuću i pratila Nikolasa kroz sobe do terase iza vile.

– Hoćeš piće? – ponudio joj je, uzimajući bocu vina s velikog baštenskog stola od stakla.

– Hm, pa, obično ne pijem dok radim, ali bilo bi šteta da celu bocu popiješ sâm – odgovorila je Freja, sela na ivicu ležaljke i krenula da podešava foto-aparat.

– Kako je to slatko što uvek misliš na mene... izvoli – rekao je Nikolas i pružio joj punu čašu.

– Hvala – odgovorila je Freja i otpila gutljaj hladnog vina. Baš ono što joj je bilo potrebno.

Pogledala je Nikolasa. Pažljivo je posmatrala šta je obukao, kako izgleda i koji je položaj sunca. Radila je to svakodnevno, ali ovog puta je imala drugačiji osećaj. Osoba koju fotografiše joj je veoma mnogo značila. Progutala je pljuvačku i pokušala da se sabere.

– U redu. Otkopčaj košulju i skini šorts – rekla mu je Freja, ustala i počela da razmešta nameštaj po terasi.

– Neposredna si. To mi se sviđa – odgovorio je Nikolas, osmehnuo se i počeo da otkopčava košulju.

– Ja sam profesionalac. Ne zaboravi, plaćaš me, i od mene ćeš dobiti kvalitetne fotografije. Dakle, manje glamura, više tebe – rekla mu je Freja.

Nije mogla da odvoji pogled dok je otkopčavao košulju i skidao šorts. Stajao je u crnim *kalvin klajn* gaćama, sa otkopčanom košuljom i Freja je morala da se ugrize za usnu kako bi ostala usredsređena. Ovo će biti težak zadatak.

– Tamo, kod kapije. Samo se pravi da nisam tu. Želim da gledaš u more – rekla je Freja, pokazujući Nikolasu gde da stane.

– Samo da gledam u more? Ne želiš da radim još nešto? – upitao ju je Nikolas.

– Ništa drugo. Samo gledaj u more. Zaboravi da sam tu s foto-aparatom i usredsredi se na horizont i misli koje ti to budi. Pretvaraj se da nisam tu – naredila mu je Freja i zauzela položaj za fotografisanje.

– U redu – složio je Nikolas i okrenuo se ka moru.

Freja je duboko udahnula i posmatrala ga. Videla ga je da zatvara oči, a onda se ponovo usredsređuje. Toliko ga je zadubljeno posmatrala da je skoro zaboravila šta treba da radi. Podigla je foto-aparat i pogledala ga kroz objektiv.

Zračio je svojim prisustvom. Visina, stas, držanje poput kipa. Nije čudo što ga kamera voli. Freja se pomerila sa strane, fotografisala ga iz profila, zatim se pomerila ispred njega, pod uglom, usredsređujući se na njegove savršene crte lica i snažnu vilicu.

Delovao je zamišljeno dok ga je Freja i dalje fotografisala. Imao je krupne oči koje su sad izgledale kao da je zaokupljen mislima. Velike, tamnoplave oči s gotovo beskrajnim trepavicama.

– A sada, pogledaj pravo u objektiv. Ne osmehuj se, samo gledaj – naredila je Freja, ne sklanjajući foto-aparat s lica kad se Nikolas okrenuo prema njoj.

Gledala ga je kroz objektiv, u raskopčanoj košulji i sa suzdržanim izrazom lica. Pitala se o čemu li razmišlja. Napravila je još nekoliko fotografija. Naposletku je spustila foto-aparat i osmehnula mu se.

– I sad se opusti... kako ti je bilo? – upitala ga je Freja.

– Drugačije, pomalo čudno. Neobično mi je da se ne osmehujem – odgovorio je Nikolas.

– Sigurna sam da imaš hiljade takvih fotografija – podsetila ga je Freja.

– Da, imam... pa, šta je sledeće? – pitao ju je.

– Mislim da ćemo sad pored bazena – rekla mu je Freja i pokazala na stranu bazena gde je želela da stane.

Posmatrala ga je dok je prilazio ivici bazena. Freja se namestila s druge strane, nasuprot njemu i proverila prizor kroz objektiv.

– Želiš da ove fotografije budu lične, zar ne? Nedvosmislene? – upitala ga je Freja.

– Da – složio se Nikolas.

– Onda bi trebalo da se svučeš – rekla je Freja i uzrujano progutala pljuvačku.

– U redu.

Otkopčao je košulju, skinuo je i bacio ka ležaljci.

Freja je pokušavala da se zaokupi podešavajući foto-aparat, ali nije mogla da odvoji pogled od njega. Primetila je da okleva i kako ubrzano diše. Delovao je uznemireno.

– Jesi li siguran da želiš? Mislim, ne moramo ovo da radimo, mogli bismo da... – počela je, pokušavajući da ublaži napetost.

– U redu je. Moram da uradim ovo. Biće sve kako treba – odgovorio je Nikolas.

Skinuo je donji veš i bacio ga. Stajao je nag na ivici bazena i Freji je zastao dah. Fotografisala je nage ljude i ranije, na fakultetu, ali ovo je bilo potpuno drugačije. Nije očekivala da će prizor toliko uticati na nju.

– Hm, ja, ovaj – zauzmi položaj kao da ćeš skočiti u bazen. Podigni ruke, sklopi dlanove, napni mišiće trupa i nogu, lagano se podigni na prste – rekla mu je Freja, okrećući glavu na drugu stranu.

– Ovako? – upitao je Nikolas zauzimajući položaj koji je tražila.

Freja se okrenula ka njemu i videla da je uradio upravo ono šta mu je rekla.

– Da, tako – odgovorila je, podigla foto-aparat i počela da ga fotografiše.

Znojila se. Osećala je kapljice znoja na čelu. Išla je oko bazena i fotografisala ga iz različitih uglova, pokušavajući da se ophodi prema njemu kao da je običan model, ali osećajući nešto sasvim drugo.

– Pa, jesi li fotografisala mnogo nagih muškaraca? – upitao je Nikolas.

– Neke. Većina njih je imala preko šezdeset godina. Ne pomeraj se na trenutak – naredila je dok mu se približavala, zumirajući ga objektivom.

– Izvini. Samo mislim da mi treba hladan tuš ili da uđem u bazen – priznao je Nikolas.

– Oh, u redu, još samo tren i možeš da uđeš u bazen... samo me pogledaj sad – rekla je Freja, približavajući mu se.

Nikolas je posegnuo i uhvatio je za ruku.

– Spusti foto-aparat – nagovarao ju je.

– Rekla sam da moramo biti profesionalni u vezi sa ovim. U pitanju je pravo fotografisanje za koje dobro plaćaš – rekla je Freja, pokušavajući da prenebregne činjenicu kako je bila veoma blizu njegovog nagog tela.

– Pogledaj me, Frejo – rekao je Nikolas šapatom.

– Gledam te i pravim sjajne fotke – odgovorila je Freja.

– Ne kroz objektiv. Spusti Kloda na trenutak – ponovio je Nikolas i uzeo joj foto-aparat.

– Nismo još završili – rekla mu je Freja, s blagom nelagodom.

– Zašto ti ne bi skinula odeću? – predložio joj je Nikolas, prelazeći joj rukom po mišici.

– Oh, mislim da ne izgledam tako dobro kao ti – odgovorila je Freja osmehujući se uznemireno.

– Zašto meni ne dozvoliš da to procenim? – rekao je Nikolas, držeći je za ruke i upijajući je pogledom.

Zatvorila je oči i progutala pljuvačku, osećajući na dlanovima toplinu njegovih ruku. Gotovo da joj se zavrtelo u glavi kad je osetila da joj raskopčava bluzu. Zadrhtala je dok joj je otkopčavao grudnjak i spuštao ga s njenih ramena.

– Prelepa si, Frejo – rekao je Nikolas dok ju je gledao.

Freja je zadrhtala i uzvratila mu pogled, naga od struka naviše, vidno probuđenih bradavica. Zagrlila ga je i privukla uza se, osećajući čvrstinu njegovog tela.

Poljubila ga je grubo, ne mogavši više da se suzdrži. Brzim pokretom ju je podigao gotovo bez napora i ne izgovorivši ni reč, odneo je u vilu.

28.

Odveo ju je u glavnu spavaću sobu i položio na krevet načičkan mekim jastučićima i prekrivačima. Freja ga je gledala, nagnutog nad njom, nagog, kako ubrzano diše, i osetila da je zadrhtala od žudnje. Shvatila je da bi mogla da leži tu i zauvek ga posmatra.

Ljubio ju je od glave do pete, usnama dodirujući svaki deo njenog tela, istražujući svaki centimetar kože. Freja nikad dotad nije iskusila takvu slatku muku.

Prisećala se, zatvorenih očiju, kako ju je privukao ka sebi kad su se spojili u jedno, i kako joj je ponestalo daha. Stezala ga je čvrsto, želeći da ga povuče još dublje u sebe. Ljubila mu je lice, vrat, široka ramena, grudi i stomak. Osetila je kako je zadrhtao kad je krenula da ga ljubi sve niže, dok mu svaki deo tela nije bio natopljen njenim poljupcima i kad više nije mogao da izdrži.

Dok su vodili ljubav imala je osećaj da će proključati od siline osećanja. Kosa joj je bila vlažna, telo joj je bilo vrelo, a ipak je drhtala od zadovoljstva. Osetila je kako mu srce ubrzava dok ga je držala čvrsto uza se, a onda joj je, iznenada, telom prostrujao talas sladostrašća, tako snažan da je imala utisak kao da doživljava najlepši srčani udar.

Nije bila u stanju da se pomeri ili diše. Izgubila je kontrolu i glasno uzdahnula dok je talas zadovoljstva prerastao u cunami, potpuno je preplavivši. Bila je kao u bunilu, imala je utisak kao da je pijana, da umesto glave ima veliku loptu šećerne vune, nesposobna da pravilno funkcioniše.

Sad joj se, dok je ležala u Nikolasovom naručju, sve to činilo kao predivan san ili filmska scena koju iznova gleda, kao da posmatra neku drugu devojku kako igra njenu ulogu.

Freja se okrenula ka njemu kako bi proverila da li je sve stvarno. Prošao joj je rukom kroz kosu, a zatim prstom preko usana. Uzela ga je za ruku i poljubila je.

– Dakle, ti drugi nagi muškarci koje si fotografisala... jesi li završila u krevetu s nekim od njih? – upitao je Nikolas.

– Hm, pa s jednim ili dvojicom. Izvini, zar je trebalo da mi ti budeš prvi? – odgovorila je Freja i osmehnula se.

Nikolas se pridigao, lakat mu je bio na jastuku, a rukom je podbočio glavu i gledao je Freju.

– Ti si meni prva – rekao je ozbiljno. – Na neki način.

– Kako to misliš? – upitala je Freja.

– Od operacije nisam spavao ni sa jednom devojkom – rekao joj je Nikolas.

Freja ga je pogledala, i po njegovom izrazu lica videla šta oseća. Nagnula se ka njemu i nežno ga poljubila. Prošla mu je rukom kroz kosu i niz obraz. Nije bilo potrebe da se kaže bilo šta. Znala je koliko mu je sve to značilo.

– Stalno imam poriv da te uštinem za obraz i proverim jesi li stvaran – priznala mu je Freja.

– I ja se isto osećam. Stalno razmišljam: šta bi bilo da sam odbio ovaj film, ili da se snimao na nekom drugom grčkom ostrvu? Možda se nikad ne bismo sreli – rekao je Nikolas i uhvatio je za ruku.

– Plašim se, Nik – rekla je Freja iznenada, osetivši da je preplavljuje nelagoda.

– Nemaš čega da se bojiš. Zaista želim da ovo bude početak nečeg pravog, nečeg ozbiljnog. Ne znam kako ćemo organizovati sve praktične pojedinosti, ali stvarno želim da pokušam – rekao joj je Nikolas.

– Ne znam šta da kažem. Sve se dogodilo tako brzo – rekla je Freja i uzdahnula.

– Da, znam. Ali duboko verujem da, ako nešto deluje ispravno, ne treba čekati. Život je prekratak – odgovorio je Nikolas.

– Znam. Samo, toliko toga mi se dogodilo u poslednjih nedelju dana i znam da ćemo, ako budemo zajedno, biti pod lupom javnosti. Posebno sad, u svetlu činjenice da je moj pravi identitet postao javan – rekla je Freja.

– Ali rekao sam ti, nije me briga za sve to. Neka ljudi istražuju, neka govore šta hoće, niko od njih nije važan – bio je uporan Nikolas.

– Samo ne želim da te razočaram. Znaš me kakva sam. Nisam sigurna da mogu tek tako da pređem preko komentara – rekla mu je Freja.

– Misliš da ćeš se ako neko vikne: „Frejo, hej, kako je zatvor uticao na tebe?", ili „Frejo, da li je tačno da si na osnovu svojih iskustava i uvida pomagala Nikolasu da se pripremi za sledeću ulogu, čoveka osuđenog na smrt?", okrenuti i udariti novinara umesto da se samo nasmešiš u kameru? – upitao je Nikolas.

– To je sasvim dobar primer – složila se Freja.

– Rekao sam ti već, ne želim da se menjaš niti da se uklapaš u moj svet. Želim *te* baš takvu kakva jesi i ništa više od toga. I ako baš moraš da središ jednog ili dvojicu snimatelja, veruj mi, ima načina da se to uradi – uveravao ju je Nikolas.

– Ima još nešto što treba da znaš – rekla je Freja ozbiljno.

– Reci – podstakao ju je Nikolas.

– Dala sam Raselu sve pojedinosti o svom prošlom životu, ispričala sam mu sve, uključujući i neke prilično kompromitujuće priče o svom ocu. Kazala sam mu da može da to proda onome ko mu najviše plati u zamenu za to da nas ostavi na miru – rekla mu je Freja.

– Nisi morala to da uradiš – rekao je Nikolas.

– Ne, znam da nisam. Nije to bila predaja. Nisam mu ništa platila, ali možda će urednik časopisa *Šuting stars* biti dovoljno glup da mu otplati dugove, a ja više neću imati tu priču na savesti. I s obzirom na to da sam mu lično dala podatke, postoji mogućnost da će objaviti istinu, a ne izmenjenu verziju – rekla je Freja.

Nikolas joj je čvrsto stegao ruku.

– Sad kad znam da će se to desiti, biću spremna – rekla je Freja.

– I moći ćemo da to prebrodimo zajedno – rekao je Nikolas, stežući joj ruku.

– Mhm, počevši od večere s grčkim zvaničnicima – podsetila ga je Freja.

– Ne brini zbog toga. Veruj mi, kad završim govor, mediji neće pričati o *tvojoj* prošlosti – bio je uporan Nikolas.

29.

Objavljeno je u petak u časopisu *Šuting stars*. Na naslovnoj strani bile su dve Frejine fotografije. Jedna je bila ona s Nikolasom ispred restorana *Kod Harija*, a druga policijska fotografija nakon hapšenja.

Unutra je bilo još fotografija. Na nekima su bili njeni roditelji, a na drugim je bila ona kao dete – kad je išla s njima na trke u Rojal Eskotu – i dve koje je fotografisala za klijente: Jezero Koniston u jesen i razred 11a srednje škole *Hildon*.

Freja je sedela s Nikolasom i Emom u restoranu *Petroholis* i čitala članak uz doručak. Zgrada je spolja bila opkoljena fotografima koji su škljocali. Pokušali su da uđu unutra, ali ih je gospođa Petroholis brzo izbacila i zabranila im ulazak, pa su se zato ulogorili prekoputa ulice.

– Pa, to je onda to – izjavila je Freja, izdahnula i neznatno odmakla stolicu od stola.

– Mislim da nije toliko loše. Napisali su istinu, tako da pretpostavljam da Rasel ipak ima trunku pristojnosti u sebi – rekla je Ema.

– Pre će biti da nije hteo da ga tužiš. Slatka ti je frizura na onoj fotki – napomenuo je Nikolas, pokazujući na fotografiju na kojoj je Freja s kikicama.

– Mogli su bar da stave fotografiju kako sedim na noši ukrašenoj zlatom i dijamantima. I nemoj misliti da se šalim – rekla je Freja, pokušavajući da olakša situaciju. Znala je da joj suze naviru na oči i pokušavala je da ih odagna treptanjem.

– Hej, hajde, nemoj tako. Znali smo da će se ovo desiti. Sad je sve izašlo na videlo, gotovo je – rekao je Nikolas, zagrlivši je, što je odmah izazvalo reakciju fotografa.

– Da, znam. Samo što je možda trebalo još malo da sačekam. Svi će večeras biti tamo, dovikivati pitanja, fotografisati i pitati se šta ti, zaboga, radiš sa mnom – izjavila je Freja, koju je iznenada sve savladalo.

– Obećavam da će večeras sve proći bez problema. Moraš mi verovati, ne bih te gurnuo u osinje gnezdo – uveravao ju je Nikolas.

– Možda ne bi trebalo da idem – predložila je Freja.

– Ne! To bi bilo kao da kažeš da se stidiš same sebe – rekla je Ema.

– I stidim se! Zbog toga sam i skrivala identitet. *Stidela* sam se – priznala je Freja.

– Čega? Što si bila u zatvoru? – upitao ju je Nikolas.

– Malo. Ali više toga što sam ćerka gospodina i gospođe Loson-Pek. Kad bih bar mogla da promenim svoje poreklo – rekla je Freja.

– To ne možeš promeniti, ali možeš drugačije da gledaš na njega. Moraš se direktno suočiti s tim, nema više bežanja – rekla je Ema odlučno.

– Bože, kad si ti postala tako mudra? – upitala ju je Freja i uzdahnula.

– Ema je u pravu. Nemaš čega da se stidiš, a ja se neću skrivati. Želim da budeš tamo večeras. Želim da čuješ šta ću reći kad se budem obratio gostima – rekao je Nikolas.

– Počinjem da se brinem zbog tog govora, i mislim da bi se Marta sigurno izbezumila kad bi znala šta nameravaš – rekla je Freja.

– Ona se previše brine. Hoćemo li još po jednu kafu? Vozač dolazi po mene za dvadeset minuta – rekao je Nikolas, pogledavši na sat.

– Doneću nam je – rekla je Ema, odmah ustajući sa stolice.

– Ne, ne, sedi. Ja ću je doneti i proveriti zašto Janisu toliko treba da istovari robu – rekao je Nikolas, ustao i pošao ka kuhinji.

– Frejo, on je tako divan – rekla je Ema čim Nikolas više nije mogao da ih čuje.

– Nije samo divan, neverovatan je u svakom pogledu. Ne mogu da poverujem kakav je – priznala je Freja, smešeći se najboljoj prijateljici.

– Jel' ozbiljno to između vas? Mislim, deluje ozbiljno, ali znaš, on živi u Americi, a... – počela je Ema.

– A ja ne živim. Znam. Ne znam, iskreno, samo uživamo u svakom danu koliko god možemo i... vodili smo ljubav – priznala je Freja zarumenevši se.

– O, bože! Kad?! – uskliknula je Ema glasno.

– Tiše malo, u sredu. Bilo je savršeno. Toliko savršeno, da sam se rasplakala. Bože, zvučim jadno, kao junakinja iz nekog njegovog filma – rekla je Freja i coknula jezikom.

– Oh, Frejo, ne možeš ni da zamisliš koliko sam srećna zbog tebe – rekla je Ema, smeškajući se.

– I zna istinu o meni, što znači da nema više pretvaranja. Možda je sve jednostavno previše savršeno – rekla je Freja uznemireno.

– Odmah prestani s tim. Ne možeš stalno misliti da će se nešto loše dogoditi samo zato što ti ide dobro – rekla je Ema, gotovo ljutito.

– Zašto da ne? To je priča mog života – odgovorila je Freja.

– Ne. *Ovo* je priča tvog života – crno na belo i u boji, i sad je dostupna javnosti. Ništa loše se neće dogoditi – uveravala ju je Ema.

– U redu – odgovorila je Freja neubedljivo.

– Dakle, šta planiraš za danas? – upitala ju je Ema.

– Vozač će me odvesti u grad Krf da nađem neku haljinu za večeras. Htela sam da obučem onu crnu koju sam kupila kod Agate, ali to je baš otmen događaj i ne želim da me Hilari Polar zaseni – rekla joj je Freja.

– To je nemoguće – odgovorila je Ema.

– Ali neću biti odsutna ceo dan i mislila sam da mi pomogneš oko frizure. Onda možemo da prelistamo nekoliko časopisa o venčanjima i počnemo da planiramo tvoje – rekla je Freja, uzela još jednu zemičku s tanjira i namazala je džemom.

– Oh, Janis i ja smo pričali o tome i odlučili da sačekamo dok se beba rodi. Štedećemo, a njegovi roditelji su nam dali prilično veliki iznos za izgradnju kuće – obavestila ju je Ema.

– To su sjajne vesti, ali zašto čekati? Rekla si mi kako želiš da se udaš pre nego što se beba rodi – podsetila ju je Freja.

– Da, znam, ali nije važno – rekla je Ema neubedljivo.

– Znam da jeste, i to si mi takođe rekla. Evo, izvoli – rekla je Freja i pružila joj parče papira.

– Šta je ovo? O, bože! Frejo! Ovo je ček – rekla je Ema, gledajući ga u neverici.

– Koji glasi na tebe. U protivvrednosti od petnaest hiljada funti u evrima. To je moj način da ti se zahvalim za sve što si tokom godina učinila za mene, za sve laži koje si zbog mene izgovorila i za moje iznenadne posete zbog kojih mi nikad nisi prigovorila. Ti si moja najbolja prijateljica, Ema, i volim te – rekla je Freja, a osećanja su je preplavila.

– Oh, Frejo, ne mogu da prihvatim ovo, previše je – rekla je Ema, zapanjena iznosom novca na čeku koji je držala.

– Nije milostinja od Nika – ja sam to zaradila, na najprijatniji mogući način – ali sam svejedno zaradila i od početka je bilo namenjeno za tvoje venčanje, kao što sam ti i obećala – rekla je Freja.

– Ne znam šta da kažem – rekla je Ema dok su joj navirale suze.

– Reci da ćeš obući nešto otmeno i sa stilom i nipošto ružičasto – rekla je Freja jedući zemičku.

– Mislila sam da haljine za deveruše budu u boji čokolade – priznala je Ema.

– Sviđa mi se kako razmišljaš! Čokolada i ja imamo dugu i stabilnu vezu – odgovorila je Freja osmehujući se.

Bilo je deset sati ujutru kad je Nikolasov vozač došao autom po Freju ispred apartmana *Kalipso*. Čim se vozilo zaustavilo, oko njega se okupila gomila ljudi, i dok je Freja užurbano išla ka njemu, svi pogledi i foto-aparati bili su uprti u nju. I dalje je mrzela sve to, ali na neki čudan način je počela da se privikava.

Majk joj je otvorio vrata, a Freja se sagnula da uđe. Onda je zastala i nakratko oklevala videvši da neko već sedi na zadnjem sedištu.

Bila je to Marta, obučena u strogo crno žensko odelo.

– Otkud vi ovde? Majk me vozi u grad Krf – rekla joj je Freja.

– Znam, uđi – naredila je Marta, i ne okrenuvši se ka njoj.

– Ne sećam se da sam tražila vodiča – odgovorila je Freja.

I dalje nije ušla, i sad su je gurkali ljudi koji su želeli da je fotografišu i dobiju autograme. Jadni Majk se trudio iz sve snage da mu kapa ne odleti s glave.

– Ni ja nisam tražila da mi se posao utrostruči. Mislim da bi trebalo da porazgovaramo o *ovome* – rekla je Marta i tresnula primerak časopisa *Šuting stars* na kožno sedište pored sebe.

– Hoćete da vam se potpišem? – predložila je Freja, i dalje se ne pomerajući.

– Zaboga, uđi u prokleti auto! – povikala je Marta, nagnula se napred, zgrabila Freju za mišicu i na silu je uvukla u vozilo.

Majk je brzo zatvorio vrata, a Freja je ostala na zadnjem sedištu masirajući bolnu ruku.

– Zašto ste, dođavola, to uradili? Znate da imam šavove – uzviknula je Freja pregledajući ranu.

– To je izgleda bio jedini način da te nateram da uđeš. Vozi, Majk – doviknula je Marta vozaču.

– Ako ste nameravali da me otmete, možete li da koristite nešto drugo umesto lepljive trake – dobijem osip od nje – odgovorila je Freja.

– Oh, za tebe je sve jedna velika šala, zar ne? – počela je Marta.

– Ne znam na šta mislite – odgovorila je Freja.

– Šta za ime sveta misliš, kako će ovo uticati na Nikolasov ugled? – upitala je Marta i savršeno manikiranim prstom dodirnula časopis.

– To nema nikakve veze s vama – rekla je Freja.

– I te kako ima. Plaćena sam da se brinem o njemu, da zaštitim njegov ugled, i iskreno, otkad si nekako uspela da se spetljaš s njim, sve ono na čemu sam naporno radila odjednom je postalo ugroženo – govorila je Marta ozbiljno.

– O čemu to pričate – upitala je Freja.

– Pričam o *ovom* članku u *ovom* časopisu, o tome kako je Nikolas odjurio s tobom u bolnicu u trenutku kad je imao druge obaveze, o koškanju na ulici, o tome što večeras tebe vodi na događaj umesto Hilari. Ti, bez sumnje, loše utičeš na njega – zaključila je Marta.

– Laskate mi, Marta – uzvratila je Freja.

– Vidiš, opet se vraćamo na isto, još jedna šala! Da li si čula šta sam ti rekla? Ti nisi neko s kim bi trebalo da ga dovode u vezu – nastavila je Marta, sve uzrujanija.

– Zbog čega? Zato što nisam mršavica kao Hilari? Zato što sam bila u zatvoru? Ne može biti zbog toga što sam ćerka Erika Losona-Peka, jer on ima *novac*, što znači da ga i *ja* imam, a vi *volite* pare – rekla je Freja.

– To što si u srodstvu s tim pametnim, prijatnim čovekom, kojeg sam imala čast da upoznam, tvoj je jedini adut. Ali nakon svih onih grozota koje si rekla o njemu, ne čudi me što te se odrekao – nastavila je Marta.

– Te grozote, kako ih zovete, prava su istina o mom životu s njim – odgovorila je Freja, sve više se ljuteći.

– Srce mi se cepa – odgovorila je Marta.

– Mislite, moglo bi kad biste ga imali – uzvratila joj je Freja.

– Možeš me vređati koliko hoćeš, sve to već znam. Moja glavna briga je Nikolasova karijera i želim da znaš da je privlačenje pažnje na ovaj način ne samo nepoželjno već i štetno – rekla je Marta ozbiljno.

– Ako sam toliko opasna i loše utičem na njega, zašto onda ne razgovarate s njim? – zanimalo je Freju.

– Zato što kad nekog poznaješ onoliko dugo koliko ja poznajem Nikolasa, znaš koje strategije mogu da upale, a koje ne – objasnila je Marta, sa samozadovoljnim izrazom lica.

– Pretpostavila sam da imate strategiju. Recite mi, s koliko žena ste vodili ovakav razgovor? – želela je Freja da zna.

– S nekoliko. Ne mnogo u poslednje vreme, moram da priznam. Ali sama proceni da li je dalo rezultate ili nije. Dva Oskara, dvadeset tri filma s velikom zaradama širom sveta – rekla je Marta.

– Zaljubljen je u mene – rekla joj je Freja jednostavno.

– Daj, molim te! Glumci tako lako kažu „volim te". Ne mogu da utiču na to, takva im je priroda posla, govore to iznova i iznova glumicama s kojima rade, stvarnost i fikcija se zamagle – kazala je Marta.

– Šta očekujete od mene da uradim? Da ga večeras razočaram? Da se vratim u Englesku i pravim se da se nismo nikad upoznali? – zanimalo je Freju.

– Brzo shvataš, to bi trebalo da olakša situaciju – uzvratila je Marta.

– Da li ozbiljno mislite da ću i na trenutak obratiti pažnju na vaše reči? – upitala ju je Freja.

– Ako ti je stalo do Nikolasa – hoćeš. On sad ima trideset pet godina, na vrhuncu je karijere, ali to neće trajati večno. Dolaze mlađi glumci, dobijaju glavne uloge u ljubavnim pričama koje je nekada on glumio. Da bi ostao u igri, mora da bude usredsređen, mediji moraju da ga prikazuju samo u pozitivnom svetlu, a ove nedelje, zahvaljujući tebi, imao je više negativnih naslova nego ikad dosad, otkad radim za njega – rekla je Marta.

– Moraćete da mu uvedete policijski čas – odgovorila je Freja.

– Nije valjda da zaista misliš da ti i on možete biti u ozbiljnoj vezi – izjavila je Marta.

Freja nije odgovorila, a Martino kikotanje je odzvanjalo u zadnjem delu automobila.

– O bože, ti to zaista misliš, zar ne?! Bože moj! Ovo je baš zabavno. Nemaš ni najmanju predstavu o njegovom životu i šta njegova karijera podrazumeva. Ovde na Krfu je sve bilo opušteno, priznajem, ali obično nije tako. Njegov život je Holivud, bez prestanka – kazala je Marta.

– A on sve to prezire, da li ste to znali? Mrzi zabave, nadmenost i beskonačne intervjue, dosadni su mu – rekla joj je Freja.

– To ti je rekao? I ti si mu poverovala? Zahvaljujući tim zabavama i intervjuima je postao zvezda svetskih razmera. Bez svega toga što mu je pomoglo da postane ono što jeste, on bi bio niko i ništa – kazala je Marta.

– Dovoljno sam čula – izjavila je Freja.

– Ali da li si išta shvatila od onog što sam rekla? – upitala je Marta.

– Ići ću na tu večeru. Nik želi da budem tamo – rekla joj je Freja.

– U redu, ako baš navaljuješ da prođeš kroz to. Ali dozvoli da ti kažem nešto: možda si se ovde izborila s nekoliko paparaca, ali taj prijem i sve naredne zabave izgledaće kao da si u kavezu u zoološkom vrtu u vreme hranjenja. Ljudi govore okrutne, okrutne stvari, Frejo – o tome kako izgledaš, ko si i *šta* si. Biće svakodnevnih podsetnika na ono što si pokušala da zaboraviš – rekla joj je Marta.

– Ovaj razgovor je završen, možete sad da izađete. Majk, zaustavi auto, gospođa Vilson hoće da izađe – obratila se Freja vozaču.

– Pa, samo nemoj posle reći da nisam pokušala da te upozorim. I srećno s pronalaženjem haljine. Čula sam da jedan ili dva mala butika imaju odeću za, kako to da kažem, žene sa izraženijim obli-nama – kazala je Marta dok se auto zaustavljao.

– Hvala vam, sad požurite i zatvorite vrata. Ne želimo da privu-čemo neželjenu pažnju na to da sam vas izbacila iza auta – odbrusila je Freja.

Marta je izašla i zalupila vrata. Freja je duboko udahnula. Koli-ko god pokušavala da sebe uveri u suprotno, taj razgovor ju je uzdr-mao. Nije znala šta da radi.

I dalje je razmišljala o svemu dok je šetala kroz grad Krf. Nije znala kuda ide. Jedino je razmišljala o tome kako se Marta nasmeja-la na samu pomisao da ona i Nikolas budu u ozbiljnoj vezi. Možda je bila u pravu. Uostalom, da joj je neko pre nedelju i nešto dana ispri-čao ovaj scenario, i sama bi se nasmejala. Šta je to radila? Upuštala se u nešto što joj je oduvek izazivalo nelagodu. Nikolas je živeo u svetu drugačijem od njenog, prepunom svega onoga od čega je Freja pobegla kad je prestala da bude Džejn.

U izlogu jedne prodavnice ugledala je svoj odraz. Bila je krupna, to nije mogla da porekne. Šta li je on video u njoj? Glumci se ne šepure na crvenom tepihu držeći podruku ženu njenih proporcija.

Petnaest minuta kasnije, Freja se obrela ispred Agatinog butika. Gledala je odevne kombinacije u izlogu gotovo kao u zanosu, nije ih zaista videla, nije zapravo ni u šta gledala, bila je samo izgubljena u mislima, zaokupljena preispitivanjem. Da li da ide na prijem? Ili da ne ide? Misli su joj bile zbrkane, ali ranije tog jutra joj je sve bilo jasno i osećala se snažno. Bila je sigurna u vezi s Nikolasom i ono što su po-čeli da osećaju jedno prema drugom. Ali sad je samo bila zbunjena.

– Frejo?

Trgnula se kad je čula da je neko zove. Agata je stajala na ulazu u radnju i gledala je.

– Oh, zdravo, Agata – odgovorila je Freja i uzdahnula.

– Zašto si tužna tako? Vidim te u novinama s veoma zgodnim muškarcem, glumac. Večeras je prijem u Atini – rekla je Agata dok se Freja pela uza stepenice i prilazila joj.

– Da, trebalo bi da idem, ali se dvoumim. Ne znam da li je to za mene – rekla joj je Freja.

– Ne da razumem. Šta nije za tebe? Zabava? Zgodni muškarac? – upitala je Agata mršteći se.

– Ne, oboje su baš za mene. Ne znam, samo se dvoumim oko nečega – odgovorila je Freja.

– Život je prekratak da se dvaput misliš oko nečeg. Uvek misli o stvarima srcem, mozak nije da uvek radi ispravno, ali srce – ono te nikad ne izneveri – rekla je Agata.

– Stvarno verujete u to? – zanimalo je Freju koja je ozbiljno gledala vlasnicu radnje.

– Da, verujem – odgovorila je Agata iskreno.

Freja je duboko udahnula i pomislila na Nikolasa i koliko joj je sve više značio. Da li bi stvarno mogla da odustane od njihove veze pre nego što joj zaista pruži priliku?

– Bože, Agata, treba mi haljina za večerašnji prijem. Mora da izgleda neverovatno, a da u njoj i ja izgledam makar *približno* neverovatno. Izvinite što sam došla u poslednji čas – rekla je Freja ubrzano.

– Uđi. Imam savršenu haljinu za tebe – odgovorila je Agata osmehnuvši se, gurnula je vrata radnje i uvela Freju unutra.

30.

U pola šest, Freja se namrštila dok joj je Ema stavljala još jednu ukosnicu. Trgla se i jauknula kad joj je uštinula teme.

Bile su u Frejinoj sobi u apartmanima *Kalipso* i spremale su je za prijem. Da bi dodatno pojačale napetost, prekrile su čaršavom ogledalo koje pokazuje celu figuru, dok se preobražaj ne završi.

– Oh, Frejo, budi mirna! Skoro sam završila, još samo nekoliko komada – rekla je Ema nastavljajući da sređuje Frejinu kosu.

– Ne praviš mi košnicu na glavi, zar ne? – upitala je Freja.

– Naravno da pravim. S obzirom na to da ćeš već sutra biti na naslovnim stranama, mislila sam da bi mogla da zadiviš javnost svojim stilom – odgovorila je Ema.

– Mislim da sam je na neko vreme već dovoljno zadivila – rekla je Freja i uzdahnula.

– Eto, gotova sam. Hajde, požuri, obuci ovu haljinu i onda ću skinuti čaršav sa ogledala – požurivala ju je Ema.

– U redu – složila se Freja i nestala u kupatilu.

– Danas su opet snimali u luci. Cela oblast je bila ograđena, bilo je oružja i eksplozija – prava predstava – pričala je Ema rasklanjajući četke, uvijač za kosu i ukosnice.

– Nik je rekao da će dići jahtu u vazduh – dobacila je Freja.

– Neće valjda *svoju* jahtu? – raspitivala se Ema.

– Ne, ne njegovu. Neku mnogo jeftiniju, nadam se... u redu, evo dolazim – rekla je Freja.

Otvorila je vrata kupatila i zakoračila u sobu. Nosila je kobaltnoplavu haljinu do kolena sa ukrasnim pojasom i ve-izrezom.

Freja se okrenula i pokazala zadnji deo haljine. Bila je golih leđa, sa ukrštenim bretelama koje su se protezale od donjeg dela leđa do vrata. Uz haljinu je nosila zlatne sandale s visokom potpeticom.

Pogledala je u Emu. Prijateljica je nepomično sedela, ne progovarajući.

– Pa? Skini čaršav sa ogledala, hoću da vidim šta si mi uradila s kosom – naredila je Freja.

– Frejo, izgledaš – prelepo – zaista prelepo – rekla joj je Ema, ustala i prišla ogledalu da ukloni čaršav.

Freja je stala ispred ogledala i pogledala svoj odraz. Jedva je poverovala da je to ona. Plava kosa joj je bila zabačena unazad, a dijamantska ukosnica držala je prednji deo. Zadnji deo je bio savršeno uvijen i pričvršćen drugom dijamantskom ukosnicom.

Haljina joj je isticala poprsje na pravi način, lagano klizila preko stomaka, a ukrasni pojas je odvraćao pažnju sa širine struka. Zahvaljujući kroju, haljina je padala tako da je u njoj zapravo izgledala viša. Činilo se da je skoro vitka! Kako jedna haljina može to da postigne?

– Agata je genijalka, zar ne? – primetila je Freja dok se okretala s jedne na drugu stranu, diveći se.

– Izgledaš neverovatno, Frejo, mogla bih da zaplačem – izjavila je Ema dok su joj se oči punile suzama.

– Ti hormoni baš utiču na tebe... koliko je sati? – upitala je Freja, primetivši da joj sat nije na ruci.

– Petnaest do šest. Kad će doći po tebe? – raspitivala se Ema.

– U šest. Sačekaćemo helikopter izvan sela. Sleteće u neko polje blizu Nikosovog supermarketa. To je bilo jedino mesto gde je mogao da se spusti. Bože, ne mogu da verujem da sam upravo upotrebila reč helikopter kao da govorim o taksiju. Nikad dosad se nisam vozila helikopterom, misliš li da je bezbedno? – pitala je Freja, uzela sat i stavila ga na ruku.

– Verovatno sto puta bezbednije nego vožnja grčkim putevima. Dakle, spremna si? Sve si spakovala? – upitala je Ema, pokazujući na Frejinu malu putnu torbu.

– Pa, bićemo tamo samo jednu noć. Imam odeću za presvlačenje, Kloda i pribor za higijenu – šta više devojci treba kad boravi u penthaus apartmanu? – upitala je Freja i osmehnula se.

– Znam kakve poklončiće imaju takvi hoteli. Prihvatiću bilo koji skup proizvod – zatražila je Ema.

– Ja se nadam novom bademantilu – uzvratila je Freja.

Ema se nasmejala i onda snažno zagrlila prijateljicu.

– Nikad te nisam videla ovako srećnu, Frejo. Uživaj večeras u svakom trenutku – naredila joj je Ema.

– Pa, radujem se hotelu i večeri, ali fotografi... pa, moraću nekako da se izborim s njima – rekla je Freja i duboko udahnula.

– Nema više razloga za brigu. Štampa će se brzo zasititi tvoje priče čim ispliva neki novi skandal – uveravala ju je Ema, držeći je za ruke.

– Da, znam. Samo me je sve to podsetilo na roditelje, zatvor, posebno zatvor – rekla je Freja, u mislima odlutavši u prošlost.

– To je sad gotovo, zasvagda. Niko neće promeniti mišljenje o tebi. Nisi bila zaslužila da ideš u zatvor – rekla joj je Ema.

– Gospođa P me je danas gledala drugačije. Pokušala je da se ponaša prema meni kao pre, ali sam joj videla nešto u očima. Sigurna sam da je to bilo razočaranje – rekla je Freja.

– Jedino što je trenutno vidljivo u njenom pogledu je strah što ću joj postati snaja ranije nego što je očekivala – rekla je Ema i osmehnula se.

– Koliko ranije? Znači li to da ste odredili datum? – upitala je Freja uzbuđeno.

Ema je klimnula glavom.

– Oh Em, kad? Reci mi.

– Dvadeset drugi septembar. Venčavamo se u Crkvi Bogorodice kasiopske, koja je, kao što znaš, grčka pravoslavna crkva, pa će to obradovati Janisove roditelje. Onda će nas moj anglikanski sveštenik blagosloviti na plaži, uz tradicionalni grčki bend i igrače, i razmišljam da postavimo veliki šator dole u luci i pozovemo celo selo – ispričala joj je Ema.

– Zvuči savršeno – složila se Freja i osmehnula se.

– To se ne bi desilo da nije bilo tebe – rekla je Ema.

– Naravno da bi. Janis te obožava, ja sam samo obezbedila sredstva da beba P bude zakonito dete. Nisam mogla dopustiti da jadno dete bude rođeno van braka – našalila se Freja.

Ema se nasmejala, a onda je u Frejinoj tašni zazvonio mobilni, skrećući im pažnju. Freja je brzo pretražila tašnu kako bi ga pronašla. Na ekranu je pisalo da je zove majka.

– Majka – rekla je Freja dok joj je telefon zvonio u ruci.

– Bože, šta sad hoće? Baš je drska. Ne javljaj se – rekla je Ema, želeći da Frejino posebno veče protekne bez bilo kakvih ometanja.

– Hoću da čujem šta ima da kaže, baš me zanima – halo? – javila se Freja i približila telefon uvetu.

– Džejn, oh dobro je, javila si se. Nisam znala da li hoćeš, s obzirom na okolnosti.

– Mama, molim te, ne zovi me tako. Pretpostavljam da si danas pročitala novine i kako sad znaš da si spavala s mojim bivšim momkom.

– Ovaj, da. Stvarno ne znam šta bih rekla na tu temu. Deluje prilično nevažno u poređenju sa svim ostalim.

– Zaista? Pa, Rasel u članku nije spomenuo sramotno tajno zadovoljstvo, tako da verovatno nećeš izgubiti klijente zbog toga – rekla je Freja.

– Tvoj otac me je zvao danas. Mislim da su ga novinari saleteli sa svih strana.

– Da li bi to trebalo da me pogodi?

– Džejn, besan je na tebe. Mislim da ga nikad nisam čula toliko ljutog.

– I opet, da li bi to trebalo da me pogodi? Nije moja krivica što je sve ovo izašlo na videlo. Ti si bila Raselova ljubavnica, što je dovelo do toga da sazna za mene, što je pak dovelo do mog priznanja kako sam u srodstvu s tim čovekom. To nije nešto čime se ponosim, nije nešto čime se hvalim.

– Neke priče u članku su bile veoma živopisne, Džejn – potpuno nepotrebno.

– Koje tačno? Ona u kojoj me je tukao kaišem pošto je moje ponašanje za stolom bilo neprimereno, ili ona u kojoj je organizovao napad na Gloriju, sobaricu, dok se vraćala kući s posla, jer mi je donela večeru u sobu pošto nisam smela da jedem za stolom? – upitala je Freja.

– Mislim da si pogrešno protumačila očeve namere.

– Pogrešno ih protumačila?! On je čudovište, majko! Poslao me je u zatvor. Bila sam mu jedina ćerka i imala sam osamnaest godina – podsetila ju je Freja.

– Ne opravdavam to što je tad uradio, ali niko od nas ne želi da se to ponovo pominje – izjavila je Barbara.

– Sigurna sam da bi najradije sve to ponovo gurnula pod aksminsterski tepih, ali kao što sam rekla, tvoje neprimereno ponašanje je dovelo do ovoga – rekla je Freja.

– Uvek kriviš nekog drugog, zar ne, Džejn? Ništa nije tvoja krivica, jelda? Mislim, kriviš moju tajnu vezu što je sve ovo isplivalo, ali budimo iskreni – da ne izlaziš s Nikolasom Kejdenom, nikog nimalo ne bi zanimao tvoj život – saopštila je Barbara.

– Isuse! Ne misliš valjda ozbiljno da sam kriva za bilo šta od ovoga! – uzviknula je Freja.

– Ti si zapalila kuću – podsetila ju je Barbara.

– Znaš šta, majko? Stvarno bih volela da ste oboje bili u njoj – rekla je Freja i prekinula razgovor.

Srce joj je ubrzano lupalo i sela je na ivicu kreveta da se pribere.

– Jesi li dobro? – upitala je Ema oprezno.

– Da, dobro sam. Zapravo, trebalo je da pretpostavim da će bar neko od njih dvoje nešto reći – rekla je Freja i vratila mobilni u tašnu.

– Ne dozvoli da ti pokvare veče, nisu vredni toga – rekla je Ema.

– Neće, znam da nisu – složila se Freja.

– Pa, hajde onda, požuri. Skoro je šest i ne želiš da te tvoj princ na belom konju čeka – rekla je Ema i pružila joj malu putnu torbu.

– Znaš li da sam morala danas da kupim ovu torbu kako ne bih nosila stvari u penthaus apartman u kesama iz supermarketa? – rekla je Freja i osmehnula se.

– Zapravo, kad bolje razmislim, daj meni da ti nosim torbu. Možda me uhvate na nekoj fotografiji ako je budem nosila do kola – rekla je Ema, otimajući joj torbu.

– Mislim da me Rodžer čeka na ulazu, ali slobodno možeš da me ispratiš – rekla je Freja kroz smeh.

– Rodžer, onaj krupni, snažni telohranitelj? Kevin Kostner iz stvarnog života koji me je podigao kao da sam najlakša stvar na svetu i ubacio me u auto pre naše jurnjave do bolnice? – izjavila je Ema.

– Baš taj – odgovorila je Freja.

*　*　*

Rodžer je čekao Freju na ulazu u apartmane *Kalipso* i razgovarao sa Spirosom da prekrati vreme.

– Zdravo Rodžere – pozdravila ga je Freja.

– Zdravo Frejo, zdravo Ema – rekao je Rodžer osmehnuvši se.

– Zdravo – odgovorila je Ema.

Crni mercedes je bio parkiran niže u uličici, a automobil je okruživala gomila ljudi – neki od njih su bili turisti, drugi fotografi, a čak je bilo i nekoliko meštana koje je Freja prepoznala jer rade po barovima.

Čim su videli da se Freja pojavila, preusmerili su pažnju sa auta na nju. Iznenada su se pokrenuli i zavladao je potpuni metež.

– Dođavola! Nisam očekivala da će biti ovako – uzviknula je Ema dok su je ljudi gurali pokušavajući da dođu do Freje.

– Slušaj, vrati se unutra. Ne želim da guraju tebe i bebu P. Videćemo se sutra i doneću ti hotelske poklone – rekla je Freja, uzimajući malu putnu torbu od nje.

– U redu. Sjajno se provedi! – doviknula je Ema i posmatrala kako Freja i Rodžer ulaze u automobil.

31.

Nekoliko minuta kasnije, automobil se zaustavio pored crnog helikoptera BEL430 s dva turbinska motora, na livadi neposredno izvan centra sela.

Freja i Rodžer su izašli iz automobila, a Nikolas, u smokingu, požurio im je u susret.

– Zdravo – pozdravio je Freju, uhvatio ju je za ruke i zadivljeno gledao.

– Zdravo – odgovorila je ona.

– Izgledaš neverovatno – rekao je, podigao joj je ruke do svojih usana i poljubio ih.

– I ti si se prilično lepo skockao – uzvratila je Freja, uviđajući koliko je zapravo zgodan.

– I Rodžer takođe, zar ne? Pogledaj se, čoveče, baš si elegantan – primetio je Nikolas, pokazujući na odeću svog telohranitelja.

– Već sam pohvalila Rodžerov večerašnji izgled, a i on je moj – obavestila ga je Freja.

– Hm, izgleda da ću morati da vas držim na oku. Previše se vas dvoje međusobno hvalite – našalio se Nikolas.

– Delimo oduševljenje filmovima Brusa Vilisa – obavestio je Rodžer Nikolasa.

– Prokleti Brus! Sve više želim da sam on – odgovorio je Nikolas dok se Freja smejala.

– Bolje da pođemo. Kako ne bismo uleteli u gužvu kad stignemo – rekao je Rodžer, pogledavši na sat.

– U pravu si. Pa, jesi li spremna? – upitao je Nikolas Freju.

– Jesam – odgovorila je.

– Onda da krenemo.

Uzeo je Freju za ruku i zajedno su pošli ka helikopteru.

* * *

– Moram da odradim nekoliko intervjua večeras, posle večere – rekao je Nikolas Freji dok su leteli iznad mora.

– Oh, u redu – odgovorila je Freja, pomalo razočarano.

– Ali sam pomislio da bi ti se možda svidelo da malo fotografišeš po Atini. Tako da sam se dogovorio s vozačem da te provoza po gradu, gde god poželiš. Jesi li povela Kloda sa sobom? – upitao ju je Nikolas.

– Klod me nije napustio otkad je ušao u moj život – odgovorila je Freja.

– Odlično, mislio sam da je to bolje nego da me čekaš ili se sama vratiš u hotel. Čuo sam da Partenon noću izgleda zaista neverovatno – rekao je Nikolas.

– To bi bilo lepo – složila se Freja.

Grčka iz vazduha bila je jednako živopisna kao i na zemlji. Let helikopterom je bio uzbudljiv i potpuno drugačije iskustvo od letenja avionom. Freja se u helikopteru osećala nesigurnije, ali je istovremeno bilo i uzbudljivo jer joj se činilo kao da su mnogo bliže svemu. Kao da lebde u metalnom mehuru.

Sleteli su na heliodrom hotela *Atens palas* nešto više od trideset minuta nakon što su poleteli iz Kasiopija. Dočekala ih je Marta.

Izbegavala je da pogleda Freju i neposredno se obratila Nikolasu.

– Automobil vas čeka, idemo ovuda. Kakav je bio let? – upitala je Marta, uzela Nikolasovu torbu i povela ih prema izlazu s krova.

– Dobar, hvala na pitanju. Uživali smo, zar ne, Frejo? Daj, ja ću ti poneti to – rekao je Nikolas i uzeo Frejinu malu putnu torbu.

– Da, bilo je zabavno – odgovorila je Freja.

– Dobro. Dakle, raspored je sledeći – sad idemo do *Plaza hola*. Ispred ćemo imati najviše sat vremena za upoznavanje i druženje, večera počinje u pola devet, a nakon toga su zakazani intervjui za *Film tudej*, *Njuz* i *Entertejment nau* – nabrajala je Marta dok su silazili niza stepenice i kretali se ka liftu.

– U redu, dobro. Slušaj, potrudiću se da ne odugovlačim sa intervjuima pošto sam čuo da penthaus apartman ima vodeni krevet – šapnuo je Nikolas Freji.

– A da li ima bademantil na poklon? – upitala je Freja.

– Gotovo sam siguran da ima, a nadam se i odlične peškire. Kod kuće ih imam iz skoro svakog hotela *For sizons* – priznao je Nikolas uz smešak.

– Bože! Uzimaš peškire? To je krađa – uzviknula je Freja glumeći zgražavanje.

– Pretpostavio sam da su pokloni. Uzeo sam jedan, sledećeg dana se na mom krevetu pojavio novi, nisam želeo da ih uvredim – odgovorio je Nikolas.

– Zaprepašćuješ me! Ti si kradljivac peškira! – rekla je Freja glasno.

– Izvini, možemo li da nastavimo? Pokušavamo da prođemo kroz raspored večerašnjih dešavanja – podsetila ih je Marta.

Izašli su iz hotela na zadnji izlaz i odmah ušli u automobil koji ih je čekao. Marta je tad otišla, a Rodžer je seo napred, pored vozača.

– Kako će Marta da stigne do mesta održavanja prijema? Na metli? – upitala je Freja okrenuvši se ka Nikolasu.

– Mislim da ima neki skupocen model – odgovorio je Nikolas.

– Čini mi se da ne razume moj humor – rekla je Freja.

– Ona voli ustaljen raspored i planove putovanja, takva je. Dobra je u svom poslu – rekao joj je Nikolas.

– Da, nema sumnje da je veoma posvećena tome – složila se Freja.

– Da li je sve u redu? – upitao je Nikolas, uhvativši je za ruku.

– Da, jeste. Zapravo... majka me je pozvala večeras neposredno pre nego što sam krenula – priznala je Freja.

– I šta je rekla? – upitao je Nikolas.

– Oh, ništa posebno. Samo da je moj otac veoma ljut na mene, zbog toga što je priča dospela na naslovne strane, i kako je sve ovo moja krivica – rekla mu je Freja.

– Ozbiljno? – upitao je Nikolas.

– To sam i mogla da očekujem. Samo me je malo uzdrmalo, to je sve – priznala je Freja.

– Hoćeš piće? – upitao je Nikolas, otvarajući mini-bar.

Freja je klimnula glavom.

Nikolas im je sipao brendi i pružio joj čašu.

– Znaš, ne mogu da se otmem utisku da je naposletku moja krivica što je tvoja prošlost isplivala na površinu – rekao je i otpio gutljaj pića.

– Molim te, samo mi nemoj reći da si i ti spavao s mojom majkom – odgovorila je Freja.

– Ne namerno – rekao je Nikolas i osmehnuo se.

– Da pogađam, osećaš se krivim zato što si me za nedelju dana iz potpune anonimnosti, u kojoj sam bila prosečna fotografkinja koje su se odrekli bogati roditelji, lansirao u javnost kao poznatu ličnost. I da se nismo upoznali, niko ne bi mario za devojku iz Klapama – rekla mu je Freja.

– Tako nešto – složio se Nikolas.

– Pa, to je i moja majka rekla. I na neki način je u pravu. Ali znaš šta? Tako mi je drago što sam te upoznala – uzvratila je Freja gledajući ga pravo u oči.

– I meni – odgovorio je Nikolas, spustio čašu i nagnuo se ka Freji.

Ona je uradila to isto i pomerila se prema njemu. Osetila je njegove usne na svojim i zatvorila oči, uživajući u poljupcu.

Plaza hol je bio udaljen dvadeset pet kilometara od hotela i za nešto manje od pola sata kolima stigli su tamo. Vozilo se zaustavilo, a Nikolas je zamolio vozača da sačeka pet minuta pre nego što otvori vrata.

– Večeras izgledaš zaista neverovatno, Frejo – rekao je Nikolas, držeći je za ruku i blago je stiskajući.

– Hvala ti – odgovorila je Freja, prihvatajući laskanje.

Nikolas je duboko udahnuo, a zatim ju je pogledao sa ozbiljnim izrazom na licu.

– Kad vozač bude otvorio ova vrata, nastaće ludnica, znaš to, zar ne? Biće više fotografa nego što si ih ikada dosad videla u životu. Blicevi će te gotovo zaslepeti, a ljudi će vrištati naša imena, tražiće da se okrećemo tamo-amo. Nemoj da te to uplaši. Sve što treba da uradiš je da se smeškaš i držiš me za ruku, ništa više – rekao joj je Nikolas.

– U redu – odgovorila je Freja.

– Ali važnije od toga je da se ne uplašiš i da se smeškaš – želim da znaš da je to tamo napolju sve predstava, sve je lažno. Ovo ovde, ti i ja, to je ono što je važno, to je stvarno – rekao je Nikolas iskreno.

– Zaista to misliš? – upitala ga je Freja.

– Da, videćeš. Počevši od večeras, sve će biti drugačije – uverio ju je Nikolas.

– U redu – odgovorila je Freja.

– Dakle, jesi li spremna? – upitao ju je Nikolas.

– Koliko god mogu biti – odgovorila je.

Duboko je udahnula i pomolila se da ne padne na visokim potpeticama.

Vozač je otvorio vrata i Freji je gotovo iskočilo srce od bučnih povika i vriske dok su ona i Nikolas izlazili iz kola na trotoar.

Činilo se kao da je istovremeno blesnulo hiljade bliceva, i na trenutak, Freja kao da je privremeno oslepela i nije mogla ni na šta da se usredsredi. Videla je mušice pred očima i svi su joj izgledali zamućeno.

– Jel' sve u redu? – upitao je Nikolas, stežući joj ruku.

– Slepa sam na jedno oko i gluva, ali osim toga, sve je u redu. Samo nemoj previše brzo da hodaš po tom crvenom tepihu, obula sam nove cipele – odgovorila je Freja nadglasavajući buku.

– U redu, sačekaj ovde s Rodžerom dok podelim nekoliko autograma. Neću dugo, obećavam – rekao je Nikolas i poljubio je u obraz.

To je izazvalo bleskanje još više bliceva i oduševljene povike publike.

Freja je posmatrala Nikolasa kako prilazi obožavaocima koji su ga fotografisali i dozivali. Rukovao se, pozirao za fotografije i oduševljeno razgovarao s njima. Hilari, Džin i Bob su se takođe probijali duž gomile i delili autograme, ali bilo je očigledno da je Nikolas najveća zvezda.

– Dakle, koliko daleko sme da se udalji od tebe pre nego što moraš da ga povučeš nazad? – pitala je Freja Rodžera dok su posmatrali Nikolasa.

– Volim da ga držim na oku, ali večeras je tu i obezbeđenje. Vidiš one momke u tamnim polo majicama? – upro je Rodžer prst ka njima.

– Vidim ih. Onaj neverovatno liči na Vin Dizela – rekla je Freja.

– Debelog Vin Dizela – odgovorio je Rodžer.

– Vin Dizel koji se predozirao krofnama. Kad smo već kod hrane, umirem od gladi – priznala je Freja i pogledala na sat.

– Ako ti je za utehu, nisi jedina. Nisam ručao danas – rekao joj je Rodžer.

– Onda se sigurno raduješ večeri više nego ja, oh ne, stiže Zla Veštica – pokrivaj me – rekla je Freja i koraknula unazad, pokušavajući da se sakrije iza Rodžera.

– To je sve zasad, Rodžere. Mislim da ovdašnje obezbeđenje drži sve pod kontrolom – rekla je Marta kad se pojavila pored njega.

– Izvinite, gospođo, ali Nik mi je izričito rekao da ostanem uz gospođicu Džonson dok ne završi – odgovorio je Rodžer, ne pomerajući se.

– Pa, možda bi mogao nakratko da je ostaviš sa mnom, kako bismo prošle kroz neke pojedinosti u vezi s večerašnjim dešavanjima – predložila je Marta uz strog i neljubazan osmeh.

– Šta god da imate da mi kažete, zasigurno mi to možete reći i pred Rodžerom. Nemoj da se pomeraš, Rodžere – rekla je Freja, i dalje ga koristeći kao ljudski štit.

– Želela bih da počnem pohvalom tvog večerašnjeg izgleda. Ne mogu da zamislim koliko dugo ti je trebalo da sve dovedeš do savršenstva – rekla je Marta, izrazito podsmešljivim tonom.

– Pa, trebalo mi je otprilike koliko i vama da prekrijete bore oko očiju – uzvratila je Freja uz osmeh, videći kako se Rodžer ukočio pokušavajući da ostane ozbiljan.

– Jednog dana će te ta tvoja dovitljivost uvaliti u nevolju – uzvratila joj je Marta.

– Već sam upadala u mnoge nevolje, Marta, i nisam nastradala – odgovorila je Freja odlučno.

– Baš su lep par, zar ne? – nastavila je Marta, skrenuvši Frejinu pažnju na Nikolasa i Hilari.

Dvoje glumaca su stajali zajedno, smeškali se kamerama, a Hilari je obuhvatila Nikolasa oko struka.

– Da li si znala da je on birao partnerku za ovaj film? Mogao je da izabere bilo koju, a od svih glumica koje su prošle audiciju pred kamerom, odlučio se za Hilari. Pa, šta misliš zašto je to uradio? – upitala je Marta i okrenula se kako bi pogledala Freju.

– Britni je bila zauzeta? – odgovorila je Freja.

– Mislim da je zato što je Hilari zvezda u usponu. Izgleda kao zvezda, znaš, plava, lepa, vitka, elegantna...

– Ravna kao daska – dodala je Freja.

– Zna pravila igre. Bila bi dobra za njega – nastavila je Marta.

– Zašto to radite, Marta? Veoma je neprijatno i, koliko znam, vi mu niste majka. Zapravo, nisam ni sigurna ko ste vi uopšte – rekla joj je Freja.

– Želim da shvatiš da ovo tvoje očijukanje s njegovim svetom ne može potrajati. Ti nisi ono što mu je potrebno u životu. Pogledaj šta se desilo otkad ste se upoznali! Morala sam da preduzmem znatne mere saniranja štete kako film ne bi bio ugrožen pričama o tvom ličnom životu, koji, da si se držala po strani, nikog ne bi ni zanimao – nastavila je Marta.

– Oh, Marta, prestanite da se ponašate detinjasto! Nik nije neki dečkić kome treba da ga drže za ruku. Odrastao je čovek, sposoban da samostalno donosi odluke. Nisam mu isprala mozak kako bi poželeo da bude sa mnom. Nemam pojma zašto to *želi*, ali želi, i treba to da poštujete – rekla je Freja ljutito.

– Naravno, razmišljam i o tebi u svemu ovome. Mislim, kako bi se osećala da ti ceo život osvane u novinama, a onda budeš okrutno ostavljena nakon što si se uzalud ogolela? – rekla je Marta.

– Ne gubite vreme brinući se za mene. Predlažem da počnete da mislite na sebe. Možda prvo da sastavite radnu biografiju, jer ako Niku kažem samo jednu reč o ovome što pokušavate da uradite, on će vas otpustiti – zapretila joj je Freja.

– Ne bih bila tako sigurna – odgovorila je Marta, nimalo uzdrmana.

– Rekla sam vam već, Marta, bila sam u nevoljama i izvukla se iz svake. A vi? – upitala ju je Freja strogo.

– Vidimo se unutra. Rodžere, postaraj se da obezbeđenja bude valjano obavešteno o planovima za odlazak – naredila je Marta i otišla prema ulazu u *Plaza hol*.

– Uh! Ta žena! Da je neko drugi, udarila bih je – napomenula je Freja Rodžeru i duboko udahnula pokušavajući da ostane pribrana.

– Mislim da si pobedila kad si rekla „ravna kao daska" – kazao je Rodžer.

– Stvarno to misliš?

– Mislim da bi trebalo da kažeš Niku šta je rekla – kazao je ozbiljno.

– Ne! Ne, nije to ništa strašno. Ne plašim je se, a on mi je rekao da je dobra u svom poslu. Ne želim da uzburkavam situaciju. I molim te, bila bih ti veoma zahvalna da ovo ostane među nama – zamolila ga je Freja.

– Ne brini se za mene. Ne mogu da mu kažem. Ja sam ti kao ona tri mudra majmunčića u jednom. Ništa ne vidim, ništa ne čujem i ništa ne govorim – odgovorio je Rodžer.

– Dobro, u redu. Dakle, koliko je sad već dugo sa onom ravnom praznoglavicom? – upitala je Freja gledajući na sat.

– Oko dvadeset minuta – odgovorio je Rodžer.

– Jel' to sve? Misliš li da mogu da nam donesu barem predjelo? Ili samo neko pecivo? Ili možda možemo da naručimo, pa da nam vozač donese nešto za jelo – predložila je Freja.

– Nikad dosad nisam video da se Nik ludo zaljubio u neku devojku – rekao je Rodžer, ponovo ozbiljnim tonom.

– Kako to misliš?

– Bilo je ranije i drugih žena, ali pored tebe je i on drugačiji – izjavio je Rodžer.

– Jel' ti rekao nešto o meni? Hajde, Rodžere, šta je rekao? – raspitivala se Freja nestrpljivo.

– Hej, ja sam mudri majmunčić, sećaš se i već sam rekao previše – odgovorio je.

– Eh, ti previše savesni majmunčići. Hej, imaš li žvaku? Ili *tvinki* slatkiš? U filmovima ga telohranitelji uvek imaju u džepu – uzviknula je Freja.

– To je potpuna izmišljotina – odgovorio je Rodžer.

32.

Prošlo je više od sat vremena dok Nikolas nije završio s potpisivanjem autograma i pozdravljanjem s mnogobrojnim obožavaocima koji su došli da ga vide. Zatim je usledilo rukovanje sa zvaničnicima. Kad su ušli, izgled *Plaza hola* ih je ostavio bez daha. Glavna sala imala je visoku, kupolastu tavanicu i raskošne detalje svuda unaokolo. Trideset stolova, svaki za po šest osoba, bili su prelepo postavljeni, a u gornjem delu sale nalazila se velika bina s govornicom. Na zidu su se prikazivali isečci sa snimanja filma, u izvornoj, nedovršenoj i nemontiranoj verziji.

Na Frejinu žalost, ona i Nikolas su sedeli s Martom, Hilari, Džinom i Bobom. Za stolom odmah pored njihovog bili su neki od grčkih zvaničnika na visokom položaju, uključujući i gradonačelnika Atine.

Hrana je počela da stiže ubrzo nakon što su seli, na čemu je Freja bila iskreno zahvalna.

– Izvini što se malo odužilo – napomenuo je Nikolas dok su čekali da ih posluže.

– Nije bilo tako strašno. Bilo je mnogo ljudi – rekla je Freja i gotovo da je oblizivala usne dok su konobari donosili hranu.

– Više nego što sam očekivao. Hoćeš li još vina? – upitao je Nikolas, primetivši da joj je čaša već napola prazna.

– Hvala. Dakle, da li Marta ima bilo kakvog pojma da si promenio govor? – upitala je Freja šapatom.

– Ne. Ali će vrlo brzo saznati – odgovorio je Nikolas osmehujući se.

– Pa, Frejo, kako se mediji odnose prema tebi? – upitao je Džin prilično srdačno.

Freja je bila iznenađena što joj se obratio i nije bila sigurna kako da reaguje.

– Pa, danas me zapravo niko nije uznemiravao – odgovorila je Freja.

– Dobro je. Mada, ima još vremena, s obzirom na to da je vest tek procurila – odgovorio je on.

– Izvini, možeš li da mi pojasniš nešto? Da li pokušavaš da me podržiš, ili si i dalje budala? – odbrusila mu je Freja.

– Da, Džine, i mene zanima odgovor na to pitanje – izjavio je Nikolas, streljajući ga pogledom.

– Samo sam, naravno, hteo da pružim podršku i započnem razgovor. Pošto su nam ceo dan postavljali pitanja o Freji, zanimalo me da li je i ona doživela isto, to je sve – rekao je Džin, pijuckajući vino.

– Frejin lični život večeras neće biti tema razgovora, osim ako ne želiš da pričamo i o tvom životu – rekao je Nikolas odlučno.

Džin nije odgovorio, a Marta je uputila Freji pogled koji bi mogao da ukiseli mleko.

– Jel' govorio istinu? Jesu li vas stvarno ceo dan ispitivali o meni? – htela je Freja da zna.

– Nije bilo toliko strašno kao što je on to predstavio. Besan je jer smo se danas posvađali na snimanju – rekao je Nikolas tiho.

– Posvađali ste se! – uzviknula je Freja.

– Ne bukvalno – više smo se prepirali. Imaju odvratan stav, i rekao sam Džinu i Bobu kako je ovo poslednji put da radim s bilo kojim od njih – obavestio ju je Nikolas.

– Nik, zahvalna sam ti što me braniš, ali ti ljudi su tvoji... pa, htela sam da kažem prijatelji, ali možda to nije prava reč. Moraš da se slažeš s njima, a sigurna sam da Džin i Bob nisu poslednji ljudi koji će se okomiti na mene – rekla je Freja ozbiljno.

– Verovatno nisu, ali očekivao bih da to budu novinari, a ne moje kolege – rekao je Nikolas, otpijajući gutljaj vina.

– Svuda ima ljudi s predrasudama, bez obzira na profesiju – rekla mu je Freja i pogledala ka Marti.

– Još samo nekoliko nedelja i moraću da ih gledam jedino tokom intervjua i na premijeri – odgovorio je Nikolas.

– Pa onda, možeš još malo da ne obraćaš pažnju na te krelce. Pogledaj koliko si daleko dogurao trpeći njihove podmukle opaske bez ijednog sukoba... bila bi šteta da sad sve pokvariš – rekla je Freja.

– U pravu si – složio se Nikolas.

– Osim toga, ako neko treba Džinu da razlupa nos, onda sam to ja – mada ne u ovoj haljini, preskupa je – rekla mu je Freja.

Hrana je bila veoma ukusna, stalno su im dolivali vino, a Freja je čak uspela da proćaska s Hilari. Iako je bio neobavezan, ipak je to bio razgovor.

Nakon večere, došlo je vreme za govore. Na binu je izašao nizak, bradat muškarac od oko pedesetak godina, u smokingu.

– Ko je to? – šapnula je Freja Nikolasu.

– To je Džejms Piterson. On je direktor studija koji snima film, *Global pikčers* – odgovorio je Nikolas.

– Čini mi se da bi to trebalo da znam, s obzirom na to da izlazim s tobom – odgovorila je Freja.

– Upoznaću vas kasnije – obećao je Nikolas.

– ... nadamo se da su večera i zabavni program makar delimično uspeli da izraze našu zahvalnost za vašu gostoljubivost i pomoć tokom proteklih meseci. Vaša zemlja je zaista mesto čiste, netaknute lepote i puna je toplih, velikodušnih ljudi – rekao je Džejms Piterson.

Svi su tapšali.

– A sad vas prepuštam glavnoj zvezdi filma, dame i gospodo: gospodin Nikolas Kejden – kazao je Džejms Piterson.

Salom se ponovo prolomio aplauz, a Nikolas je ustao i pripremao se da izađe na binu.

– Treba li sad da prospem vodu za tobom, ili nešto slično? – pitala ga je Freja dok je otpijao gutljaj vode.

– Nije uobičajeno, ali u ovom slučaju mi mnogo znači – rekao je Nikolas s kolebljivim osmehom.

Otišao je od stola do bine, dok su svi nastavili da pljeskaju. Popeo se uza stepenice i rukovao se s Džejmsom pre nego što je na govornici pripremio beleške.

Aplauz je utihnuo i Nikolas je pogledao prisutne goste.

– Dobro veče, dame i gospodo, zaista je lepo večeras videti toliko ljudi koji ovaj trenutak proslavljaju s nama. Kao što je Džejms već rekao, vaša zemlja, a posebno vaša ostrva, mesta su očaravajuće lepote, i svi smo zaista počastvovani što smo imali priliku da snimamo ovaj film na tako zadivljujućim lokacijama – počeo je Nikolas.

Gosti su pljeskali zbog iskazane zahvalnosti.

– U ovom trenutku trebalo je da vam nešto više kažem o samom filmu i razlozima zbog kojih je Grčka izabrana kao mesto dešavanja radnje, ali mislim da je to očigledno, pejzaži su jedinstveni, a ljudi oličenje velikodušnosti. Rečeno mi je da imam samo deset minuta za priču, a ono o čemu zaista želim da vam govorim večeras smatram mnogo važnijim od bilo kog filma – nastavio je Nikolas.

Freja je pogledala Martu. Krenula je grozničavo da traži tašnu. Kad ju je našla, počela je mahnito da lista papire.

– Večeras ću vam govoriti o nečemu veoma ličnom, i počeću time što ću vam pokazati fotografiju, koju je napravila veoma nadarena fotografkinja, gospođica Freja Džonson – rekao je Nikolas.

Gosti su istovremeno uzdahnuli. Na velikom ekranu pojavila se Nikolasova fotografija, jedna od onih koje je Freja napravila u vili *Kamiji*.

Fotografisala ga je s leđa, nagog, kako gleda ka moru. Freja nije dosad videla fotografije s tog snimanja. Bila je to dobra fotografija, crno-bela, i savršeno je isticala Nikolasovo zgodno telo.

– Šta se ovo dođavola, dešava? Ovoga nema u govoru koji sam dobila – siktala je Marta nastavljajući da prelistava papire.

– Dobra je fotografija – napomenula je Hilari, obraćajući se više celom stolu nego nekom posebno.

– Misliš ima lepu guzu – rekla joj je Freja i osmehnula se.

– Pa, ja... – odgovorila je Hilari, trudeći se da ne pocrveni.

Nikolas je sačekao da žamor i opaske iznenađenih gostiju utihnu pre nego što je nastavio.

– Verovatno se sad pitate zašto vam pokazujem fotografiju na kojoj sam kao od majke rođen. Pa, to je jedna od nekoliko sličnih fotografija urađenih da bih skrenuo pažnju na plemeniti cilj za koji ću priložiti svoj honorar za snimanje ovog filma u iznosu od deset miliona dolara – nastavio je Nikolas.

U publici su se začuli novi uzdasi i šapati zbog njegove velikodušnosti.

Tek tad je Freja shvatila šta će Nikolas reći tim ljudima u punoj prostoriji. Zadržala je dah i saosećala s njim. Stajao je sâm na bini, sve oči su bile uprte u njega, gosti su čekali da čuju šta će reći.

– Ne želim da ovaj govor bude skroz dirljiv, ali već duže vreme sam nešto skrivao od svih i doskoro mi je bilo sasvim u redu da to radim i dalje. Međutim, osoba koju sam nedavno upoznao naučila me je mnogo o meni samom, o tome ko sam, u kakvom se položaju nalazim i na koji način bi trebalo da ga koristim da bih pomogao drugima. Zato sad stojim ovde pred vama kako bih vam rekao da sam imao rak testisa – objavio je Nikolas.

Ovog puta nije bilo žamora – samo tišina. Svi su gledali u Nikolasa, nepomični, slušajući usredsređeno. Posmatrali su ga kako stoji i čekali, ne dišući, da čuju šta će sledeće reći.

– Rak testisa je u porastu, i najčešće pogađa muškarce između dvadeset pet i četrdeset pet godina starosti. Shvatate da pričamo o partnerima, sinovima, muževima i očevima koji su u najboljim godinama života. Lečenje je izuzetno uspešno ako se bolest otkrije dovoljno rano. Procenat smrtnog ishoda opada, ali mogao bi znatno da se smanji ako bi se muškarci redovno sami pregledali. Pre nego što sam oboleo, nikad se nisam pregledao, a moj tumor je otkriven sasvim slučajno. Imao sam sreće. Ali ne želim da iko ovde sebe prepusti slučaju. Zato, osim što doniram svoju zaradu od ovog filma, nameravam da prodam ove prilično lične fotografije onome ko ponudi najviše – rekao je Nikolas prisutnima.

Freja se nasmešila. Ovo je bilo neverovatno. Baš na ovaj način bi neko ko je bogat i slavan poput njega trebalo da koristi svoj uticaj.

– Milion! – viknuo je neko iz zadnjeg dela prostorije, među novinarima.

– Pet miliona! – začuo se još jedan glas.

– Cenim vašu velikodušnost, ali vas molim ako biste mogli da sačekate trenutak i sve ponude prosledite mojoj pomoćnici, Marti, ona će sve koordinisati – rekao je Nikolas.

Duboko je udahnuo i pogledao u beleške.

– To je otprilike sve što sam želeo da kažem. Imam i neke brošure o simptomima i znacima bolesti, ako bi neko želeo da pogleda.

Važno mi je da me ne sažaljevate. Ne stojim ovde zato što mi treba uteha, ja sam jedan od onih koji su preživeli. Ispričao sam vam svoju priču kako bih podigao svest o ovoj bolesti i nadam se, prikupio sredstva za istraživanje i negu obolelih. Gospodo, molim vas pregledajte se kad stignete kući. Dame, pregledajte svoje muškarce. Hajde da se postaramo da niko ovde, niti iko koga poznajete, ne umre od sramote. Hvala vam – zaključio je Nikolas i sišao s govornice.

Freja je prva ustala, pljeskajući oduševljeno, a ubrzo su je sledili i ostali, dok cela sala nije odzvanjala od aplauza, u znak divljenja.

Svi su želeli da se rukuju s Nikolasom dok se vraćao do stola, a Martu su opkolili novinari i predstavnici časopisa, pošto je nadmetanje za fotografije već počelo.

– Nik, nisam imao pojma – napomenuo je Bob kad se Nikolas vratio do stola.

– A zašto bi imao? Nema veze – kazao je Nikolas i seo pored Freje. – Hej – obratio joj se uz osmeh.

– Imam jednu zamerku. Nisi mi rekao da ćeš večeras izložiti moj rad – rekla je Freja uzvraćajući mu osmeh.

– Hteo sam da te iznenadim – odgovorio je Nikolas.

– Mislim da nisam samo ja bila iznenađena, Marta je prebledela – rekla je Freja.

– Sad kao da je posivela – primetio je Nikolas, gledajući Martu kako nešto užurbano zapisuje u beležnicu.

– Bio si divan na bini. I ono što radiš je zaista neverovatno. Znam koliko mora da ti je bilo teško da se popneš tamo i govoriš pred svima – rekla mu je Freja, držeći ga za ruku.

– Zbog tebe sam, Frejo, skupio hrabrost da to uradim. Ovih poslednjih nekoliko dana suočila si se sa svojim demonima, i znam koliko ti je to teško palo. Mislio sam da je vreme da se i ja oslobodim svog skrivenog tereta – kako bismo mogli da počnemo iz početka, bez tajni – rekao joj je Nikolas ozbiljno.

Freja se osmehnula i čvrsto ga stegla za ruku.

– Pođi sa mnom u Ameriku – izjavio je Nikolas.

– Molim – uzviknula je Freja.

– Pođi sa mnom u Ameriku, da živimo zajedno – ponovio je Nikolas.

– Ja... – počela je Freja.

– Nikolase, možemo li da uradimo nekoliko fotografija kako držiš brošure?

To je uzviknuo jedan od brojnih fotografa koji su se okupili oko stola. Rodžer i ljudi iz obezbeđenja očajnički su pokušavali da sve dovedu u red.

– Frejo?

Pitanja su se nizala, a prekidanja su izmakla kontroli pošto su svi u prostoriji želeli da privuku Nikolasovu pažnju. On je popustio i okrenuo im se, na brzinu se osmehujući fotografima.

Nije stigla da mu odgovori na pitanje, i iskreno, bilo joj je drago zbog toga pošto nije imala pojma šta bi mu rekla.

Freja ga je posmatrala kako pozira, zadobija naklonost novinara, vidno opušten.

– Jesi li znala? Za rak? – progovorila je Hilari iznenada.

Freja je okrenula glavu prema glumici.

– Jesam – odgovorila je.

– Zašto nikom nije rekao? – pitala je Hilari.

– Ne znam. Možda je, živeći u svetu u kojem su izgled i savršenstvo toliko važni, osećao da to nikome ne može da kaže – odgovorila je Freja.

– Ali to je tako tužno – napomenula je Hilari.

– To je više nego tužno, to je prokleto potresno. I zar ne misliš da bi tvoja industrija trebalo da se promeni? Ne želim da držim govor, ali možda bi, kad bi se ljudi više usredsređivali na nečiju ličnost, a ne na izgled, Nikolas osećao kako može nekome da se poveri i zatraži podršku – rekla je Freja.

– Ličnost ne možeš da vidiš – odgovorila je Hilari.

– Ne možeš ako površno gledaš samo ono što je spolja. Svi smo u suštini isti, Hilari. Naravno, neki od nas su krupniji od drugih, ali razlikujemo se po onome što nosimo u sebi – kazala je Freja.

– Ne razumem te baš najbolje – priznala je Hilari.

– Da, znam da me ne razumeš. Ali uzmimo tebe za primer. Izgledaš sjajno, ali zar ne bi bilo lepo da zapravo pojedeš nešto? – odgovorila je Freja.

– Jedem – odgovorila je Hilari kao da se brani.

– Ne, ne jedeš. Posmatrala sam te. Uzmeš zalogaj i onda ga pljuneš u salvetu. Onda malo promrljaš hranu po tanjiru – rekla je Freja.

– Nije tačno – odgovorila je Hilari.

– Jeste. Zašto? Da bi ostala mršava? – zanimalo je Freju.

– Ja zaista jedem. Samo što nikad nisam bila neka velika izelica, to je sve – odgovorila je Hilari.

– Samo ti sebi to ponavljaj – odgovorila je Freja, uzela zemičku sa stola i zagrizla je.

– Ne bih dobijala mnogo filmskih uloga da izgledam kao ti – rekla je Hilari i otpila gutljaj tonika.

– Dakle, ne jedeš pošto misliš da se moraš uklopiti u neku savršenu sliku koju ti nameće filmska industrija, i u kojoj moraš da izgledaš kao Barbika? To je ono što pokušavam da kažem. Ista priča je i s Nikolasom, pravim američkim akcionim junakom. Toliko se bojao šta će ljudi misliti, da nikome nije rekao da ima rak – kazala je Freja.

– Situacija je takva kakva jeste – odgovorila je Hilari, i dalje napeto pijuckajući tonik.

– Pa, ja mislim da je to pogrešno – rekla je Freja prkosno.

– Frejo, čeka te auto da te provoza po gradu – rekao je Rodžer, iznenada se obrevši pored nje.

– Oh, u redu – odgovorila je.

Uzela je tašnu i dopustila Rodžeru da je isprati do ulaza u *Plaza hol*.

Blicevi su sevali jedan za drugim dok je Freja izlazila iz zgrade, a Rodžer je pratio do kola.

– Nik će te sačekati u hotelu. Rekao je da se nada da će završiti do jedan. Vozač će te odvesti gde god želiš – obavestio ju je Rodžer.

– Hvala. Slušaj, Rodžere, kad prođe ova ludnica, volela bih da upoznam tvoju suprugu. Možda bismo mogli da odemo na piće ili nešto slično? – predložila je Freja.

– Mislim da bi joj se to svidelo – složio se on.

– Vidimo se – rekla je Freja i ušla u auto.

33.

Freja je tačno znala kuda želi da ide – na Partenon. Kad je stigla do hrama bio je obasjan toplim žutim i narandžastim svetlom koje je nežno padalo na drevni kamen.

Izgrađen pre oko dve i po hiljade godina, kao hram posvećen boginji Atini, Partenon je kasnije bio i crkva posvećena Devici Mariji, kao i džamija, sve dok nije postao arheološka ruševina nakon eksplozije baruta koja mu je raznela krov.

Freja ga je poslednji put posetila pre mnogo godina, ali svake godine je išla u Britanski muzej, gde su i dalje bile izložene skulpture, reljefi i delovi arhitekture koje je lord Elgin doneo s Partenona. Pred njom se pružao prelep prizor, i bila je zahvalna što ima Kloda da zabeleži taj trenutak.

Pogledala je na grad s mesta na kojem je stajala pored spomenika i duboko udahnula, upijajući njegovu lepotu.

Šta da radi? Ceo život joj se promenio u roku od nedelju dana, ali kako se osećala u vezi s tom promenom? Da li je to bila promena nabolje? Koliko je zaista bila srećna pre ove nedelje? Da li je sad istinski srećna? I, ako jeste – šta ju je to činilo srećnom? Mesto na kojem se nalazila? Uvek je bila srećna kad se vrati u Grčku. Da li je to bilo zato što je ponovo u Eminom društvu? Prijateljica bez mane, jedina osoba na koju može da se osloni? Ili je to bio Nikolas? Osetljivi, ljubazni, osvežavajuće drugačiji Nikolas, koji ju je poštovao, cenio kao osobu i vodio ljubav s njom kao da je grčka boginja. Nikad dosad se nije tako osećala s nekim muškarcem. Nije znala pravi odgovor.

Ali šta je s njegovim svetom? Dolazio je iz okruženja za koje je mislila da mu se više nikad neće vraćati. Bogatstvo, raskoš i nadobudni ljudi. Znala je da je to sastavni deo njegove profesije, i znala je da on voli to što radi. Međutim, da li mu je dovoljno stalo do nje da razume kako ona stvarno ne može da živi pod budnim okom javnosti ili u nekom zlatnom, dijamantima optočenom kavezu pod stalnim nadzorom?

Nebrojeno puta joj je rekao da razume, i večeras je pokazao da sada stvarno shvata da se novac može iskoristiti za nešto mnogo značajnije od kupovine stvari radi prestiža.

Ali da li je to zaista mislio? Ne bi želela da odustane od glume, jer je to njegova suština. Ipak, u stvarnosti, može li on zaista da se odvoji od načina života slavnih? Da li bi bio srećan da večeraju u nekom burger baru ili automobilskom restoranu brze hrane? Da li bi ikad mogli da bez Rodžera odu u tržni centar ili bioskop?

I kako izgleda život u Americi? Nikad nije bila tamo, čak ne zna ni gde Nikolas zapravo živi.

A šta je s njenim poslom? Uspela je da ga izgradi samo zahvaljujući svojoj hrabrost i odlučnosti. Trebalo joj je mnogo vremena da stekne ugled i dovoljan broj klijenata, i pod uslovom da na njih nisu uticala skorašnja dešavanja, nije znala želi li da sve počinje iznova negde drugde.

Uperila je Kloda ka prizoru grada ispod i napravila još jednu fotografiju.

Mobilni joj je zazvonio u tašni. Freja je okačila Kloda oko vrata i posegnula rukom u tašnu da se javi. Na ekranu je bleskao nepoznat broj.

– Halo – javila se Freja.

– Zdravo, Džejn.

Sledila se kad mu je čula glas, ukopala se u mesto. Bio je to Erik Loson-Pek, njen otac.

Freja nije mogla da progovori. Pokušala je nešto da kaže, ali nije mogla, glas joj je zanemoćao.

– Gledao sam te na vestima, na prijemu u Atini. Moram reći, postala si prava glumica. Možda se ipak delimično isplatilo što smo te podučavali društvenim veštinama – rekao je Erik.

– Šta hoćeš? – uspela je da izgovori Freja, kad je konačno došla do daha i progutala knedlu koja joj se od straha stegla u grlu.

– Šta misliš da hoću, Džejn? – upitao ju je.

– Radi se o članku u časopisu – pretpostavila je Freja.

– Kako si samo pronicljiva. Da, o tom članku i raznim izvodima iz njega u svim novinama. Lažima koje si rekla tom Raselu Bjukenanu, ko god da je on – nastavio je Erik.

– Nisam nikome rekla ni jednu jedinu laž – saopštila je Freja jednostavno.

– Mislim da jesi, Džejn. Zaista misliš da sam organizovao napad na sobaricu? Srdačnu, milu Gloriju, koja je uvek imala vremena za tebe? – rekao je Erik.

– Platio si jednom od svojih batinaša da je prebije – rekla je Freja hrabro.

– Čula si da sam to naredio? Da sam nekome rekao da je povredi? – pitao je Erik.

– Ti si to organizovao. To se desilo zahvaljujući tebi, što je isto kao da si sâm to uradio – rekla mu je Freja.

– I naravno imaš dokaze za to. Mislim, ne bi valjda bila toliko glupa da optužiš nekoga za nešto tako ozbiljno, a da nemaš nijedan dokaz? – nastavio je Erik.

– Neću više da te slušam. Tukao si me, povredio Gloriju i učinio bezbroj podlih i odvratnih stvari o kojima ne želim ni da razmišljam – rekla mu je Freja.

– Slušaćeš me, i slušaćeš pažljivo. Tvoje ponašanje mi je potpuno neprihvatljivo i neću to da trpim – počeo je Erik.

– Šta ćeš da uradiš? Da me ponovo pošalješ u zatvor? – upitala ga je Freja.

– Objavićeš demanti. Reći ćeš da te je taj Rasel pogrešno citirao i ispravićeš situaciju, osloboditi me krivice i reći svima istinu. Reći ćeš im da sam bio savršen otac, čestit moralni uzor i da su tvoj „slom živaca" i zatvorska epizoda bili posledica uznemirenosti pošto te je momak okrutno ostavio – nastavio je Erik.

– Platio si Džonatanu da ode, kao što svima plaćaš da odu. Neću to da uradim – odgovorila je Freja odlučno.

– Na tvom mestu bih malo bolje razmislio o svom odgovoru – rekao je Erik.

– Neću to da uradim – ponovila je Freja, pokušavajući da zvuči hladnokrvno uprkos njegovom pretećem tonu.

– Onda mi ne ostavljaš izbor. Zaista je šteta, on je zapravo prilično dobar glumac. Gledao sam neke njegove filmove, a upoznao sam i onu njegovu prijatnu ličnu pomoćnicu – nastavio je Erik.

– O čemu ti pričaš? – pitala ga je Freja.

– O tvom momku, Nikolasu Kejdenu. Bilo bi šteta da padne s tog pijedestala na kojem ga svet drži, posebno imajući u vidu ovu vest o njegovom raku. Rak je strašna bolest, jednom kad ga dobiješ, nikad zaista ne nestaje – rekao je Erik.

– Nemam više šta da ti kažem.

– Dovoljna je sitnica da se sve pokvari. Kao što znaš, živimo u svetu koji je zaokupljen skandalima. Glasina ovde, glasina onde... uhvaćen s prvoklasnom drogom – rekao je Erik.

– Ne plašim te se – odgovorila je Freja hrabro.

– Ali plašiš me se, Džejn, i oduvek je tako. Tako i treba da bude između oca i ćerke. Trebalo je da mi se diviš, trebalo je da mi ukažeš poštovanje koje zaslužujem – rekao je Erik.

– Ti si bolestan – rekla je Freja dok su joj se od straha oči punile suzama.

– I znaš šta sam sve sposoban da uradim – rekao je Erik hladnokrvno.

– Šta je Nikolas uradio da zasluži ovo? – htela je da zna Freja.

– Ne radi se o njemu, nego o tebi. Davno sam naučio da je povređivanje onih koje voliš najbolji način da ti naudim. Možda sam izabrao pogrešnu metu, možda bi bilo bolje da se usredsredim na Emu – rekao je Erik.

– Ostavi Emu na miru – prosiktala je Freja.

– Hajde, Džejn, nemam vremena za ovo. Šta će biti? Demanti? Ili da unajmim nekog da s tvojim momkom uradi isto što i s Glorijom? – predložio je Erik.

– Dovoljno sam čula – rekla je Freja.

– Mislim da me ne slušaš, glupa mala prokletnice! Ako ne objaviš demanti, unajmiću nekog da ga pretuče, ozbiljno pretuče. Misliš da će ga onaj jadni telohranitelj zaštititi? Broj ljudi koje poznajem na raznim mestima je mnogo veći od broja glavnih glumica s kojima je tvoj momak bio. Naći ću ga jedne noći, kad bude sâm i srediću ga – rekao je Erik nemilosrdno.

Freja nije odgovorila. Znala je da otac misli ozbiljno i kako je u stanju da to uradi.

– Raskinuli smo – rekla je što je ravnodušnije mogla.

– Oh, Džejn, divim se tvom pokušaju, ali imam oči. Video sam vas na televiziji, bili ste toliko bliski da mi je došlo da povratim – kazao je Erik.

– Istina je, spavao je s glavnom glumicom. Upravo sam saznala – saopštila je Freja.

– U redu, ako tako hoćeš da se igraš, onda će biti Ema, meni je svejedno – rekao je Erik.

– Ne! Ne Ema! Slušaj, molim te, nemoj to da radiš – preklinjala je Freja u očajanju.

– Demanti, Džejn, do kraja sledeće nedelje – naredio je Erik i prekinuo vezu.

Freja je drhtala dok je gledala mobilni i shvatila šta se upravo dogodilo. Srce joj je divljački lupalo, a u glavi joj se vrtelo. Imala je sad samo jednu mogućnost. Pogledala je na sat i odlučila da je vreme da krene.

Freja se smestila na zadnje sedište automobila i zatvorila vrata za sobom.

– Možete li me odvesti na aerodrom, molim vas? – zatražila je od vozača.

34.

Freja je nesumnjivo imala osećaj da je previše doterana za sede-
nje na aerodromu u Atini. Neki ljudi su upirali prstom u nju i zurili
dok je čekala na šalteru za prijavu, ali sad, pošto se udaljila od glav-
nog hola, gotovo da nije bio nikog. Imala je let za London u pola tri
ujutru i ponovo je bežala.

Bilo je predivno dok je trajalo, biti blizak s nekim ko deluje kao
da mu je zaista stalo, osećati se lepo iznutra i spolja, ali to ne bi
zauvek ostalo tako. Bio je to san. Čudan san, s dobrim i lošim tre-
nucima, ali sad se probudila i bilo je vreme da se vrati u stvarnost:
stanu u Klapamu i svom poslu. Svojim stvarima, životu koji je sebi
stvorila.

Freja je progutala knedlu. Pre manje od sat vremena, imala je
izbor, a sad je bila primorana da bira. Šta bi izabrala sama za sebe?
Verovatno nikad neće zaista saznati.

Dok je razmišljala o tome šta bi odlučila, zazvonio joj je mobil-
ni. Zvao ju je Nikolas.

Nije znala šta da radi. Nije znala šta da mu kaže, ali nakon svega,
naročito njegovog hrabrog istupanja na bini večeras, znala je da ga
ne može izbegavati. Zasluživao je više od toga.

– Zdravo.

– Frejo! Gde si? Vozač je rekao da te je odvezao na aerodrom. Šta
se dešava? – pitao je, gotovo izbezumljeno.

– Ne mogu da živim s tobom – rekla je Freja, dok su joj reči go-
tovo zastajale u grlu.

– Oh, shvatam – pa, dobro, ali možemo da pričamo o tome, zar
ne? Zašto si na aerodromu? – pitao je Nikolas, jedva uspevajući da
sakrije razočaranje.

– Šta tu ima da se priča? – upitala ga je Freja.

– Pa, moramo da razgovaramo o tome. Hoću da kažem, možemo da nađemo neko rešenje. Iznenadio sam te predlogom, znam da jesam, i tu sam pogrešio. Bio sam uzbuđen zbog večerašnjih dešavanja i prebrzo sam reagovao – rekao joj je Nikolas.

– Marta kaže da ću ti uništiti ugled. Kaže da bi ti bilo bolje s nekom kao što je Hilari – izjavila je Freja tražeći izgovore.

– Rodžer mi je rekao šta je radila. Nakon ovoga večeras je završila priču – odgovorio je Nikolas.

– Ali Rodžer ne može da ti kaže šta sam ja rekla. On je mudri majmunčić – kazala je Freja.

– Rodžer tačno zna šta osećam prema tebi, Frejo. Morao je da mi kaže – rekao je Nikolas.

– Ne bi nam uspelo. Ne mogu biti lepotica za pokazivanje koja ti je potrebna – nastavila je Freja, i dalje se trudeći da nađe izgovore.

– Ko kaže da mi treba lepotica za pokazivanje? Marta? Džin i Bob? Hilari? Ja želim *tebe* pored sebe, nikog drugog – bio je uporan Nikolas.

– Ne mogu to da uradim. Publika ne želi da te vidi s nekom poput mene – nastavila je Freja.

– Ne zanima me publika. Koliko puta treba to da ti kažem? I šta to znači „nekom poput mene“? Nekom bistrom, pametnom, duhovitom i lepom ženom? Nekom do koje mi je zaista stalo? Upravo s takvom osobom svako treba da bude – rekao je Nikolas.

– Vraćam se kući – rekla mu je Freja.

– Bežiš – odgovorio je Nikolas.

– Samo se vraćam kući. Tamo pripadam – rekla je Freja.

– Toliko si navikla na bežanje da više ne znaš kako da prestaneš s tim, čak i kad više nemaš od čega da bežiš – izjavio je Nikolas.

– To nije tačno – navaljivala je Freja.

– Jeste, tačno je, uplašila si se. Bojiš se da mi veruješ, uplašila si se da bi se, ako počneš da veruješ u naš odnos, on stvarno mogao razviti u nešto više – nastavio je Nikolas.

– Ono što radiš s prikupljanjem sredstava je neverovatno. Ne možeš ni da zamisliš koliko sam ti se večeras divila – rekla mu je Freja.

– Zaista raskidaš, zar ne? Nakon svega kroza šta smo prošli, ti raskidaš – kazao je Nikolas.

– Ne znam šta drugo da uradim – priznala je Freja, dok su joj navirale suze.

– Vrati se ovamo i pričaj sa mnom. Poslaću kola po tebe, ili ću doći – rekao je Nikolas.

– Ne. Let mi polazi za dvadeset minuta – slagala je Freja.

– Frejo, nemoj da ideš... molim te, ne idi – preklinjao ju je.

Čula je da mu glas podrhtava i stomak joj se zgrčio od čežnje.

– Nik, želim da znaš da nikad nisam upoznala nekog poput tebe. Ti si jedini muškarac koji je učinio da se osećam posebno, i tako si dobra osoba. Samo bih volela da je situacija drugačija – započela je Freja.

Zaćutala je pošto nije mogla da nastavi. Suze su joj tekle niz lice, grlo joj je bilo suvo i nije mogla da pronađe prave reči.

– Ne radi to, Frejo. Ne okreći mi leđa – molio ju je Nikolas, a glas ga je izdavao dok je pokušavao da proguta osećanja.

– Moram, za tvoje dobro. Žao mi je – bila je uporna Freja i prekinula poziv.

Spustila je glavu na kolena, zarila lice u skupu haljinu i briznula u plač, natapajući tkaninu suzama.

35.

Otkako se vratila u Englesku pre dva meseca Freja je gotovo svakodnevno puštala film *Izdajnik*. Znala je da to nije dobro za nju, ali želela je da gleda Nikolasa kako bi ga zapamtila.

Naručivala je hranu u svim restoranima brze hrane u kraju i otvorila nalog na sajtu za dostavljanje alkoholnih pića preko interneta. Dobila je nekoliko novih poslova. Radila je četiri venčanja (bez sahrane) i trenutno je bila usred fotografisanja promotivnog materijala za novu lokalnu bakalnicu koja se uskoro otvarala.

Fotografisanje po školama je gotovo potpuno zamrlo. Mogla je samo da pretpostavi da je razlog tome što su svi znali da ima krivični dosije. Sad bi bez problema prošla tu proveru pre zapošljavanja, ali to roditeljima ne bi bilo važno. Iako je često imala poriv da šutne neko od dece koja su uporno čačkala nos kad je bila spremna za fotografisanje, ne bi im nikad stvarno naudila, niti ih zapalila – barem ne kad joj sve ide od ruke.

Novinarima je trebalo nekoliko nedelja da je ostave na miru. Dala je intervju za časopis *Šuting stars*, rekavši da ju je Rasel pogrešno citirao. Bila je dovoljno pametna da posluša oca, i zaista se bojala za Emu. Bio je to razuman potez. Nije bila sigurna da li je očev besprekoran ugled uopšte narušen tim „tračevima", ali se nadala da jeste. Tako da je sad bila razmaženo bogataško derište koje ima krivični dosije i laže. I nekad davno, nakratko je izlazila s holivudskim glumcem. Kakav sažetak života.

Jedini podsetnici na vreme provedeno s Nikolasom bile su neke fotografije s jezera Korison i činjenica da su je starije gospođe s vremena na vreme zaustavljale na ulici i pitale gde je njen zgodni momak. Ma koliko da joj je to svaki put bilo veoma bolno, Freja je naučila da se nasmeši, klimne glavom i potapše ih po ruci.

Kupila je nov mobilni pošto joj je bio neophodan. Nikolas ju je često zvao, i to ne uvek sa svog broja, što je otežavalo proveravanje poziva. Kad bi se javila i čula mu glas, srce bi joj se slomilo i bila bi ponovo na početku, jecajući nad picom.

U poslednje vreme jecala je nad mnogim picama. Jednu veliku mesnu picu je posebno natopila suzama kad je kupila primerak časopisa *To je zabava* i videla Nikolasove fotografije koje je ona napravila, izložene pred očima javnosti. Suma navedena kao prilog njegovoj fondaciji za rak testisa iznosila je okruglo deset miliona dolara. Bila je ponosna na ono što je postigao i što će tek postići, ali bolelo ju je što više nije deo njegovog života. A fotografije kao da su joj se rugale. Ona je to telo držala u naručju, volela čoveka koji je u njemu, i pustila ga je da ode.

Te večeri opet nije bilo ničeg na televiziji, a Freja nije imala volje čak ni da gleda bilo koji deo trilogije *Umri muški*. Arni je u poslednje vreme više nije zanimao, a disk s filmom *Izdajnik* je bio skoro uništen. Osim toga, zbog tog filma bi plakala, a s tim je već preterala.

Telefon je zazvonio. Freja ga je podigla i pogledala ekran. Ema je zvala.

– Zdravo, mlada – javila se Freja.

– Zdravo, deverušo, mlada na vezi. Oh, preduhitrila si me – pozdravila ju je Ema, razočarana što joj je prijateljica pokvarila šalu.

– Izvini zbog toga. Da li će se ta šala izlizati kad se zaista udaš? – upitala je Freja.

– Hoće, tad će biti „Zdravo gospođice Dž, gospođa P na vezi" – obavestila ju je Ema.

– Zvuči kao da ćeš upravo saopštiti kako je glasao grčki žiri na *Evroviziji* – rekla je Freja.

– Zamisli mene kao gospođu P. Nadam se da naposletku neću izgledati poput nje – nagovestila je Ema.

– Ne bi bilo sjajno da izgledaš kao ona, ali da kuvaš kao ona moglo bi da bude korisno – predložila je Freja.

– U svakom slučaju, dosta o meni – kako si ti? – upitala je Ema.

– Dobro sam, a ti se udaješ za vikend – podsetila ju je Freja.

– Udajem se, zar ne?! Tako sam uzbuđena. Mama i tata su stigli danas na početak tradicionalne grčke proslave venčanja. Navodno, da nisam već trudna, meštani bi dolazili da valjaju bebe po našem krevetu radi plodnosti – rekla je Ema.

– Zvuči fensi – odgovorila je Freja.

– Mama me već izluđuje svojim zanovetanjem. Ima potrebu da sve proverava, baš mi ide na živce – nastavila je Ema.

– Napravila je spisak, jel' tako? Zar se nikad nisi zapitala gde si to pokupila? – upitala je Freja.

– Pokušava da preuzme kontrolu. Samo mi je drago što ne zna grčki, inače bi ona i gospođa P već bile na ratnoj nozi – napomenula je Ema.

– A kako se beba P snalazi u svoj toj gužvi? – pitala je Freja.

– Mislila sam da sam pre neki dan osetila njegovo ritanje, ali prema knjizi koju imam, prerano je za to. Verovatno su samo bili gasovi, kojih trenutno baš imam dosta – obavestila ju je Ema.

– Dakle, do oltara ćeš stići na mlazni pogon? – našalila se Freja.

– Nadam se da neću – odgovorila je Ema smejući se.

– Bolje da izbegavaš pasulj – savetovala joj je Freja.

– Hoću. A šta si ti radila otkako smo se poslednji put čule?

– Što je bilo juče – podsetila ju je Freja.

– Zaista? Pa dobro, gubim pojam o vremenu pored svih ovih priprema. Pa, šta si danas radila? – upitala je Ema.

– Fotografisala hot-dogove – odgovorila je Freja i zevnula.

– Molim? Oh, da, promotivni posteri za bakalnicu – pogodila je Ema.

– Tako je. Nadam se da nisi zaboravila da „uvek ima vremena da se svrati u bakalnicu". Sutra fotografišem menadžerski tim, a biće i neko obučen kao kukuruz – rekla joj je Freja.

– Zvuči zabavno – odgovorila je Ema.

– Kome? Meni? Ili tipu u kostimu kukuruza koji to radi jer je švorc? – upitala je Freja.

– Pričala sam danas s Nikom – izjavila je Ema.

Freja je osetila probadajući bol u grudima čim je čula njegovo ime. Bilo je glupo, u pitanju je samo ime, ali je u njoj budilo mnoštvo osećanja i uspomena, i odmah joj je pripalo muka.

– Oh – bilo je sve što je uspela da kaže.

– Ne može da dođe na venčanje. Navodno, mora da promoviše film. Intervjui i ostale aktivnosti koje ne može da otkaže – obavestila ju je Ema.

– Pa, tako je to u šou-biznisu – rekla je Freja opušteno.

– Ponovo je tražio tvoj broj. Uvek pita kako si i traži tvoj broj, Frejo. Osećam se grozno što mu ga ne dajem – priznala je Ema.

– Šta hoćeš da uradim u tom pogledu? Ne teram ga ja da te zove. Reci mu da te ostavi na miru ako te toliko smara – naglasila je Freja.

– Znaš da nisam to mislila. Samo bih volela da razgovaraš s njim, to je sve. Volela bih da mu kažeš istinu o očevom pozivu, jer budimo iskreni, to je jedini razlog zbog kojeg si ti tu, a on u Americi. Bilo vam je lepo zajedno, i još vam može biti – nastavila je Ema.

– Rekla sam ti šta mi je otac rekao – odgovorila je Freja.

– Znam da jesi, ali to je bilo pre nego što si sve negirala. U svakom slučaju, i dalje mislim da bi u vezi s tim trebalo da odeš u policiju. Pretio je Niku, i ne može da se izvuče tako se ophodeći prema ljudima – kazala je Ema.

Freja nije odmah odgovorila. Emi nije rekla da je otac zapravo pretio i njoj. Ema je imala već dovoljno toga na pameti s venčanjem i bebom. Zato je poricanje svega bilo neizbežno.

– Em, on je iznad zakona, znaš to. Uradila sam ono što je bilo najbolje za sve. Na ovaj način niko neće biti povređen – rekla je Freja.

– Možda ne fizički, ali Nik pati. Očigledno, nikad ne bi ništa rekao, ali ja to osećam, i znam da ni tebi nije sve potaman. Sajmon kaže da se svakog dana zatvoriš u mračnu komoru i satima ne izlaziš iz nje – nastavila je Ema.

– Pričala si sa Sajmonom. Podseti me da ga otpustim zbog brbljivosti – brecnula se Freja.

– Zašto ne pozoveš Nika i jednostavno ne popričaš s njim? Objasni mu sve u vezi s tvojim ocem, reci mu da ga voliš, popravi to – predložila je Ema.

– Verovatno je sad već s Hilari. Svaki drugi dan su zajedno u novinama – primetila je Freja.

– Priznala je da ima anoreksiju. Bio je veliki članak o tome u novinama, i upravo se prijavljuje u kliniku za poremećaje ishrane – obavestila ju je Ema.

– Pa, ne mogu reći da sam iznenađena, ali to je dobro za nju. Nadam se da će joj lečenje biti uspešno. Slušaj, moram da idem, naručila sam picu i trebalo bi svakog časa da mi je dostave – rekla je Freja.

– Frejo, samo želim da budeš srećna kao što ću ja biti u subotu – rekla je Ema.

– Znam da želiš, ali to je težak zadatak, jer u subotu, sumnjam da će iko na svetu biti srećniji od tebe – podsetila ju je Freja.

– Svi zaslužuju sreću, bez obzira na to šta ti je otac rekao – bila je uporna Ema.

– Pa, možda nije bilo samo do njega. Možda to jednostavno nije bilo ono pravo. Znaš me kakva sam, nisam osoba koja hoda crvenim tepihom i svima se smeška. Možeš li stvarno da zamisliš da mi neko određuje kako ću izgledati, a neko drugi šta smem ili ne smem da radim? I kako više ne smem javno da povratim? Sve to previše liči na život koji sam već imala – onaj koji sam spalila – rekla je Freja ozbiljno.

– Frejo, ja samo... – počela je Ema.

– U svakom slučaju, *srećna* sam. Srećna na svoj jedinstveni način: „naruči hranu i pojedi čokoladu“. Uh, moram da idem, neko je na vratima. Slušaj, vidimo se u petak uveče na piću pre velikog dana – rekla je Freja brzo.

– Gospodin P će doći po tebe na aerodrom. Jedva čekam da te vidim. Ćao! – završila je Ema.

– Ćao – odgovorila je Freja i prekinula vezu.

Freja je odložila telefon na niski stočić i progutala knedlu. Nikog nije bilo na vratima.

Nikolas neće doći na venčanje. Verovatno je tako i najbolje. Neće morati da brine da li će se osećati neprijatno, i da li će pokvariti Emin poseban dan.

Ali nedostajao joj je. Nedostajalo joj je da razgovara s njim, da mu bude u naručju, jednostavno joj je nedostajao u životu. Uzela je hrpu fotografija sa stočića i pregledala ih dok nije našla onu koju je tražila. Nikolas na jezeru Korison, smeška se u objektiv, srećan i opušten, tamna kosa mu je prošarana sunčevim zracima. Bila je to prva fotografija koju je napravila Klodom.

I u tom trenutku više nije mogla da podnese da gleda sliku. Glasno je zaplakala, gotovo izbezumljeno, a fotografiju je čvrsto pritisnula na grudi. Legla je na kauč i zaronila lice u jastuk. Mnogo je patila.

36.

– Ema, kad obučeš venčanicu ne smeš da se pomeraš, znaš to, zar ne? – rekla je Su Barkli, Emina majka, dok je njena ćerka sedela ispred toaletnog stočića i šminkala se.

Na dan venčanja Ema, Freja i Su bile su u sobi u apartmanima *Kalipso*, gde je Ema prespavala. Doručkovale su i popile šampanjac i sad su pripremale Emu za predstojeće venčanje.

– Da mama, znam da se ne smem pomerati. Međutim, uskoro treba da je obučem pošto moram biti spremna kad svadbena povorka stigne ovde – za manje od pola sata. Pola sata! Jel' tako? – uzviknula je Ema i okrenula se ka Freji.

– Da, ali pola sata je sasvim dovoljno vremena da navučeš haljinu. Sad sedi mirno i pusti me da završim ovo – naredila je Freja, pripremajući se da joj ukroti kosu još jednom ukosnicom.

– Ema, molim te, *sedi* mirno da bi Freja mogla da završi, hoćeš li, pošto ti frizura mora biti savršena. Sećam se kad sam se udavala za tvog oca, imala sam jedan dosadan uvojak koji nije hteo da miruje i vidi se na svim fotografijama. Izgledala sam kao Meduza – kazala je Su.

– Molim te, skloni je nakratko odavde. Izludeću od napetosti, a ona je još više pogoršava – prošaputala je Ema Freji.

– O bože! Su, potpuno sam zaboravila. Zaboravila sam u sobi „nešto plavo“ za Emu. Možete li da odete i donesete to dok joj ja završim frizuru? Soba je broj 365. Lako ćete pronaći šta je u pitanju. Plavo je i leži na krevetu – rekla je Freja brzo.

– Oh da, naravno. Brzo se vraćam – kazala je Su i hitro izašla iz sobe, ostavljajući prijateljice same.

– Hvala ti, Frejo – rekla je Ema i uzdahnula.

– Nema na čemu. Kako si? Da li si spremna da postaneš udata žena? – želela je Freja da zna.

– Da, osećam da sam spremna, zapravo, uznemirena sam, ali samo zato što želim da sve prođe glatko. Nemam nikakvih sumnji u vezi s Janisom. Volim ga više nego što iko može nekog da voli – rekla je Ema.

– Nateraćeš me da povratim – odgovorila je Freja.

– Haljina ti divno stoji – napomenula je Ema gledajući Freju.

Freja je nosila haljinu za deveruše boje čokolade golih ramena, koju je Agata sašila.

– Nema nikakve sumnje, čokoladna boja je zasigurno moja – složila se Freja.

– Dakle, danas je taj dan – izjavila je Ema, smešeći se svom odrazu u ogledalu.

– Jeste, danas je dan kada gubim prijateljicu, ali dobijam zgodnog Grka koji pravi neviđene ćuftice – odgovorila je Freja.

– Nisi me izgubila. Uvek ću biti tu za tebe. Da ti dajem savete koje ne želiš i namećem ti svoje mišljenje – odgovorila je Ema.

– Da mi obezbediš krov nad glavom kad zbrišem – dodala je Freja.

– Da guram nos gde mu nije mesto – nastavila je Ema.

– Oh, mislim da nisi nikad uradila tako nešto – uzvratila je Freja.

– Da, pa jedino želim ono što je najbolje za tebe – rekla joj je Ema.

– Znam... ali zašto pričamo o meni? Danas je *tvoj* dan i *ti* si glavna zvezda, tako da čim ti se mama vrati, tebe i stomačić treba da uguramo u tu haljinu – rekla je Freja.

– Ne govori to! Izbezumiće se – primetila je Ema.

– Evo ga! Nešto plavo! Frejo, baš si nevaljala! – objavila je Su, uletevši nazad u sobu i mašući plavom podvezicom.

– Oh ne! Mogla sam pretpostaviti da ćeš nabaviti podvezicu – rekla je Ema kroz smeh.

– Morala sam da budem sigurna da ćeš imati nešto malo slobodnije da te podseti na dane kad si bila singl i jurila sve momke – rekla joj je Freja.

– Nikad nisam jurila sve momke, mama, ne slušaj je – viknula je Ema, uzela podvezicu i navukla je na nogu.

– Kad sam se udavala za tvog oca, imala sam dve podvezice – na svakoj nozi po jednu. Jedna je bila „nešto staro" jer je pripadala mojoj majci, a druga je bila „nešto pozajmljeno" jer sam je pribavila od stripera s moje devojačke večeri. Ne želiš da znaš na kom delu tela ju je nosio – rekla je Su grohotom se smejući.

– To mi stvara očaravajuće prizore u glavi – odgovorila je Freja i nasmejala se.

– Baka je imala podvezicu! – rekla je Ema iznenađeno.

– Tvoja baka je bila igračica u svoje vreme. E sad, ako je iko jurio momke, to je nesumnjivo bila ona – obavestila ih je Su.

– Dosta sam čula. Želim da baku pamtim kao toplu i brižnu, u omiljenom džemperu na kopčanje, kako mi pravi kolače – rekla je Ema, ustala i prišla svojoj venčanici.

– Kao što sve bake treba da budu. Hajde da je na dan venčanja ostavimo s tom utešnom mišlju, hoćemo li, Su? – predložila je Freja, prilazeći da pomogne Emi oko haljine.

– Tvoja baka je bila s polovinom vojnika iz lokalne kasarne pre nego što je upoznala tvog dedu – odgovorila je Su gotovo ne primećujući da su njih dve tu.

– Mislim da je popila previše šampanjca – primetila je Ema oblačeći haljinu.

– Samo je uzbuđena jer se njena mala devojčica udaje. Evo, daj meni da ti to držim i namesti ramena ovako. U redu, sad se okreni i ja ću te zakopčati – rekla je Freja dok se Ema, uz malo muke, uvlačila u haljinu.

– Nadam se da je Janis dobro – rekla je Ema dok joj je Freja otpozadi zakopčavala korset na haljini.

– Biće on sasvim dobro. Osim toga, šta muškarac ima da radi na svoj veliki dan osim da obuče odelo i provuče češalj kroz kosu? Janis će *obući* odelo, zar ne? Odjednom sam ga zamislila u grčkoj narodnoj nošnji – rekla je Freja.

– Da, obući će odelo – s kravatom boje čokolade – obavestila ju je Ema.

– A ko je kum? Vredi li se upuštati u nešto s njim? – zanimalo je Freju.

– Leandros – odgovorila je Ema.

– Onda verovatno ne – rekle su istovremeno i nasmejale se.

– Pa dobro, ne mari. Mogu da se usredsredim na hranu bez ometanja, što meni savršeno odgovara. Hajde sad, da te vidim – rekla je Freja i obišla Emu kako bi je pogledala spreda.

Su je ciknula i stavila ruke na usta, a suze su joj potekle niz lice kad je videla ćerku.

– Šta je bilo? Šta nije u redu? – pitala je Ema i okrenula se da bi se pogledala u ogledalu.

– Sve je u redu. Toliko prelepo izgledaš da si rasplakala majku. Izgledaš neverovatno – rekla joj je Freja ponosno.

– I ne izgledam previše trudno? – pitala je Ema, gladeći haljinu preko stomaka.

– Da ljudi već ne znaju, niko ne bi ni pretpostavio kad bi te video – osim možda zbog dekoltea, što je svakako prednost – izjavila je Freja.

– Kako izgledam, mama? – pitala je Ema i zamahivala donjim delom haljine gledajući majku.

– Prelepo. Kao princeza – uspela je da kaže Su kroz suze. Glasno je istresla nos.

– Dobro, majko i nevesto. Pustite me da škljocnem nekoliko fotografija. Znam da danas nisam zvaničan fotograf, ali hoću da napravim neke fotke za album. Su, dođite i podignite Eminu haljinu da joj se vidi ta podvezica – davala je Freja uputstva i osmehivala se dok je stavljala foto-aparat oko vrata i pripremala se za fotografisanje.

Ričard, Emin otac, stigao je u apartmane svega nekoliko trenutaka pre Janisa, Leandrosa, sveštenika i Janisovih roditelja. Prema grčkoj tradiciji, barjaktar je predvodio mladoženju i njegovu porodicu od njegove kuće do mladine, kako bi ozvaničio veridbu i zatražio blagoslov mladinog oca za venčanje.

Ričard se zajapurio, delovao je kao da mu je neprijatno u odelu i počeo je da se žali na Su koja je stalno zanovetala.

– Tvoja majka kaže da mi kravata stoji ukrivo – rekao je Emi dok su gledali kako pristiže povorka predvođena barjaktarom.

– Tata, izgledaš divno, veoma si zgodan. Ne stoji ukrivo, zaista – rekla je Ema i osmehnula se.

– Čovek bi pomislio da ste vi nervozni mladoženja, Ričarde – napomenula je Freja i pružila Emi buket.

– Hm, nisam siguran da bih mogao ponovo da prođem kroz taj dan – odgovorio je Ričard.

– Ne biste? Čak ni ako bi nagrada za to bila da razdevičite ženu koja nosi dve podvezice? – upitala je Freja.

Ema se nasmejala.

37.

Tačno u podne, Ema, Freja i Ričard su stigli ispred Crkve Bogorodice kasiopske. Mnogi dobronamerni meštani bili su tamo da ih pozdrave, a većina njih je takođe bila pozvana na blagoslov na plaži i prijem nakon toga. Prekoputa, pored luke, bio je podignut ogroman šator, i u tom delu sela je na dan venčanja bio zabranjen saobraćaj.

Nakon još fotografisanja ispred crkve, Ema, Freja i Ričard su ušli u predvorje da sačekaju sveštenika.

– Jel' sve u redu? – upitala je Freja Emu i osmehnula se.

– Janis je tu – rekla je Ema, ugledavši budućeg supruga blizu oltara.

– Da, jeste. Ali s obzirom na to da su ga doveli Leandros, barjaktar *i* sveštenik, nije imao kuda da pobegne – odgovorila je Freja.

– Nije – uzvratila je Ema i duboko udahnula.

– Opusti se. Ovo je tvoj poseban dan, onaj koji si dugo čekala. Uživaj u svakom trenutku, Em. Osim toga, ja sam ta koja mora da obavi to premeštanje kruna kako valja – podsetila ju je Freja.

– Sve će proći u najboljem redu.

– Obećavam, čak i ako pogrešim, neću praviti scenu – uveravala ju je Freja.

– U redu – sad sam spremna – rekla je Ema.

U prvom delu obreda sveštenik će mladencima staviti krune na glave, a Leandros kao *boron koumbara* i Freja kao *koumera* trebalo je da Emi i Janisu tri puta premeste krune. Freja je odahnula čim je prošao taj deo obreda.

Služba je bila na grčkom i Freja nije ništa razumela. Crkva je, međutim, bila prelepa i jedino joj je bilo žao što unutra nije bilo dozvoljeno fotografisanje, jer su neke ikone poticale još iz petnaestog veka.

Dok su Ema i Janis obilazili oko obrednog stola, Freja je pogledala unaokolo posmatrajući goste.

Prepoznala je nekoliko kolega sa Eminog posla i neke članove njene porodice. Na mladoženjinoj strani crkve bilo je mnogo dece, i Freja je pretpostavila da je u pitanju rodbina Petroholisovih. Tu je bilo i nekoliko meštana, uključujući Zorbu iz *Zorbinog grčkog plesnog bara* i Samosa iz kioska s kebabom.

Zatim, skroz pozadi u crkvi, gotovo potpuno van vidokruga, Freja je ugledala nekoga ko joj je delovao poznato. Zadnji deo crkve bio je mračan, a muškarac je nosio tamno odelo. Glava mu je bila pognuta kao da nešto čita. Freja je podigla naočare na vrh nosa i pažljivije se zagledala. Tad, kad je sveštenik počeo pojanjem o svetim mučenicima, muškarac je podigao glavu. Freji je zastao dah u grlu i brzo se okrenula ka oltaru. Bila je sigurna da je to Nikolas.

Osetila je kako se zajapurila i kako joj srce ubrzano lupa. Pripalo joj je muka. Šta on radi ovde? Da li je to stvarno on ili joj se priviđa? Zadnji deo crkve bio je slabo osvetljen pošto su glavna vrata bila zatvorena. Nije se usudila da opet pogleda unazad.

Sveštenik je počeo s pojanjem, Freja je pretpostavljala da se radi o molitvi, a zatim su se Ema i Janis zajedno pričestili. Vino. Freji je sad trebalo vino. Pretpostavljala je da bi naišlo na neodobravanje ako bi se pridružila pričesti i otela Emi putir.

Morala je da pogleda pozadi. Morala je da zna da li je to zaista on, ali nije želela da primeti da ga gleda. To će biti teško, nalazila se blizu oltara, stajala je iza mlade, i svi su gledali u njih. Ali morala je da zna, pre nego što bude morala da krene duž crkvenog prolaza ka njemu.

Pošto je duboko udahnula i skupila snagu, Freja je okrenula glavu i ponovo pogledala ka zadnjem delu crkve. Tamo nije bilo nikoga. Muškarac za kojeg je mislila da je Nikolas više nije bio tu. Freja je preletela pogledom ostale redove u potrazi za muškarcem u tamnom odelu, ali sad više nije bilo nikog ko odgovara tom opisu.

Okrenula se ponovo ka oltaru i izdahnula baš kad su Ema i Janis krenuli da razmenjuju burme.

Obred je trajao sat vremena, a na kraju, nakon što su mladence nahranili medom i orasima, gospođa Petroholis je svima podelila medenjake sa orasima.

Napravili su još nekoliko fotografija ispred crkve, a odmah nakon toga su krenuli ka plaži na blagoslov kod prečasnog Robertsa.

– Janise, jesam li ti čestitala? – upitala je Freja mladoženju dok su išli ka plaži, a ljudi im mahali i dozivali ih.

– Dvaput si me to pitala – odgovorio je Janis.

– Pa, samo proveravam da ste zaista venčani, jer znaš kakav mi je grčki, koliko ja znam, možda smo upravo prisustvovali Festivalu žetve – napomenula je Freja.

– Učim se tvom smislu za humor, Frejo. Ema mi pomaže – odgovorio je Janis i osmehnuo se.

– Oh, Frejo! O ne! Zaboravila sam nešto u crkvi! Bože, kako sam blesava. Zaboravila sam bidermajer – izjavila je Ema, mašući praznim rukama.

– Slušaj, nemoj da paničiš! Doneću ti ga. Ti produži dalje, a ja ću požuriti i uzeti ga. Evo me za dva minuta – rekla joj je Freja.

– Pa požuri ili ćemo inače morati da počnemo bez tebe, a ova služba je na engleskom – ona koju ćeš razumeti – podsetila ju je Ema.

– Ne bih je propustila ni za šta na svetu. Odmah se vraćam – saopštila je Freja dok se brzim korakom vraćala istim putem ka crkvi.

Ema ju je gledala kako joj nestaje iz vidokruga i uhvatila Janisa za ruku.

– Kako sam odglumila? – upitala je Ema muža.

– Mislim da te je Nikolas podučavao, i previše si dobra u laganju za jednu tek udatu ženu. Moraću da te držim na oku – odgovorio je Janis i stisnuo joj ruku.

– Mama, dodaj mi bidermajer, hoćeš li? – doviknula je Ema.

38.

Crkva je bila pusta kad je Freja stigla i iako je pretražila svaki pedalj zdanja, nije našla Emin bidermajer. Jedino gde još nije pogledala bio je oltar. Freji je bilo pomalo neprijatno da traži oko njega, plašila se da krst ne padne na nju ili da nešto ne polomi. Zbog toga je mogla da bude večno prokleta. Samo što se nije naterala da i tu pogleda, kad je čula da se vrata crkve zatvaraju.

Okrenula se na taj zvuk i ugledala Nikolasa kako stoji u zadnjem delu crkve. Bio je u tamnom odelu i košulji krem boje, otkopčanoj oko vrata. Preplanuo, kose tamnije nego što ju je Freja pamtila, ali jednako zgodan kao i pre.

Vreme je teklo, a oboje su ćutali. Freji je srce htelo da iskoči iz grudi i drhtala je, prestravljena, kao zec pred farovima automobila.

– Tražim Emin bidermajer – rekla je Freja iznenada.

Gotovo da nije prepoznala sopstveni glas kad je progovorila, bio je neobično visok. Nejasno je zadrhtao, pa je morala da pročisti grlo.

– Znam – odgovorio je Nikolas i pošao ka oltaru i Freji.

– Jesi li ga video? – želela je Freja da zna, praveći se da traži po mestima na kojima je već gledala.

– Poslednji put sam ga video kod njene mame, nosila ga je umesto nje – obavestio ju je Nikolas.

– Smestila mi je – izjavila je Freja, zastala i shvatila da je potraga uzaludna.

– Nisi joj ostavila mnogo izbora. Rekla mi je da je pokušavala, ali si uporno odbijala da razgovaraš sa mnom – nastavio je Nikolas.

– Pa me je poslala u uzaludnu potragu i planirala da ti budeš ovde. Pa, baš je neka prijateljica – odbrusila je Freja ljutito.

– Ona ti je iskrena prijateljica, Frejo, znaš to. Verna prijateljica koja te je celog života podržavala, lagala iznova i iznova kako bi te zaštitila. Ali svako ima prelomnu tačku, i ona je odlučila da više ne skriva istinu – rekao je Nikolas koji je sad stajao ispred nje.

– O čemu ti to pričaš? – pitala je Freja gledajući ga.

– Ispričala mi je o tvom ocu – o telefonskom pozivu one večeri kad je bio prijem u Atini. Kazala mi je šta je rekao i zašto si raskinula sa mnom – obavestio ju je Nikolas.

Freja je stisnula usne i odmahnula glavom, ne znajući šta da radi. Krenula je da prođe pored njega, ali uhvatio ju je za mišicu i zaustavio.

– Ne! Sad ćemo da porazgovaramo o tome. *Moramo* da popričamo o tome – navaljivao je Nikolas, držeći je za ruku.

– U slučaju da nisi primetio, ja sam deveruša. I na plaži se upravo odvija služba u kojoj bi trebalo da učestvujem – izjavila je Freja.

– To je samo izgovor, znaš i sama. Nisi potrebna Emi tamo. Poslala te je ovamo da joj doneseš bidermajer, sećaš se – rekao je Nikolas, još je držeći za ruku.

– Nemam šta da ti kažem, Nik. Molim te, nemoj ovo da radiš, nije pošteno. Ako ti je Ema rekla šta je moj otac kazao, onda znaš sve i nemamo više o čemu da razgovaramo – bila je uporna Freja.

– Što se mene tiče, treba da razgovaramo o ostatku našeg života – rekao je Nikolas ozbiljno.

Freja je ćutala. Nije znala šta da kaže. I dalje ju je držao za mišicu, a Nikolasov snažan stisak i prsti na njenoj koži bili su pravo mučenje.

– Šta si mislila da ću uraditi kad se vratim u Ameriku, Frejo? Da ću zaboraviti na tebe? Da ću se praviti da među nama nije bilo ničeg? Možda da ću utopiti tugu i izgubiti glavu zbog sledeće žene koja se pojavi? – zanimalo je Nikolasa.

– Ne znam. Nisam razmišljala o tome. Ja... – počela je Freja.

– Ne, u pravu si. Nisi razmišljala o tome i nisi razmišljala o meni. Razmišljala si isključivo o sebi i o tome šta je najbolje za tebe. Nema potrebe da razgovaraš sa mnom ili me pitaš za mišljenje. Donela si odluku i pobegla glavom bez obzira. I šta je sa onim intervjuom u časopisu, gde si porekla sve što je rečeno o tvom ocu – govoreći kako imate sjajan odnos? To je stvarno bilo grozno nakon svega kroza šta si prošla, nakon sve one patnje kroz koju smo zajedno prošli. Ti, ja, Ema – Emina beba – nastavio je Nikolas.

– Sve je to bilo zbog tebe i Eme, otac je rekao... – počela je Freja.

– Tvoj otac je rekao da će mi uništiti karijeru ili, ako mu to ne bude dovoljno, kako će platiti nekom da me ubije. Znam, Ema mi je rekla. Ali znaš šta? Ne plašim se njegovih pretnji – obavestio ju je Nikolas.

– Nije pretio samo tebi, pretio je i Emi i, Nik, mislio je ozbiljno. On je lud. Mogao bi to da uradi i prođe nekažnjeno, znam da bi mogao – rekla mu je Freja dok su joj se suze nakupljale u očima.

– On je manipulator, Frejo, ništa više. Celog života je upravljao tobom i nastaviće to da radi dokle god mu dozvoljavaš. Kad je u časopisu objavljen članak u kojem mu se izvinjavaš, poklekla si pred njim.

– Morala sam. Nisam htela da povredi tebe ili Emu. Vi ste mi najvažniji – priznala je Freja dok su joj se suze slivale niz lice.

– Pa, ne bi mogao više da me povredi nego što si ti kad si rekla zbogom – rekao joj je Nikolas.

Uhvatio ju je za ruku i čvrsto ju je stisnuo.

– Nisam znala šta da radim, bila sam uplašena. I da budem iskrena, nije bio samo on u pitanju, već sve. Ponovo sam bila u središtu pažnje, pod stalnim nadzorom, ljudi upiru prstom u mene i osuđuju me – počela je Freja kroz plač.

– Trebalo je da razgovaraš sa mnom – odgovorio je Nikolas.

– Pa, sad više nije ni važno. Sad znaš sve i tu se priča završava – rekla je Freja, obrisala suze i pokušala da se pribere.

– Jedina priča koja se završava je ona u kojoj ti se otac meša u život. Tome je kraj ovde i sad – rekao je Nikolas odlučno.

– Na šta tačno misliš? – upitala je Freja.

– Neću napustiti ovo ostrvo bez tebe, Frejo. Nisam prešao ovoliki put u ekonomskoj klasi da bih se vratio praznih ruku – rekao je Nikolas i stavio ruku u džep sakoa.

– Ti nikad ne putuješ ekonomskom klasom – napomenula je Freja.

– Bilo je to jedino slobodno mesto. Izvoli – rekao je Nikolas i pružio joj drvenu kutijicu.

– Šta je to? – pitala ga je Freja.

– Otvori je – nagovarao ju je.

Freja je otvorila poklopac kutije i zinula od iznenađenja. Oči su joj se zacaklile kad je unutra ugledala prsten. Bio je to platinasti prsten s krstom na vrhu, ukrašen dijamantima i akvamarinom. Bio je to prsten iz zlatare u Kasiopiju – *njen* prsten.

– Ne znam šta da kažem. Ovo je nešto najlepše što sam dosad videla – rekla je Freja ne mogavši da skine pogled s prstena.

– Frejo, *ti* si nešto najlepše što sam ja dosad video i ne mogu da te izgubim. Hteo sam da te zaprosim, ali ne želim da uradim ništa zbog čega bi ti bilo nelagodno ili bi poželela da pobegneš. Ali ako prihvatiš ovaj prsten, to za mene znači zauvek – rekao joj je Nikolas.

Freja je podigla pogled s kutije i pogledi su im se sreli. Videla je da su mu oči pune suza i kako mu drhti ruka kojom je držao njenu.

– Volim te – rekao joj je Nikolas, čvrsto joj stežući ruku.

– I ja tebe volim – priznala je Freja, glasom nabijenim osećanjima.

Snažno ju je zagrlio i privukao ka sebi, držeći je tako čvrsto da je jedva disala. Freja mu je naslonila glavu na rame i zatvorila oči, uživajući u njegovoj blizini. Čežnja za njim koja se nedeljama gomilala iznenada ju je pogodila poput groma iz vedra neba i setila se koliko je lepo biti u njegovom naručju.

Strastveno ju je poljubio, ne puštajući je, a ona mu je držala lice između dlanova, ne želeći da se poljubac završi. Kada su se razdvojili, nisu mogli da odvoje pogled jedno od drugog.

– Ne osećam se nelagodno i neću pobeći – izjavila je Freja gledajući Nikolasa, a zatim prsten.

– Nećeš? – proverio je Nikolas.

– Neću – ponovila je Freja.

– Frejo, hoćeš li da se udaš za mene? – upitao ju je Nikolas, vadeći prsten iz kutije.

– Da – odgovorila je i pružila mu levu ruku.

Nikolas joj je stavio prsten i držao je za ruku, gledajući prsten kako blista.

– Onda mislim da treba da odemo na venčanje – rekao je i osmehnuo se.

* * *

Kad su stigli na plažu, služba je bila završena i svi su već prešli pod šator da započnu slavlje. Prošlo je neko vreme pre nego što je Freja uspela da priđe Emi, pošto je čitav red Janisovih rođaka čekao da poljubi mladu.

– Znači našla si bidermajer – rekla je Freja i prodorno pogledala prijateljicu.

– Zamisli, sve vreme je bio kod mame! Izvini što sam te bez razloga poslala u crkvu – rekla je Ema obazrivo.

– Imam mnogo razloga da budem stvarno ljuta na tebe – rekla je Freja.

– Ali? – upitala je Ema.

– Udajem se – objavila je Freja i pokazala Emi ruku s prstenom.

Ema je toliko glasno vrisnula da je gospođa Petroholis ispustila tanjir s hranom na pod.

Ema je zgrabila Freju i čvrsto je zagrlila dok su skakale od uzbuđenja.

– Rekla si mu za prsten, zar ne? – pitala je Freja, diveći se burmi na prstu.

– Da, jesam. On je trebalo da zna za prsten. *Jedini* koji je trebalo da zna za njega – rekla joj je Ema.

– Hvala ti, Ema... za sve – rekla je Freja i osmehnula se.

– Ne budi smešna. Čemu služe prijateljice? Inače, tvoj verenik nam je dao divan svadbeni poklon. Jedva sam čekala da ti kažem jutros, ali iz očiglednog razloga nisam mogla. Dozvolio nam je da živimo u vili *Kamija* dok nam se ne izgradi kuća – obavestila ju je Ema.

– Moj verenik – rekla je Freja gledajući ka Nikolasu, koji je razgovarao sa Samosom.

– Zaslužuješ ovo, Frejo. Vreme je da počneš da veruješ u to – rekla joj je Ema.

– A vreme je i da ti počneš da sečeš ovu tvoju svadbenu tortu na četiri sprata jer umirem od gladi – saopštila je Freja.

Beleška o autoru

Mendi Bagot je proslavljena autorka romantičnih romana koja voli svoje čitaoce da obraduje srećnim krajem. Živi između Solsberija u Viltširu i Krfa, i gaji strast prema knjigama, hrani, konjskim trkama i svemu grčkom!

**Knjige Mendi Bagot u izdanju
Izdavačke kuće TEA BOOKS d.o.o.
(digitalna i/ili štampana izdanja)**

Jedno grčko letnje venčanje
Jedno grčko svitanje (Freja i Nikolas 1)